프랑스식 세탁소

프랑스식

정 미 경 ✦ 소 설 집

세탁소

창비

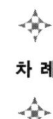

차 례

❖

남쪽 절

❖

"안쪽은 완전히 어둡습니다. 자기 몸으로 공간을 읽으면서, 천천히 들어가셔야 해요. 네, 들어가보시면 알게 됩니다."

나긋하나 판에 박힌 말투다. 말을 마친 여자는 오른손을 나붓이 들어 암막으로 가려진 입구를 가리켰다. 특징 없는 얼굴이었으나 견갑골까지 닿는 머리의 숱이 아주 많고 올이 굵었다. 윤기가 탐스러운 그 머리카락을 한번 만져보고 싶다는 생각과 자신은 그럴 수 없는 사람이라는 생각이 연이어 들었다. 손바닥을 위로 한 채 허공에 머물러 있는 여자의 손이 얼른 들어가라 재촉하는 것처럼 느껴졌을까. 김은 얼결에 두꺼운 암막의 안쪽으로 걸음을 옮겼다.

들어갈 생각은 없었는데.

결정적인 순간이면 거절을 못하는 성격 탓을 오래 하기엔 안쪽은 너무 어두웠다. 아니 숫제 칠흑이었다. 이런. 어젯밤에도 퇴근길에 마트 앞에서 헤드셋을 쓰고 미니스커트를 입은 여자가 무어라 조잘대며 수신호하듯 가리키는 손끝을 따라 마트로 들어갔는데. 증정행사를 하는 즉석우동과 볶은 아몬드와 신제품 커피믹스를 사들고 나오면서 곧 후회를 했다. 오늘은 또 뭘 뺄짓을 하는 거야.

사무실 바로 옆에 있는 미술관이지만 한번도 들어와본 적이 없었다. 열흘에 한번쯤 입구에 새 화환이나 화분들이 줄을 섰고 그럴 때마다 유리문의 포스터가 바뀌는 걸 사무실 창으로 내려다보았을 뿐이다. 이력에 도움이 될 만한 책을 한권 내볼까 하고 찾아온 대학 후배와 점심으로 청국장을 먹고 커피를 마시고 나니 세시가 훌쩍 지났고, 까페에서 나와 기억나는 옛 추억을 두서없이 주고받다 헤어진 곳이 이 미술관 앞이었다. 흐린 날이었다. 잿빛 구름이 곧 눈폭탄이라도 터뜨릴 듯 낮게 내려와 있었다. 후배에게 손을 흔들고 돌아서는데 유리창 안에서 어떤 여자가 퍼포먼스를 하고 있는 게 보였고 그 여자가 아는 사람 같아서 안으로 들어와본 참이었다. 둘러선 사람들 틈에 서서 잠시 지켜보던 김은 그 여자가 개인적으로 아는 사람이 아니라 꽤 이름이 알려진, 텔레비전이나 신문에서 몇번 본 행위예술가라는 걸 깨달았다. 이 동네 일이야 아는 게 없지만 시시포스의 신화를 주제로 한 듯한 그 퍼포먼스는 너무 빤하다는 생각밖에 들지 않았다. 이 도시에서 시시포스 아닌 인간이 있나. 너무도 낡아 이젠 신화 축에도 못 끼는데. 무슨 대단한 메시지라도 전하듯 과잉된 분위기가 불편해 돌아서다가 머리숱 많은 여자와 눈이 마주쳤는데 그쪽엔 하필 관람객이 하나도 없었고, 말총

같은 머리칼을 만져보고 싶다는 마음을 들키기라도 한 듯 어쩐지 어색하여 마치 그곳에 깊은 관심이라도 있다는 표정으로 들어서게 된 것이다.

여자의 말이 무슨 뜻인지는 암막 안으로 들어서자마자 알게 되었다. 암흑이 검은 죽처럼 몸을 감쌌다. 손바닥은 저 혼자 벽을 찾았고 발바닥은 바닥을 급하게 더듬었다. 맹인처럼 보폭이 자잘해졌다. 뭐야, 이건. 눈을 감아보았다. 눈꺼풀 안쪽으로 자잘한 빛 알갱이들이 떠올랐다. 감은 쪽이 오히려 환하다. 뒤집힌 풍뎅이 모양새로 팔다리를 버둥거리고 있는데 주머니 속 휴대폰이 부르르 떨었다. 발신자 모르는 전화가 이렇게 반갑기는 또 처음이네. 김은 미련 없이 돌아섰다. 입구의 두꺼운 암막을 젖히고 나와 투항하는 현행범처럼 양손을 치켜들었다. 휴대폰을 본 여자가 어떡해요, 속삭이며 입꼬리를 살짝 올렸다. 김은 행여 다시 붙들려 들어갈까봐 아예 미술관 바깥으로 나왔다. 액정에 찍힌 이름을 본 순간 김은 화들짝 놀랐다. 이런 일이. 백이 전화를 하다니. 축 늘어져 있는 눈구름을 단숨에 밀어올릴 듯 벅찬 목소리로 전화를 받았다.

안녕하세요, 선생님. 이렇게 전화를 다 주시고.

네, 제가 시간 내기가 어려워 연락을 못 드렸어요. 오늘 저녁 선약이 갑자기 취소돼서…… 괜찮으시다면 다섯시쯤 저희 집 근처로 오실 수 있을까요?

저야 영광입니다. 댁이 어디신가요?

중앙박물관 옆이에요.

시계를 보았다. 네시 이십분. 뭐, 아직 막힐 시간은 아니다. 좀 막힌다 해도 사십분이면 뒤집어쓰겠다. 무엇보다도, 백이 만나준다면 퀵서비스 오토바이 뒷자리에 올라타고서라도 그 시간에 맞추어야 한다.

충분합니다. 다섯시까지 제가 그리로 가겠습니다.

백은 까페 이름과 위치를 알려주었다. 자기가 사는 주상복합 아파트의 스카이라운지라며, 음식이 나쁘지 않아요, 덧붙인다. 주소를 보니 중앙박물관보다는 근처에 있는 대학병원이 더 가까운 곳이다. 한달음에 사무실로 달려가 가방을 들고 내려왔다. 운 좋게 바로 손님을 내려놓는 택시를 탈 수 있었다. 도심 곳곳에 지난해 설치해놓은 크리스마스 장식과 일루미네이션이 아직 남아 있다. 올해는 형편이 좀 풀리려나. 제발. 하루하루 버티기에 바빠 해가 가는지 오는지도 몰랐다. 덕수궁과 남대문을 지나고 서울역 앞에서 택시가 두번째 신호의 꼬리를 물고 겨우 좌회전을 하자 김은 곧추세우고 있던 허리를 뒤에 기대며 숨을 길게 내쉬었다. 여기서부턴 기어가도 십분이면 도착할 것이다. 꿈은 아니겠지. 책을 낼 생각이 아주 없다면 저녁 약속이 취소됐다고 김에게 굳이 전화를 하진 않았을 것이다.

부드럽게 흘러가던 차의 흐름이 멈칫거리기 시작한 것은 전쟁기념관 근처였다. 세번째 바뀐 신호의 끄트머리를 물고 간신히 사거리를 지났지만 신호를 또 하나 앞둔 곳에서 차는 더이상 움직이지 못했다.

"길이 왜 이래요?"

"요즘은 시도 때도 없이 막히니까요. 승용차 이부제를 해야 합니다. 일 없는 여편네들 맨날 백화점이나 싸돌아다니니까 길이 이런 거예요."

불특정 여편네들에 대한 느닷없는 적의가 김에게 순식간에 전염되었다. 그러게요. 기사와 그렇게 주고받을 때만 해도 마음의 여유가 있었다. 차는 제자린데 신호등 불빛만 하염없이 빨강과 초록을 오가는 걸 노려보았다. 차창을 내리고 목을 빼서 내다봤지만 차 안에서 보는 거와 다를 리 없다. 네시 오십분이 가까웠다.

"기사님, 다른 길이 없을까요?"

묻는 김의 얼굴에서 웃음기가 사라졌다.

"하, 제가 인간 내비게이션입니다. 머릿속에 길이 다 있습니다. 빤한 길인데요, 뭐."

또 한번 신호가 초록에서 빨강으로 넘어간다. 출판사 명줄이 걸려 있는데. 이 여자, 좀 기다리다 가버리기라도 하면…… 제시간에 도착하려면 헬리콥터 외에는 방법이 없어 보인다. 가슴이 뛰기 시작했다. 누군가 아귀힘 센 손으로 심장을 꽉 쥐는 것 같다.

"내비라는 게 말입니다, 생각이 없잖아요. 좀 돌더라도 이태원 길로 빠질걸 그랬습니다."

"이 시간에 이렇게 꽉 막히는 일은 드물지 않습니까? 제가 귀신은 아니니까요."

자존심 상한 기사의 목소리가 까칠해진다. 늦어도 좋은 약속이란 없지만, 오늘 약속은 그냥 약속이 아니다. 봄부터 소쩍새를 울리지 않았던가. 백에게 전화할 때마다 쓸개는 아예 떼놓았다.

"지금이라도 유턴해서 이태원 쪽으로 돌면 어떨까요? 죽고 사는 문제가 달렸거든요. 저 죽으면 책임지시겠습니까?"

바짝 타들어가는 속과는 달리 능치듯 재촉했다. 기사 역시 격한 농담을 유연하게 받아넘겼다.

"제가 핸들 잡은 지 이십오년입니다. 안 겪어본 일이 없고 안 가본 길이 없죠. 그래도 이걸로 자식 둘 대학까지 보냈고, 지금은 둘 다 판사를 하고 있습니다."

언뜻 앞뒤가 맞지 않는 말이었으나 어쩐지 김은 그에게 신뢰가 갔다. 기도를 해야 한다면 그에게 해야 한다. 기사는 일단 전후좌우를 둘러보더니, 한번 해봅시다, 하며 과장된 동작으로 핸들을 옮겨 쥐었다. 꼼짝도 하지 않는 차들 틈으로 어찌어찌 일차선 쪽으로 이동하더니 노란 실선은 무시하고 단숨에 유턴을 한다. 반대 차선은 막히지 않았다. 아니, 아예 차가 한대도 없었다. 진짜 대단하십니다. 감탄하는 김의 목소리가 미세하게 떨렸다. 진심이었다. 거의 존경하는 마음이 일었다. 핸들 잡아 자식을 판사 자리까지 뒷바라지하는 거, 아무나 할 수 있는 거 아니지. 짐작과 달리 차는 전쟁기념관까지 올라가지 않고 오른쪽으로 난 좁은 골목으로 들어선다. 국숫집과 피아노학원과 흐드러진 모란 그림이 걸려 있는 표구사를 지나 부동산중개소를 끼고 다시 우회전을 하자 오른쪽에 일렬주차된 차들 옆으로 겨우 차 한대가 지날 만한 골목길이 나왔다. 그 좁은 길을 기사는 카레이서처럼 달려나갔다. 금세 작은 사거리 두개를 지난다. 무리한 속력이었지만 김은 속으로 조금 더, 조금만 더, 하고 있었다.

"곧 재개발 공사 현장이거든요. 길은 아니지만, 공사판을 질러가면 바로 그 동넵니다. 사실 작은놈은 검사를 했으면 했는데……"

한숨 돌리자 하다 만 아들 이야기를 꺼내는 그의 자부심에 가득
찬 목소리가 따악! 하는 소리에 끊어졌다. 아이고, 소리를 내며 김
은 앉은 자리에서 펄쩍 뛰어올랐다. 벼락이라도 맞은 줄 알았다. 급
하게 브레이크를 밟는 바람에 하마터면 머리를 박을 뻔했다. 파열
음을 낸 건 바로 옆에 일렬주차해놓은 차였다. 앞유리가 자잘하게
박살난 채로 움푹 패어 있고 돌 하나가 와이퍼에 걸려 있다. 창을
내려보았다. 다행히 차 안에 사람은 없다. 어디선가 매캐한 연기 냄
새가 나는 듯하다. 어떤 미친놈이야. 식겁했네. 기사는 질린 목소리
로 욕을 하며 주위를 둘러보았다. 지나다니는 사람은 하나도 없었
다. 누군가 텔레비전을 크게 켜놓았는지, 헬리콥터 비행음 같은 게
크게 들렸고 무어라 외치는 확성기 소리가 잡음처럼 섞여들었다.
까딱하면 큰일날 뻔했습니다. 어쩐지 미안한 마음이 들어 공손히
비위를 맞추었다. 한끗 차이지. 이 차 유리에 돌이 날아왔으면 어
쩔 뻔했는가. 뒤늦게 어깨가 떨렸다. 차가 다시 움직이는데 이번엔
불덩이 하나가 날아와 차 바로 앞에 떨어졌다. 불은 땅에 닿으면서
꺼졌다. 이거 뭐야? 이 개새끼들, 사람 잡을 일 있어? 얼굴이 뻘게
진 기사가 살벌한 욕설을 쏟아내며 과격하게 가속페달을 밟았다.
다시 사거리가 나왔다. 왼편으로 건설회사 로고가 새겨진 가림막
이 나왔고 그 가운데로 차 한대가 드나들 만한 틈이 있었다. 그 순
간 맞은편에서 소방차 한대가 막 머리를 디밀고 들어오는 게 보였
다. 김은 등받이를 세게 움켜쥐며 소리쳤다.

"먼저 치고 나가세요, 저 차 들어오기 전에. 죽고 사는 문제라니

까요?"

상향등을 위협적으로 점멸하며 기사는 소방차를 들이받을 기세로 가속페달을 밟았다. 주변의 소란에 묻혀 정작 경적 소리는 들리지도 않는다. 소방차가 멈칫하는 틈을 타 기사는 급하게 핸들을 꺾었다. 창을 닫고 있는데도 매캐한 냄새는 아까보다 더 진하게 밀려든다.

가림막 뒤편 흙더미 쪽으로 차가 꺾어지고서야 김은 몸을 틀어 뒤를 돌아보았다. 소방차가 뒤뚱거리며 막 왼쪽으로 돌고 있다. 굵은 물줄기들이 잿빛 허공 속으로 고꾸라지는 게 보인다. 저 위에 왜 불이 올라가 있는 거지? 생각하며 김은 눈을 한번 꾹 감았다 떴다. 차가 진행한 만큼 각도가 달라지면서 어수선한 풍경은 그사이 환영처럼 사라져버렸다. 무엇을 보았는지 알 수 없었다. 수도관이 터진 것처럼 뒤편 도로는 물바다였고 거기서 흘러온 물이 공사판 쪽으로 밀려내려왔다. 김은 몸을 돌려 앉았다.

"아이구, 큰일날 뻔했습니다, 손님. 아니, 저런 개새끼들을 봤나."

기사는 개,를 길게 발음하는 습관이 있었다. 하마터면 불벼락을 맞을 뻔한 뒤로 그는 격앙되어 있었다.

"무슨 일이에요?"

"또 한바탕 붙은 거지. 저기 재개발 때문에 시끄러웠잖아. 아, 집 없는 게 벼슬인 줄 알아. 아주 팔자를 고치려 든다니까."

그가 과도한 흥분상태에 빠져 포클레인이고 불도저고 할 것 없이 마주치는 차마다 마구 경적을 울리며 밀어붙인 덕분에 택시는 다섯시 오분에 단지 입구에 도착했다. 일대의 도로 상황을 생각하면 거의 기적이었다. 만원짜리를 건네고 거스름돈은 그냥 두라 하면서 고맙다는 인사를 두번 했다.

백이 알려준 건물이 대각선 방향에 보였다. 김은 달리다시피 걸으며 뒤를 돌아보았다. 분주히 움직이는 중장비들에 가려 건너편은 보이지 않는다. 주위를 둘러보니 짚으로 견고하게 싸놓은 조경수들이 옮겨 심은 지 얼마 되지 않은 듯 새 학기 교실의 아이들처럼 어색해 보였다. 소나무와 오죽이 무리지어 어우러진 옆으로 검은 화강암으로 된 분수대가 만들어져 있고, 계단을 따라 물이 자연스레 흘러내리고 있다. 건물 사이로 난 나무계단을 걸어가는 동안 어느새 마음이 고즈넉해졌다.

라운지는 건물의 꼭대기 층에 있었다. 23층에서 엘리베이터를 내리자 바로 실내와 연결되었다. 구둣굽 소리를 삼키는 카펫 위로 「써머타임」이 흐르고 있었다. 멋진 선곡이다. 마일즈 데이비스를 마지막으로 들어본 게 언제였더라. 그의 트럼펫 소리는 듣는 사람을 여름 하오의 바닷가로 순간이동시키지.

백은 아직 오지 않았다. 카운터에 이름을 일러놓고 창가로 가서 앉았다. 통유리 바깥의 전망이 시원하다. 근처는 물론이고 꽤 먼 곳까지 한눈에 보인다. 아하, 저 사이로 들어왔구나. 위에서 내려다보아도 조금 전 택시가 지나온 곳은 길이라 부를 수 없는 공사판이었다. 얼마나 다행한 일인가. 그리고, 바로 그 뒤편 블록이었다. 한풀 꺾인 듯 연기 틈으로 겨우 펀득거리는 화염이 박살난 아크릴 조각처럼 산만하다. 지독히 흐린 대기 덕분에 붉은 기운은 기이하게 선명하다. 두꺼운 페어글라스는 세상을 투명하게 보여주는 한편으로 모든 소리를 완벽하게 삼켜버린다. 창을 통해 보이는 풍경은, 벙어리들이 저희끼리 수화로 떠드는 것을 볼 때의 고요한 소란과 닮았다.

"제가 좀 늦었네요."

목소리에 고개를 돌려보니 백이다. 하얀 이를 보기 좋게 드러내며 웃는 표정이, 우리가 처음 만나는 게 맞나 싶을 만큼 낯익다. 실제 만나는 건 처음이지만 한때는 달리는 버스 광고판에서도 볼 수 있는 얼굴이었지. 검정 캐시미어 코트를 벗자 베이지색 실크 원피스 차림이 단정하다.

"죄송해요. 자료를 좀 구하러 시내 나간 길이었거든요. 거의 다 와서 길이 막혀버리더라고요. 사는 동네라 길을 좀 알아서 그나마 빠져나왔어요. 요 아래, 보이죠? 그 사이로 막 달려왔답니다."

그리 죄송한 표정은 아니었다. 그건 누가 갑이고 누가 을인지를 아는 자의 여유로움이었고 그게 오히려 김은 편안했다.

"이거 참, 인연입니다. 저도 그 길로 왔거든요."

"어머, 그러셨구나."

만나기도 전, 같은 길을 지나왔다는 사실 때문에 더욱 친숙한 느낌이었고, 일이 잘 풀릴 것 같다는 예감마저 들었다. 언뜻언뜻 보이던 불꽃이 완전히 사그라지자 무채색 도시는 가면을 바꿔 쓴 경극 배우처럼 다른 얼굴이 된다. 높낮이가 다른 건물들 사이로 성급한 겨울 저녁이 검은 봉인처럼 자리잡았다. 그 위로 떠오르는 네온 빛이 요염하게 도드라진다. 어제와 하나도 다를 바 없는, 지루하고 평온한 풍경에 안도감이 밀려든다. 오늘 하루만은 그저 세상이 평화롭기를, 고요하기를. 기도하는 심정이 된다.

흐릿한 배면 탓인지 백의 얼굴은 더 화사해졌다. 내내 고수하던 긴 생머리를 자르고 눈썹이 드러나는 짧은 뱅헤어를 한 탓인지 귀엽기까지 하다. 마흔이 지났다는 걸 믿기 어려웠다. 백이 미간을 살짝 모으며 물었다.

"근데 무슨 일이래요? 테러는 아니겠죠?"

"재개발 투쟁인가봐요. 서로가 다 자기 주장이 있는 거죠."

아! 백이 고개를 끄덕인다.

"그렇죠. 모든 이슈는 양면성이 있죠. 충분히 이해해요. 근데 저런 식의 무모한 폭력은 혐오스러워요. 자신과 타인에 대한 기본적인 존중이 결여돼 있잖아요."

"그러니까 말입니다."

이런저런 이야기를 나누는데 뒤통수쯤에선 쟁쟁거리는 은애 목소리가 들려오는 듯하다.

취향이 특이하네?

은애는 처음부터 반대였다. 백의 이름을 듣는 순간, 턱 빠진 사람처럼 밉게 입을 벌리고 쳐다보았다. 김이 선수를 쳤다.

나 역시 개인적으론 호감이 가지 않는 사람이야.

그냥 해보는 말이 아니란 걸 알자 은애는 발끈했다. 성질하고는.

왜 독립했는데? 만들고 싶은 책만 만들고 싶어서라며?

만들고 싶은 책을 만들기 위해, 만들고 싶지 않은 책도 만든다.

그 여자, 왜 몇년간 잠수했는지 몰라?

누구 말이 맞는지는 정확히 모르는 거지.

그게 당신이 그렇게 닿기 원하던 과녁이었나? 벌써 이럴 거면 차라리 접자.

나도 그러고 싶어. 나 혼자 몸이면 던져버리고 싶다, 솔직히. 이렇게 쳇바퀴 돌리는 동안은 우야든지 밥은 먹고 살아. 접으면, 쳇바퀴마저 없어져.

넘지 말아야 하는 기준이 있어.

기준? 하, 기준! 회계처리 네 손으로 하면서도 그런 소리가 나와? 접고 말고가 우리 손에 달린 줄 알아? 나도 독립운동하고 싶다. 번듯한 대의나 있으면 기쁘게 순국하겠어.

은애는 떠들어대는 김의 말에 더이상 대꾸 없이 입을 꾹 다물어버렸는데, 그건 더이상 너하고는 말을 섞고 싶지 않다는 시위였다. 삼십대 여성을 타깃으로 한 자기계발서를 세권째 낼 때도, 우리 더이상은 나이 갖고 장난치지 말자, 응? 하면서도 넘어가주던 은애였다.

오년 전, 월급 한번 안 밀리고 유급휴가를 일년에 이주씩이나 주던 메이저 출판사를 그만두고 독립을 했다. 등 따숩고 배불렀지만, 내가 정말 만들고 싶은 책을 내고 싶다는 생각이 등을 떠밀었다. 은애의 흔쾌한 동의가 없었다면 내지 못했을 용기였다. 첫해 성적은 기대 이상이었다. 번역서 한권이 꽤나 주목을 받으며 그 분야의 베스트셀러가 되었다. 국내 저자의 인문서 두권도 출판사 이름을 알리는 데 도움을 주었다. 원고를 받고 싶은 필자가 참 많았다. 인맥이 큰 재산이라고 생각했는데, 내가 원하는 필자가 우리 출판사를 원하는 것은 아니었다. 혹은 우리가 원하는 필자는 다른 출판사에서도 원했다. 은애 외에 직원이 네명 더 있었는데 작년 여름, 경력사원을 다 내보내고 초짜 여직원 한명만 데리고 꾸려나갔다. 인정받는 편집자였던 은애는 요즘 회계 업무까지 맡아서 한다. 사무실 청소는 김이 하기로 했지만 수시로 치우고 정리하는 건 은애 몫이었다. 문제는 청소나 회계 같은 게 아니었다. 자본금을 다 들어먹은 상태에서 써보지도 못한 돈의 대출이자를 갚느라 허덕여야 했다. 은애도 알 것이다. 떠들썩했던 그 스캔들이 아니었다면 백이 이런 소규모 출판사에서 책을 내는 일은 없을 거라는 것을. 뭐, 아직 확답을 받은 건 아니지만.

백이 메뉴판을 보면서 김의 것까지 주문했다. 자주 오는 듯, 와인 리스트를 펴보지도 않고 와인을 주문했다. 애피타이저로 나온 관자는 차가우면서도 부드러웠다. 새로 음식이 나올 때마다 백이 간단한 설명을 곁들였다. 토핑된 쏘스의 이름을 몰라도 상관없었다. 요리의 느낌은 비일상적이었다. 이걸 먹는 동안만은 세상이 어떻게 돌아가든 상관없어, 싶은 맛이다. 훌륭합니다. 음식을 칭찬하자 백이 눈을 똑바로 뜨며 말했다. 최근에 제가 다녀본 곳 중에선 최고라고 봐요. 겉은 바삭하고 안은 녹아내릴 듯 부드러운 생선 이름을 물어볼까 하다 그만두었다. 매번 포크질 한번에 비워질 만큼 적은 양이 담겨 나오는데 접시는 아주 컸다. 그래도 배는 벙벙했다. 안 먹어도 배가 부르다는 말이 있지 않은가.

출판사업은 중독성이 있다. 가끔 누구도 예측하지 못한 결과가 나오는 것도 그 까닭 중의 하나일 것이다. 책 두께만큼이나 내용도 얄팍한 예술 에세이가 그렇게 폭발적인 반응을 일으킬 줄은 정작 백 자신도 몰랐을 것이다. 비슷한 콘셉트의 책이 몇개월 사이에 연이어 세권 나왔다. 괴력이라 부를 만한 집필 능력이었다. 첫 책만큼은 아니지만 그것들은 매번 베스트셀러 목록의 상위권에 이름을 올렸다. 심야 예술 프로의 진행자로, 문화 프로그램의 핵심 패널로 활동할 수 있었던 건 우월한 미모의 덕도 컸겠지만, 진행솜씨도 나쁘지 않았다.

문제의 책은, 사소한 개인적 고통과 지난 청춘의 고뇌, 수다에 가까운 신변잡기를 버무린 에세이였다. 연말 대목을 노린 기획상품이었던 그 책이 너무 잘 팔리지만 않았다면 그 사건은 터지지 않았을지도 모른다. 벌어들인 돈에 비해 제 몫이 너무 작다고 생각했던 걸까. 대필작가가 양심선언을 했다. 그걸 양심선언이라 부를 수 있을지는 잘 모르겠지만. 그 책은 첫 장부터 마지막 장까지 전부 자신이 썼고 백이 쓴 것은 작가의 말 한 페이지뿐이라고 터뜨린 것이다. 심지어는 써서 바친 원고를 보고 이따위로밖에 못 쓰냐며 히스테리를 부리고 원고를 집어던지며 모욕을 가했다는 폭로가 일일연속극처럼 이어졌다. 이전 책들도 마찬가지라는 이야기들이 연이어 나왔다. 세밑의 문화계에 던져진 폭탄이었다. 심약한 사람이라면 자살이라도 할 상황이었다. 백은 방송에서, 잡지 표지나 인터뷰란에서 재빠르게 사라져버렸다.

그 일련의 과정이 김에게 유난히 선명한 건, 그 무렵 가까스로 통화가 되었을 때 그녀가 했던 말 때문이었다.

어머, 운이 참 좋으시네요. 저하고 통화하기 어려우신데……

틀린 말은 아니었다. 책을 한권 내고 싶다는 얘기를 어렵게 꺼내자, 저도 그 출판사에서 나온 책들 참 좋아한다고, 그런데 죄송해서 어쩌지요? 한 십년 치 계약이 밀려 있다고, 참 우아하게 거절을 했다. 일이 터진 건 그 이틀 뒤였다.

이후로 잊고 있었는데, 작년 봄에 은행에서 들춰보던 여성지에서 인터뷰 기사를 보았다. 그 요란했던 스캔들에 대해서는 질문 자체가 없었다. 마치 아무 일도 없었다는 듯 화사한 백의 얼굴을 보자 어쩌면 지금은 가능하지 않을까 하는 생각이 계시처럼 스쳤다. 김이 전화를 해서 자신의 이름을 댔을 때 백은 네, 하고 그만이었다. 기억하지 못하겠지. 통화 자체가 행운이 될 만큼 너무도 많은 사람들이 그녀를 원했으니. 기억하든 못하든 이후로 김은 자주 전화를 했다. 그때마다 그녀는 늘 바빴고 기다려달라고 했다. 운이 참 좋으시네요,라는 말은 다시 하지 않았다. 연락하는 한편으로 김은 틈틈이 출판기획안을 짜고 손보았다. 마음의 화살은 늘 그쪽으로 가 있었다. 사실 시각예술 쪽엔 취향도 조예도 없었다. 백의 기획안을 만들고 있지 않았더라면 낮에 그 미술관에 들어가보지도 않았을 것이다. 아까 백의 전화를 받고 나서 문득 오래전의 통화가 떠올랐고, 백이 말했듯 자신이야말로 운이 참 좋다는 생각이 들었다. 코스의 마지막으로 바닐라 아이스크림에 진한 에스쁘레쏘를 끼얹은 디저트가 나왔을 때 김은 기획안을 꺼내서 건넸다. 기획안을 넘겨보던 백이 김을 쳐다보며 살짝 웃었다.

"신선하네요."

"아, 그렇습니까?"

입에 막 아이스크림을 떠넣은 백이 고개를 끄덕였다.

"사실, 너무 과로했더니 에너지가 바닥이 나더군요. 안되겠다 싶어 일을 다 접고 외국에 나가 지냈어요. 모색의 시간이 필요하기도 했구요. 지나고 보니 너무 오래 쉬었네요. 저도 일을 시작하긴 해야죠."

"아, 그러시구나."

말을 하는 한편으로 백은 얇게 썬 사과를 손으로 집어 도톰한 까망베르 치즈를 한쪽 얹더니 건네주었다.

"드셔보실래요?"

사과나 까망베르 치즈를 처음 먹어본 건 아니지만 이런 식으로 먹어본 건 처음이다. 사과는 아삭거렸고 치즈는 말캉하게 씹혔다. 낯선 조합이지만 혀와 코에 감도는 잔향이 썩 괜찮았다. 삼키고 나자 긍정하지 못할 삶의 국면이란 없다는 여유가 생겼다. 그 아슬아슬한 맛의 여운을 짐작한다는 듯 백이 다시 웃었다. 김은 비로소 저녁 내내 자신이 무척 긴장하고 있었다는 걸, 그리고 백이 그걸 건네주는 순간에 꼭 쥐고 있던 끈을 놓듯 긴장이 탁 풀어졌다는 걸 느꼈다.

저녁을 먹는 사이 통유리는 거울이 되어 있었다. 바깥 풍경은 모두 사라지고 실내와 똑같은 공간이 데깔꼬마니처럼 허공에 떠 있다. 올해는 출판사 형편이 지난해보다 나아질 거라는 낙관적 전망도 허공에 뜬 테이블 위에 토핑처럼 얹혀 있다. 김은 눈을 깜박였다. 이 시공간이 동화의 마지막 부분처럼 느껴진다. 혹독하던 추위가 가고 바깥엔 봄이 와 있을지도 몰라.

봉사료와 부가세가 붙은 음식값이 터무니없다는 생각과는 별개로, 싸인을 하는데 하나도 아깝지 않았다. 책이 기본만 나가주어도 급한 불은 끌 수 있지 않겠는가. 백으로선 본격적으로 강을 건너기 전, 바닥이 얼마나 깊은지, 여전히 물살이 센지 돌멩이 하나를 퐁 던져보는 셈 친다 하더라도 말이다. 인터뷰를 했던 그 여성지의 기자처럼, 김 역시 지난 이야기는 한 조각도 꺼내지 않으리라. 사실이든 아니든, 백은 충분한 고통을 이미 겪지 않았겠는가.

같이 엘리베이터를 타고 내려왔다. 백이 이사 온 지 육개월 된 집의 새집증후군에 대해 근심을 했고 김이 참숯이 도움이 될 거라는 이야기를 하는 사이에 백의 집이 있는 12층에 도착했다. 엘리베이터에서 내린 백이 서 있는 복도의 천장이 유난히 높아 보인다. 백을 보내고 김은 로비까지 내려와 바깥으로 나왔다. 안에서의 생각과는 달리 바깥에 봄은 와 있지 않았다. 그래도 뺨에 닿는 차가운 바람이 상쾌하다. 버스를 탈까 하다 그냥 택시를 탔다. 아주 힘든 일을 해치운 기분이 들었다. 지독하던 정체는 사라졌다. 이만 집으로 돌아가 쉬고 싶은데 은애가 아직 사무실에 남아 있다. 직원을 줄이면서 처음엔 김이 씩씩하게 해치우던 일들이 언제부턴가 슬그머니 은애 몫이 되어 있었다. 성격이 운명이다, 응? 더러운 걸 못 참고 물걸레질을 하거나 쓰레기봉투를 들고 다니며 책상에 널린 잡동사니를 쓸어담는 걸 볼 때면 차라리 그렇게 농담 같은 대사를 날리는 게 분위기 수습에 도움이 된다고 생각했지만, 은애는 무표정과 묵언으로 대처하곤 했다. 언제부턴가 교정지까지 붙들고 있는 걸 보며, 바쁜데 그런 거까지 하냐고 했더니 그렇게 얼버무렸다.

해놓은 게 마음에 들지 않아서…… 당장 은애가 거들지 않으면 직원을 하나 더 뽑아야 한다는 걸 김도 알고 있다. 사소한 일에 꼬투리 잡는 성격은 아니어서, 대체로 밀린 일들은 밤시간에 혼자 남아서 해치우곤 했다. 까칠한 우렁각시라고나 할까.

미술관 앞에서 택시를 내렸다. 커다란 포스터가 붙은 창 안쪽은 아직 환하다. 누군가 분주하게 움직이는 게 보인다. 백의 전화를 받느라 입구에서 되돌아나왔던 그 암흑의 공간이 떠올랐다. 더 깊이 들어가보았으면 어땠을까. 호기심은 여유에서 나온다. 김은 문을 밀고 들어가보았다. 책상 위를 정리하고 있던 말총머리 여자가 눈을 두어번 깜박이더니 아, 하며 알은체를 한다.

"오늘 관람은 끝났어요."

김이 가만히 서 있으니, 혼자서라도 한번 들어가보실래요? 묻는다. 김은 고개를 저으며 손가락으로 바깥을 가리켰다. 세상이 다 어두운데 새삼 무슨. 여자는 그 수화의 의미를 이해한다는 듯 살갑게 웃는다.

"그 어둠과 이 어둠은 다르답니다. 전시는 다음주 화요일까지니까 그 안에 한번 나오세요."

*

안에 있을 땐 모르겠는데 나갔다 들어오면 사무실 분위기는 왜이리 을씨년스러운지. 기름 아낀다고 난로를 꺼버렸는지 바깥보다 더 썰렁한 것 같다. 명색이 직장인데 립스틱이라도 좀 바르고 나오지. 은애는 교정지 대신 무슨 동영상을 들여다보고 있었다. 일이 밀렸다더니.

"저녁 먹었어?"

"아직. 배가 안 고프네."

혼자서만 무지 비싼 저녁을 먹고 온 게 마음에 걸려, 김은 약간 과장을 한다.

"계약할 수 있을 거 같아."

은애는 가타부타 말없이 입술을 밉게 내민다. 그걸 보자 울화가 확 치민다. 들어는 봤나? 목구멍이 포도청이라고. 모니터엔 음소거가 된 채로 화염과 연기가 뒤섞인 장면이 흐른다.

"전쟁이라도 났어? 웬 난리야?"

"몰랐어? 여태 어디 있었기에."

"알고 싶지도 않다. 나 사는 게 전쟁이야. 너는 미장원 가서 그 머리 좀 다듬지그래?"

은애는 복잡한 눈빛으로 김을 흘깃 쳐다보고는 손목에 끼워놓은 검정 고무밴드를 빼서 머리를 두어번 돌려 묶으며 중얼거린다. 그러게, 전쟁이네. 헬리콥터에, 물대포에, 특공대까지. 에효, 그만 들어가자. 시들시들한 표정으로 은애는 컴퓨터를 껐다. 돌아오는 내내 은애가 별말이 없자 김은 뇌관에 불을 붙이기 싫어 속으로만 생각한다. 철없긴. 책임을 진다는 게 무언지, 너는 몰라. 하긴, 그 철없음을 사랑했다만.

은애는 집에 들어서자 옷도 갈아입지 않고 침대로 가더니 여기까지 근근이 왔다는 듯 가장자리에 모로 누워 찐 새우처럼 오그리고는 눈을 감는다. 밥 안 먹어? 생각이 없네. 우동 하나 끓여? 못 먹을 거 같아. 김은 거실로 나와버린다. 어디 아프냐고 물어보기엔 김의 마음에도 꼬투리가 있다. 내가 곰이었으면 진즉 사람 됐다. 쑥, 마늘 씹는 일이 이보다 고달프겠나. 보일러 온도를 조금 올리고 아침에 쌓아놓고 나간 그릇들을 씻은 뒤 어제 사온 우동을 하나 끓여보았다. 그사이 거실로 나와 소파에 기대앉은 은애 얼굴이 체한 사람처럼 희노랗다. 우동 봉지를 뜯는 김을 보며 한마디한다.

"저녁 먹었다며?"

"그러게. 배가 고프진 않은데, 속이 허하네."

백과 함께 보낸 시간도, 먹은 저녁밥도 현실감이 없다. 오고 간 접시가 열개가 넘는데 어쩐 일인지. 책을 낼 수는 있을까. 어제 불어놓은 풍선처럼 희망은 발치에 구르며 쪼글쪼글해진다. 끓인 우동을 냄비째 들고 와 내려놓고 텔레비전을 켰다. 뉴스 화면이 낯익다. 사무실에서 은애가 보고 있던 그 장면이다. 건물 꼭대기가 불타오르는 모습이 채널마다 반복되었다.

"어디야?"

은애가 김을 빤히 쳐다보았다.

"알고 싶지도 않다며?"

우동의 맛은 기대 이상이었다. 분식집 우동보다 면발이 쫄깃하고 국물 맛도 훨씬 깔끔하다. 김이 감탄했다. 우리나라가 인스턴트는 진짜 잘 만든다니까! 은애가 부엌으로 가 공기와 젓가락을 들고 오더니 우동 한 젓가락을 덜어간다. 무선기 교신 내용과 고함 소리가 뒤섞여 알아듣기가 어려웠다. 이게 기름이기 때문에 물로는 소화가 안됩니다. 소방 지원이…… 카메라가 뒤로 빠지면서 거리 전체를 조감했다. 김은 그제야 그 화면이 아까의 지독했던 정체의 까닭을 보여주고 있다는 것을 알았다.

"미친놈들. 아까 저길 지나갔네, 내가. 차에 화염병이 떨어져서 죽을 뻔했어. 아아, 미친놈들."

약간 과장을 했으나 그건 자신이 백과 계약을 하기 위해 무엇을 걸었는지 알리고 싶어서였다.

"미친 거 맞아. 양쪽 다. 이래저래 여섯이나 죽었으니. 근데, 왜 미쳐서 자신을 부숴버리는지 헤아려줄 순 없나?"

비웃는 듯한 표정으로 그리 말하면서 우동은 왜 또 덜어가는데? 훌렁한 국물에 가락 몇개만 남는다.

"아, 진짜! 안 먹는다더니. 두개 끓일까 물어봤잖아, 내가."

"자긴 저녁 먹고 왔다며?"

은애가 눈을 하얗게 흘긴다. 얼굴이 기름한 앵커가 마무리 멘트를 하고 있었다. 잇사이에서 김치 조각이 우걱우걱 씹히는 소리에 그의 말은 조각나 흩어지고 찌그러지면서 들리다 말다 했다. 격렬한 화면에 비해 그의 목소리는 차분했으나 연이어지는 비문은 귀에 거슬렸다. ……서둘러 무리했고…… 소방차 한대 없이 무대비…… 정보 없이 무지했으며…… 무모했습니다…… 철거민이건 경찰이건 사람이라는 요소…… 김은 잠시 씹기를 멈추었다. 아나운서답지 않은 비문투성이 멘트 속에서 튀어나온 네개의 단어들이 네발의 총성처럼 들리는 게 의아해서. 무리 무대비 무지 무모.* 탕, 탕, 탕, 탕……

"못 봤어? 그 동네에서 만났다며."

김은 마지막 남은 우동가락을 후룩 빨아들였다. 말과 건더기가 입안에서 뒤섞이며 으깨졌다.

"보진 못했어. 더럽게 막히더라구."

*

이런 어둠.

눈은 무용하다. 손으로 벽을 더듬다보면 손가락 끝에 눈이 생기고 발이 몸을 이끌어간다. 발은 바닥을 자잘하게 짚어나간다. 고속촬영이라도 해놓으면 천수관음 되시겠다. 독한 어둠이다. 눈을 꾸욱 감아본다. 자잘한 빛 알갱이들이 눈꺼풀에 떠오른다. 오늘은 말총머리 대신 몸매가 날렵한 젊은 남자가 서 있었다. 어쩐지 다행이라는 생각이 들었다. 작품 설명은 판에 박은 듯 똑같았다. 김의 앞으로 대여섯명이 들어가고 김이 맨 마지막이었다.

온몸으로 걷다보니 앞쪽에 손바닥이 닿는다. 벽이 있다. 손을 휘저어보니 왼쪽이 비어 있다. 그쪽으로 몸을 틀어 주춤주춤 나아가던 김은 조그맣게 어이쿠 소리를 냈다. 평탄하던 바닥에 턱이 하나 있다. 이십 센티미터쯤 될까. 발바닥으로 끊임없이 바닥을 더듬고 있던 터라 위험하진 않았다. 조금 놀랐을 뿐인데 앞에 가던 사람이 팔을 붙들어주었다. 여자의 손이었다. 중심을 잡을 때까지 그 손은

___

*신형철 『느낌의 공동체』(문학동네 2011) 중 인용.

가만히 기다려주었다. 말초신경은 더욱 날카로워진다. 계단은 그거 하나뿐이었다. 어둠 속에서 앞사람의 등이 더이상 움직이지 않는다. 김도 멈추어서서 버둥거리던 팔을 내려놓았다. 그렇게 가만히 서 있었다. 숨소리만이 한동안 들려왔다. 거리를 가늠할 수 없는 저 앞쪽 어디쯤에 희미한 빛이 한점 나타난다. 들깨알만한 크기의 빛이다. 눈을 꾹 감았다 떠본다. 들깨알은 아주 조금씩 커지면서 그 속도로 밝아진다. 눈은 희미한 빛 알갱이를 필사적으로 붙든다. 들깨알은 벽 전체로 확산된다. 맞은편 벽이 희푸르게 떠올랐다. 짐작보다 넓은 그 벽의 중간쯤에 커다란 디귿자 모양의 선이 보인다. 빛은 결코 충분하지 않다. 앞에 선 누군가가 그쪽으로 걸어간다. 사람들이 주춤주춤 그 뒤를 따라 나아간다. 개별성이 파악되지 않는 그들의 뒷모습이 푸르스름한 마네킹처럼 보인다. 디귿자가 뒤로 쑥 물러난다. 문이었다. 사람들이 그 틈으로 하나씩 빠져나간다. 마지막으로 김이 나서자 등 뒤에서 문이 소리없이 닫힌다. 들어간 곳으로 나오는 줄 알았는데 문은 미술관 바깥으로 바로 이어졌다. 김은 뒤돌아서서 막 빠져나온 그곳을 쳐다보았다. 일부러 그을린 듯 검게 탄 판자로 세운 벽이 비일상적이다.*

여기가 어딘가. 사무실 근처인데도 처음 들어와보는 길이다. 길 끝까지 걸어나가 오른쪽으로 빠지면 동십자각 근처가 나올 것 같

---

*이 단락은 제임스 터렐과 안도오 타다오의 설치작품 「미나미 테라(南寺)」에서 영감을 얻었음.

긴 하다. 김은 조금 빠르게 걸었다. 백의 목소리가 떠올랐다.

김선생님은 그 속에서 무얼 보셨어요?

무얼 보아야 한다는 건가. 그 어둠 속의 한 모퉁이에서 조악한 불꽃놀이 같던 저녁의 난장판이 떠올랐다는 생각이 들었다. 글쎄. 너무 어두워서 그랬던 게야. 그러게 왜 또 들어와가지고. 첫날은 말총머리 때문에 들어왔다면, 오늘은 백과의 통화 끝이었다. 삼청동 까페에서 만나기로 한 약속시간을 이십분 남겨두고 백이 전화를 했다. 김은 미술관 앞에서 막 택시를 타려던 참이었다. 백의 목소리는 우울하게 가라앉아 있었다.

김선생님, 약속을 좀 미룰까요? 제가 심경의 변화가 좀 있어서요.

가슴이 철렁했다. 조심스레 물었다.

무슨……?

사실은, 좀전에 내려갔다 다시 올라왔어요.

어디 아프신 건 아니구요?

가늘고도 선명한 한숨 소리.

큰길까지 나갔는데, 갑자기 입고 있는 옷이 너무 싫은 거예요.

아, 무슨 옷을 입으셨길래?

그냥, 전체적으로, 다요. 이런 기분으로는 도저히…… 이해 못하시겠지요?

아닙니다. 이해합니다. 사람이 그럴 때가 있죠.

김으로선 그런 적이 한번도 없었지만, 단정적으로 대답했다. 심경의 변화를 일으켜, 자신과의 통화 자체가 행운이 되는 인간과는 책을 낼 수 없다고 마음먹는 것보단 백번 낫지. 안도의 숨을 내쉬는 한편, 약간은 연극적인 그 대사가 예술적인 성찰이나 심오한 인문학적 함의를 가진 화두처럼 느껴졌다. 패션이라는 형이하학적 강박이 삶 전체를 지배하는 형태의 구조적……까지 떠올랐는데 백이 다시 물었다.

벌써 출발하신 건 아니죠?

김은 부인했다. 고개까지 가로저으며.

아닙니다. 근처에서 전시를 하나 보고 나오는 길입니다.

어머, 무슨 전시요?

둘러댄 말에 백이 들이대듯 묻자 김은 심하게 허를 찔린 듯 당황스러웠다. 며칠 전 백의 전화를 받느라 입구에서 돌아나와버린 그 공간에 대해 띄엄띄엄 주워섬겼다. 그러니까, 그게, 안도오 타다오던가…… 백이 한결 밝아진 목소리로 끼어들었다. 아, 거기 계시는구나. 그 작품, 참 인상적이죠? 네, 아주 특이하더군요. 김은 자신의 임기응변이 대견스러웠는데 백이 다시 물었다. 어땠어요? 김선생님은 그 속에서 무얼 보셨어요? 5교시에 까무룩 잠에 빠져들다 호명을 당한 학생처럼 김은 화들짝 소스라쳤다. 다행히도 백은 대답할 틈을 주지 않고 연이어 말했다.

저도 그 작품 참 좋아해요. 태양 아래서보다는 어둠 속에서 더 멀리, 더 깊이 볼 수 있다는 걸 알려주는 공간이죠. 그 안에 있다 바깥으로 나오는 순간엔 공기와 햇살의 질감까지 이전과는 다르게 느껴져요. 그 느낌이 확장되면, 세계에 대한 성찰도 그렇게 예민해질 수 있겠죠. 어떤 사람은 그 안에서 처음으로 진짜 자기 자신을 보았다고 말하기도 하더군요.

백의 말은 한동안 더 이어졌다. 텔레비전에서 들려오던 바로 그 목소리가 김의 귓바퀴에서 울렸다. 참 듣기 좋은 목소리였다.

아! 선생님도 가보셨군요. 바로 그 옆이 저희 사무실입니다.

……아뇨. 순회전이 있다는 얘기만 듣고 아직 나가보진 못했어요. 개념미술이란 게 그런 면이 있어요. 어떤 면에선 팸플릿으로 읽을 때 더 선명하게 파악되거든요. 어쨌든, 조만간 제가 다시 전화드릴게요. 오늘은 정말 죄송해요.

백의 목소리는 어느새 옷이 불러일으킨 우울의 정조로 돌아가 있었다. 전화를 끊고 나자, 어쩐지 만난 것보다 더한층 백과 가까워진 듯했다. 다음에 만나면 다시 이 전시에 관한 이야기가 나올지 모른다는 생각이 들었고 몸을 돌려 미술관 안으로 들어갔던 것이다.

김은 어둠만을 보았는데, 백은 무언가 다른 것을 보아야 한다고 했다. 백이 맞겠지. 다른 사람들은 그 안에서 무엇을 보았을까. 한낮에도 영하를 밑돌던 기온이 급격하게 더 떨어지고 있었다. 김은 조금 더 빠르게 걸었다. 하여튼 예술판은 이상한 동네야. 어쩌면 벌거벗은 임금님의 역발상인지도 모르겠군. 무얼 보아야 한다는 건가. 달걀귀신? 그건 아니겠고 하얀 코끼리? 추한 난쟁이의 뒷모습이라도 목격해야 하는 건가.

사무실로 다시 돌아오자 은애는 백을 만나러 나간 걸 알면서도 일찍 들어온 까닭은 묻지 않고 다만 이렇게 근심해주었다.

"왜 그렇게 맥이 빠져서 들어와? 하늘이라도 무너졌어?"

이 여자하고 너무 오래 같이 살았나보다. 요즈음 은애와의 문제는 어쩌면 백의 책이 아닐지도 모른다. 매사에 한판 붙자는 표정으로 쳐다보니. 부부싸움을 선문답으로 하는 건 좋지 않은 방식이란 걸 알면서도 김은 한방을 날린다.

"그러니까, 요즘은 네가 제일 부럽다, 나는. 그 머리나 좀 어떻게 해봐. 원, 여자가."

이렇게 갈구어도 표정 하나 바꾸지 않고 손목에 끼워둔 고무밴드로 머리를 묶으며 중얼거렸다.

"사랑하진 않아도 존경할 수 있는 책을 만들고 싶어."

"책을 존경해서 어쩌겠다는 거야? 존경의 기준도 세월 따라 변하는 거지."

농담처럼 눙쳤지만, 책이라는 말의 은유의 대상이 너무 빤해서 기분이 더러워졌다. 은애는 훗, 웃으며 결정타를 날린다.

"우리가 내는 책들에 기준이 있어?"

이 지점에선 웃는 얼굴을 먼저 거두는 자가 지는 거다.

"내가 사무실 지킬 테니까 네가 마음에 꼭 드는 필자 모셔와라. 나도 틀린 글자나 찾고 앉았으면 살이 찌겠다."

은애가 모처럼 김의 눈을 빤히 올려다보았다. 따져보면 백과 동갑인데 얘는 왜 이리 시든 얼갈이배추처럼 추레한지.

*

처음 만난 날 그랬던 것처럼 백은 12층에서 내리고 김은 로비까지 내처 내려와 바깥으로 나왔다. 김은 몸을 돌려 막 빠져나온 출구 쪽을 쳐다보았다. 검은 통유리가, 김의 썰루엣을 전신거울처럼 선명하게 보여준다. 머리숱이 휑하지도, 배가 나오지도, 구부정하지도 않다. 아직은, 나쁘지 않다. 김은 좀 걷고 싶었다. 작업시간이 끝난 공사장엔 가림막이 쳐져 있었지만 들어가는 데는 문제가 없었다. 크기가 다른 굴착기들이 잠든 공룡처럼 고개를 땅에 처박은 채 여기저기 흩어져 있다. 눈더미가 쌓여 있고 어두운데다 울퉁불퉁해 걷기는 불편했지만 오분도 걷지 않아 전에 소방차와 맞닥뜨렸던 포장도로가 나왔다. 택시로 달려올 때는 한참 들어온 것 같았는데, 작은 개울을 이루며 흘러내리던 물길은 흔적조차 없다. 지난 이틀 동안 꽤 많은 눈이 왔는데, 시의 제설 능력은 놀라웠다. 김은 내처 큰길 쪽으로 걸었다. 고기와 술과 국수와 순댓국 따위를 파는 밥집엔 저녁 손님들이 북적인다. 환한 불빛과 짠 육수 냄새와 웃음소리가 골목 구석까지 흩어진다. 형상기억합금으로 만든 브래지어처럼 일상의 복원력은 놀랍다. 오른쪽으로 고개를 돌려보았다. 어둑한 대기 속에서 이면도로 쪽은 조금 더 검게 보일 뿐, 희미한 탄내조차 남아 있지 않다.

그러니까, 보지 못했다. 소방차보다 먼저 좌회전을 하기 전까지는. 공사장 안으로 들어서자 울퉁불퉁한 흙길의 느낌이 엉덩이에 전해졌고, 너무 늦진 않았다는 안도감으로 긴 숨을 내쉬며 뒤를 돌아보았다.

어떤 회전 각도에서 그 건물이 선명하게 보였다가 이내 사라졌다. 아주, 아주 짧은 순간이었다. 떨어져내리는 검은 덩어리가, 위에서 집어던지는 쓰레긴 줄 알았다. 소돔을 뒤돌아보던 롯의 아내가 그러했을까. ……같지 않을 것이다. 김은 더 절박했다. 백이 가버리기라도 하면, 무너지는 건 뒤편에 두고 온 세계가 아니었다. 자신이 서 있는 지층이었고 막 내디딜 앞쪽이었다.

밤에 우동을 나누어 먹을 때, 자신이 목격한 것을 은애에게 증언해야 했을까. 그땐 몰랐는데. 불꽃은 불꽃이고 돌멩이는 돌멩이였는데. 죄의식 같은 건 아니다. 다만 자꾸 생각이 났다. 김은 고개를 돌려 뒤편을 올려다보았다. 맨 꼭대기 층, 조금 전 백과 만났던 스카이라운지는 거대한 광고판처럼 휘황하다.

그게 그렇더군요.

준비해간 계약서에 싸인을 하는 백의 손을 쳐다보며 김은 가쁜 숨을 꾹 누르고 있었다. 만감이 교차한다고나 할까. 두근거림을 내색지 않으려는 김과 달리, 백은 긴 공백 뒤에 새로이 일을 시작하는 감회를 굳이 감추고 싶지 않은 것 같았다. 와인잔을 둥글게 돌리며 백은 눈을 가늘게 떴다.

처음엔 너무 고통스러웠어요. 주위 사람들은 전부 보지 말아야 한다고 말렸지만 흰자위의 실핏줄이 터지도록 모니터를 들여다보게 되더라구요. 밤새워 읽다 기절을 하기도 했죠. 그런데 에일리언처럼 끝없이 쏟아져나오는 그 댓글들을 읽다보니 그 말들이 다 맞다는 긍정의 순간이 오는 거예요. 내가 그 글을 쓰지 않았다는, 내가 거짓말쟁이라는, 나도 모르겠다는. 그러자 긴 불면 끝에 잠이 몰려오듯 그렇게 편안해지는 거예요. 제 흰자위엔 그때 생긴 흉이 아직 남아 있어요. 보실래요?

백이 테이블 위로 상체를 깊이 기울이며 왼손 검지로 아래 눈꺼풀을 까뒤집었다. 김도 얼결에 테이블 위로 몸을 쑥 내밀고 눈을 들여다보았다. 갈색을 띤 눈동자가 너무 가까이 있었다. 터진 실핏줄의 흔적은 보이지 않았지만 김은 고개를 끄덕였다.

큰길로 나오자 다시 굵은 눈발이 하나씩 날리기 시작한다. 백이 끝까지 버텨주었더라면 더 좋았겠다는 생각이 언뜻 스친다. 그 얘긴 말도 안된다고, 과도한 요구를 거절한 데 대한 테러였다고. 뭐, 그렇게까진 아니어도 사소한 오해가 있었다고, 출판 방식에 대한 가치관의 차이가 있었다고, 책을 내기 위해 좀 서두르긴 했다고, 애매하게 말해주었더라면 좋았겠다. 눈꺼풀에서 손을 떼고 등받이에 기대앉으며 이렇게 말하는 대신.

앤디 워홀은 자신의 작업실을 팩토리라 불렀어요. 현대미술의 총아 제프 쿤스 역시 부리는 조수가 수십명이에요. 예술이 비즈니스라고 선언한 게 언젠데 우린 아직…… 중요한 건 아이디어와 영감이죠. 누구나 할 수 있는 단순노동까지 제가 일일이 챙길 시간이 없잖아요.

자정 무렵의 예술채널에서 이야기할 때처럼, 백의 말은 처음과 꼬리가 맞물려 있었다. 입으로 제 꼬리를 물고 끝없이 뱅글뱅글 돌다보면 열반에라도 이를 듯 모호하고 어지럽던 말들, 말들. 그것은 긍정과 부정을 배제한 어법이었다. 백으로선 어쩔 수 없었겠지. 새로 책을 내기 위해선 그때와 똑같은 과정의 반복이 필요할 것이고, 그 이야기를 새로 계약한 출판사 사장에게 하지 않고는 일이 진행될 수 없을 터이니.

신호가 바뀌자 한강대교 쪽에서 달려온 버스들이 연이어 밀려든다. 501번 버스 안은 붐비지도 않고 따뜻하다. 도로는 정체가 이어지다 풀리다 했다. 남영역 교차로를 지나자, 내내 갑갑하던 기분이 한결 나아졌다. 한국일보 근처에서 내려 사무실까지 걷는 동안 눈발은 점점 굵어진다. 불이 켜진 미술관이 커다란 어항 같다. 안에서 움직이는 사람들이 물고기 같아 잠시 쳐다보다 안으로 들어가보았다. 말총머리 여자가 김을 보자 반가운 듯 웃는다.

"첫날 오셨다가 그냥 가셨죠?"

기억하고 지랄이야. 옆에 있는 젊은 남자는 사흘 내내 들러도 매번 처음 보는 사람처럼 굴었다. 김은 생뚱한 표정으로 물어보았다. 이 작품 제목이 뭔가요? 여자는 팸플릿을 하나 갖다주며 곰살맞게 군다. 마지막 날이니 그냥 드릴게요. 오늘은 휴대폰을 잠시 끄고 들어가세요. 김은 줄의 맨 끝에 가서 섰다. 오던 중에 관람객이 제일 많다. 마지막 날이어선가.

어둠 속에서, 김은 이제 그리 더듬지 않는다.

얼마만큼 나아가면 왼쪽으로 꺾어지는지, 거기서 몇 걸음 나가면 계단이 나오는지 몸은 학습을 해놓았다. 벽을 더듬는 손바닥은 한결 여유가 있지만 이 어둠 자체만은 좀체 익숙해지지 않는다. 김이 막 계단을 올라서는데, 한 사람의 숨소리가 갑자기 도드라진다. 일정하지 않고, 토막 나고, 축축하다. 흐트러진 숨소리는 조금씩 더 거칠어진다. 우는 것일까, 설마. 흐느낌을 누르려 애쓰는 게 선명하게 느껴진다. 완고한 어둠이 미세하게 흔들린다. 김은 어둠을 노려보았다. 익숙해진 들깨알 크기의 빛이 보이고, 그 빛이 벽 전체로 확산되면서 디근자 모양의 문이 나타난다. 사람들이 걸어가고 문이 열린다. 개별성이 없는 푸르스름한 뒷모습들을 지켜보며 김은 주춤거렸다. 조금만 더, 여기 머물고 싶다.

　김은 천천히 닫히는 문틈으로 빠져나와 동십자각 쪽으로 내처 걸었다. 저만치 앞에서 걸어가는 여자, 길지 않은 머리를 검은 고무줄로 묶은 저 여자일까. 김은 여자의 뒤를 따라 걷는다. 흐억흐억. 흐느낌을 촉발한 것이 무엇인지, 물어보지 못할 것을 알면서도 걸음을 빨리해본다. 모퉁이에서 여자는 동십자각의 반대쪽으로 사라진다. 김의 그림자가 그녀를 따라간다. 가까이 다가가 회색 홈스펀 코트에 가린 어깨를 살짝 건드려본다. 돌아보는 여자의 얼굴은 젖은 물감을 문지른 듯 흐릿하고 멀다. 그녀의 목구멍에서 흘러나오는 건 김의 목소리다.

　—어떤 어둠 속에서 누군가 불꽃나무를 보여주었고 난 그걸 써커스라고 읽었지.

　눈 위에 남은 발자국이 보고 있는 사이 지워진다. 은애였을까. 아니라는 걸 알면서도 김은 은애 생각을 하고 있었다. 요 며칠 속이 안 좋다며 노랗게 질려 있더니, 어제는 일찍 들어가면서 김의 책상 위에 노란색 포스트잇 하나를 얌전히 붙여놓았다.

　당신 하고 싶은 대로 해. 화나서 하는 말 아니야. 피임에 실패한, 은애.

　김은 습관처럼 한숨을 쉬었다. 도시의 밤은, 완전히 어두워지지 않는다. 이 도시의 어둠은 몇개일까. 어쩌면 그 완전한 어둠이 그리워질 것 같기도 하다. 그러니까, 그게 제목이 뭐였더라. 왼손에 쥐고 있던 팸플릿을 들어 펼쳐보았다. 어둡진 않아도 자잘한 글자를 읽기엔 무리다. 팸플릿엔 그 설치물의 외부, 검게 그을린 판자로 만든 외벽과 단순한 직사각의 입구 사진만 실려 있다. 김은 그것이 부당하다고 잠깐 느꼈고, 계약서가 든 가방의 손잡이를 꼭 쥔 채 달려오는 406번 버스가 정차할 지점을 어림하며 차도로 내려섰다.

파견 근무

목선을 따라 흰 레이스가 달린 분홍 블라우스 아래로 배꼽이 살짝살짝 보인다. 저만치 걸어오는 아이는 학예회 무대에서 첫 배역을 맡은 소녀 같다. 커다란 비눗방울 안에서 어떻게든 그걸 터뜨리지 않고 걸어야 하는 역할을 맡은. 누군가 제 내장까지 들여다보고 있다는 걸 알고 있는 게다. 막 꺼내 입었는지 연초록 스커트엔 조글조글 구김이 갔다. 아무리 튀는 색의 옷을 입어도 더할 나위 없이 어울리는 건 저 또래 아이들뿐이지.

놀이터는 텅 비어 있다. 어느새 그늘이 좋은 계절이었다. 성급하게 망울을 터뜨린 등꽃 그늘 아래서 걸어오는 아이를 지켜보고 있자니 목이 마른 느낌이 든다.

황태탕 잘하는 집이 있다며 앞장설 때까지도 홍은 어딜 들르겠다는 얘기가 없었다. 더위가 코앞에 닥친 계절에 황태탕이란 썩 당기는 메뉴는 아니다. 뜨거운 뚝배기가 앞에 놓이자 오는 내내 난감한 기분이던 까닭을 알 것 같았다. 땀을 쏟으며 절반이나 먹고 일어나 나왔을 때에야 홍은, 집에 있을지 모르겠네, 이쪽으로 잠시만…… 애매한 말을 흘리며 상가 뒤편으로 난 지저분한 길을 건너 아파트 단지 쪽으로 걸음을 옮겼다. 고층아파트가 드리운 그늘 아래로 들어서야 강을 뒤돌아보며 말했다. 마침 이 근처가, 현장이네요. 한번 들어가보셔도 되고…… 외가가 같은 단지라 지금은 할머니가 아이를 데리고 있긴 합니다만. 나긋나긋한 말투였지만 앞뒤 없이 왔다 갔다 하는 게 난센스 퀴즈처럼 들렸다. 그제야 황태탕을 핑계로 여기까지 끌고 온 까닭을 짐작할 만했다. 예상치 못한 일이라 무어라 답을 못하고 있는데 휴대폰을 꺼내더니 전화를 건 사람 같지 않게 예예, 짧게 대답만 하고는 끊었다. 겨우 일분이나 지났을까. 출입문 뒤에서 기다리고나 있었다는 듯 아이가 나타난 것이다. 아이 뒤편으로 예순 중반으로 보이는 여인 하나가 줄레줄레 따라오고 있었다. 이것 봐라. 어쩌다보니 무람없이 대하는 사이가 되긴 했지만 6급 공무원과 현직 판사의 신분이란 별당아씨와 머슴만큼이나 유가 다른 법이거늘. 이곳으로 발령받고 와서 홍과 알고 지낸 지 일년이다. 다섯살 위지만 그의 깍듯함을 당연하게 여겨왔다. 날 어찌 보고. 아랫것들과는 밥을 같이 먹지 말아야 하는데. 걸어오는 아이를 바라보고 있던 홍이 코를 훌쩍이며 손바닥으로 얼굴을 문지른다. 저도 눈치가 보이겠지.

"감기 기운이 있나봐요?"

따지듯 물어본 것도 아닌데 눈을 크게 뜨고 고개를 저었다.

"아니에요. 제가 이 계절에 알러지가 있어요. 그냥 콧물만 쏟아 져요. 수도꼭지 틀어놓은 것처럼. 아주 죽겠습니다."

그러고는 보란 듯 후루룩 콧물을 들이마신다. 더러운 새끼.

크고 작은 재판이 눈코 뜰 새 없이 이어졌다. 소액재판이 있는 날은 처리해야 할 사건만 수십건이다. 훑어보아야 하는 공소장이나 관련 자료의 분량이 엄청났다. 한주 동안에만도 읽어야 하는 보고서가 수천 쪽은 좋이 되었다. 그것도 다 못 읽는 판에 사건 당사자를 직접 만날 시간도, 이유도 없었다.

가까이 오자 어느새 아이 앞으로 나선 할머니가 허리를 꺾어 인사하고는 아이에게도 인사를 시킨다. 판사님께 인사해야지. 아이는 제 할머니를 먼저 올려다본 후에 머루 같은 눈으로 강을 잠시 쳐다보았다. 안녕하세요, 인사하는 목소리가 채 여물지 않았다. 더워졌어요, 홍의 너스레에 할머니는 맞장구를 쳤다. 그러게. 엊그제까지도 무르팍에 찬바람이 돌더니. 할머니는 손에 쥐고 있던 손수건을 아이의 코에 갖다대고 흥 소리를 냈지만 아이는 가만있었다. 이상한 고집이 느껴졌다.

"흥 하래도?"

할머니 목소리에 상냥함과 동시에 섬뜩함이 풍겨났다. 그제야 아이는 조그맣게 흥 소리를 내며 코를 풀었다. 할머니는 아이의 코 언저리를 야무지게 닦아내고는 그 수건으로 자신도 코를 풀었다. 그 얼굴에 겪지 말아야 할 일을 치러낸 자의 고통이 아로새겨져 있었다. 홍이 할머니에게 무어라 말을 붙이며 그네 쪽으로 슬그머니 걸어갔다. 난감했고, 그보다는 화가 났다. 아이는 코를 살짝 찌푸리며 강을 올려다보았다. 밀가루 반죽을 떼어 올린 것처럼 조그맣고 말캉해 보이는 코다.

"여기 좀 앉을까?"

코를 풀지 않고 버티던 것과는 달리 얌전히 벤치에 앉는다. 아이는, 그냥 아이였다. 다섯살짜리 여자아이. 동그란 이마와 투명한 볼. 불어온 바람이 머리카락을 온통 헝클어놔도 귀여움을 숨길 수 없는 나이.

발아래 모래의 파인 부분이 검게 보인다. 지난밤에 비가 꽤 왔었지. 그러잖아도 굴곡이 심한 국도를 운전하기엔 힘든 날씨였다. 강은 그 생각만으로도 국도 저편의 그곳으로 휘달려가는 마음을 꾹누른다. 아이는 고개를 틀어 강을 올려다보았다. 뭐가 됐든 말을 해야 한다고 생각하자 속이 부글부글 끓어올랐다. 그런 사정쯤 안다는 듯 홍은 이쪽을 돌아보지 않는다. 사건 파일을 한번 대충 훑어본 게 전부다. 무슨 말을 하겠는가, 엄마를 잃은 다섯살짜리라니. 그것도 어쩌면 아빠 손에. 목을 맨 상태로 자기 집 욕실에서 발견된 서른다섯살 여성의 추정 사인은 처음엔 단순자살이었다. 그렇게 정리될 일이었는데 유족 측에서 들고일어났다. 사건을 구성하면서 아이는 증인이 되었다. 아이의 아빠는 말도 안되는 소리라며 변호사 선임조차 않겠다 했다. 기억나는 건 고작 그 정도다.

첫 꽃망울을 터뜨린 등꽃 아래 앉아서, 얘야 아빠가 엄마 목을 졸랐니? 물어보아야 하는 건가. 유리알처럼 햇살을 되쏘는 미끄럼틀을 물끄러미 쳐다보고 있는데 아이가 기다리다 못해 제풀에 조랑조랑 이야기를 늘어놓았다.

"엄마랑 아빠랑 싸워요. 엄마가 소리를 질러요. 엄마가 침대에서 이불을 뒤집어써요. 아빠가 부엌에서 가위를 가져와요. 엄마는 달아나요. 그건 어제, 어제 일이에요. 아빠가 엄마 목을 잡아요."

단숨에 거기까지 말하고는 침을 꼴깍 삼킨다. 잘하고 있느냐 묻듯 강을 한번 올려다본 아이는 작은 손으로 제 목덜미를 감싼다. 엄지 두개가 목울대에서 만나고 가운데손가락의 끝이 뒷덜미에서 엇갈린다. 아이의 목은 놀랍도록 가늘다.

"이렇게요."

힘을 얼마나 주었는지 손목이 바르르 떨린다. 눈자위가 빨개졌다. 주름 하나 없는 입술은 점막처럼 투명하고 붉다. 아이는 손을 내려 허벅지 위에 가지런히 모은다. 말과 움직임은 동시에 이루어지지 않는다. 말과 아이는 나뉘어 있다.

"엄마는 숨을 쉬지 않아요."

지구 반대편에서 일어난 폭발사고를 전하는 리포터처럼 또랑또랑 말하는 아이의 얼굴을 새삼스럽게 내려다보았다. 자신의 우주가 폭삭 쪼그라져 블랙홀이 되어버린 걸 아직 모르는 걸까. 아이의 콧등에 자잘한 땀방울이 맺혔지만 가슴 언저리는 평온하다. 땅바닥에 닿지 못하는 발 두개가 시계추처럼 흔들린다. 아이의 시선은 제 손등에 얹힌다. 숨결이 가지런하다. 등꽃이 비칠 듯 아른거리는 뺨은 죽음을 모른다. 허벅지 위에 놓인 제 손과 수그린 머리 사이가 너무 멀다는 듯 어린 눈빛이 아득하다.

자살 혹은 타살. 오십 퍼센트의 확률. 알고 보면 세상 역시 거대한 초록색 테이블이다. 짧은 한숨 끝에 강의 마음은 기어이 국도 저편으로 날아간다. 단순하고도 아름다운 세계. 다이사이(大小). 크거나 작거나. 초록색 테이블 앞에 앉으면 횡격막 근처에서 리히터 지진계처럼 미세한 떨림이 시작된다. 그 숨막힐 듯 마음을 사로잡는 긴장감이라니. 언제부턴가 그것은 수시로 현실의 틈을 비집고 밀려들었다. 심해의 수압처럼 독하게, 끊임없이. 아니다. 사실을 말하자면 강의 영혼은 그것에 완전히 사로잡혀 있었다. 어젯밤 늦게라도 손을 털고 일어선 게 대견하게 여겨질 만큼.

저녁을 먹고 사무실에서 밀린 판결문을 쓰고 있다가 차를 몰아 J시에 도착한 것이 열한시 가까운 시각. 먼저 온 차들로 빼곡한 주차장에 겨우 차를 세워놓고 비를 맞으며 달려가 휘황한 불을 밝힌 건물의 문을 열고 들어서는 순간, 단전 깊숙한 곳에서 뜨거운 기운이 몽글몽글 피어올랐다. 형광등 아래서 판결문을 적어내려갈 때면 젖은 짚단처럼 가라앉던 몸의 어느 구석에서 웅웅 소리를 내며 발전기가 가동되기 시작했다. 실내 공기는 서늘하면서도 뜨거웠다. 확실히 그 안에는 이르게 에어컨을 가동해야 할 만큼 열기가 가득했고 그 열기는 살갗을 통해 전염성 강한 바이러스처럼 스며들었다. 피돌기가 빨라졌다. 그 순간에는 그곳에서 해야 할 일이 걷는 일이라면, 일곱 밤과 일곱 낮을 걷는다 해도 피곤치 않을 것 같았다. 씨스티나 성당 천장화 속 아담의 손가락처럼 '바로 그' 세계에 내 손가락이 마침내 닿을 것이라는 확신이 밀려왔다. 지나던 바까라 테이블에선 환호가 터져나왔고 기를 받는 심정으로 잠시 테이블을 지켜보다 다이사이 판으로 걸음을 옮겼다. 이상하게도 강은 다른 게임엔 애초부터 관심이 없었다. 겨우 빈자리를 구해 앉았고 순식간에 백판 이상 진행이 되었다기보다는 시간 개념이 사라져버렸다. 칩은 눈에 띄게 줄어 있었고 신경줄은 끊어질 듯 가늘어졌다. 쪼잔하게 몇판으로 나누느니 운을 시험해볼까. 배수로 베팅하면서부터 승기가 돌아왔다. 신내린 무당처럼 펼쳐질 주사위가 눈 뒤쪽 어디쯤에 환하게 보인다는 확신이 들었다. 다시 두 배로 판을 키웠다. 이젠 꺾어야 한다 싶었지만 그 생각은 손가락에서 너무 먼 곳에 있었고, 모든 것이 끝났다. 순식간이었다. 그랬다. 매번. '바로 그' 세계에 손가락의 끝이 닿으려는 순간, 다른 세계로 들어서려는 순간, 문이 막 열리려는 순간, 칩은 바닥이 났다.

어쩌면 자신이 그곳에서 찾는 것은, 손가락의 끝이 마침내 닿으려는 그 순간의 느낌이 아닐까. 지난밤과 함께 사라져버린 그 느낌에 잠시만 더 빠져 있고 싶어진다. 눈을 감고 보드라운 담요에 뺨을 대고 있듯. 아주 잠깐이라도. 아이의 명랑한 목소리가 무거운 눈꺼풀 사이를 비집고 들어온다.

"그런데 엄마 옷에는 미니 얼굴이 그려져 있어요. 열개도 넘어요. 내가 제일 좋아하는 옷이에요."

"그랬구나."

강은 아이에게 아무것도 묻지 않았다. 아이의 머리를 쓰다듬어주고는 뒤를 돌아다보았다. 동태를 살피고 있었는지 둘이 이쪽으로 걸어왔다. 할머니는 주저앉아 아이를 끌어안고 손바닥으로 손등을 자꾸만 문질렀다. 아이고 내 새끼, 내 새끼를 어쩌면 좋아. 내가 이 난리를 겪느라 이십년은 폭삭 늙어버렸어. 아이고 내 새끼.

그녀가 탄식하듯 부르는 내 새끼가 이 아이인지 죽은 딸인지 알 수 없었다. 그녀의 슬픔엔 어쩐지 연극적인 과장이 섞여 있는 것 같다. 인간의 슬픔은 아무리 혹독하다 해도 십오일이 지나면 희석되기 시작한다지. 할머니는 갑자기 고개를 반짝 치켜들고 강을 쳐다보았다.

"그놈만 만나지 않았으면…… 그놈 죽는 꼴 보기 전엔 내가 눈을 못 감아."

주먹으로 가슴을 쳤다. 미끄럼틀과 정글짐 사이로 속이 빈 통을 두드리듯 텅텅 소리가 퍼져나갔다. 그만 들어가보세요. 홍이 눈짓을 하자 할머니는 몇번이나 허리를 숙여 인사하고는 아이에게도 인사를 시켰다. 할머니의 손을 잡고 걸어가던 아이가 아파트 입구로 들어서기 전 몸을 돌려 뒤를 한번 보았다.

"촌수가 좀 있긴 하지만 저희 고모 되십니다."

나긋한 목소리라니. 화가 나 있는 거 뻔히 알 텐데. 간이 배 밖으로 튀어나왔다. 사건 배정에도 손을 쓰지 않았을까. 꼬리가 여덟은 달렸으니. 앞에선 예예 하면서, 너는 구르는 돌 나는 박힌 돌, 싫겠지. 이러냐 저러냐 말없이 돌아서서 상가 쪽으로 걸어가는데 또 한마디 슬쩍 올려놓는다.

"뻔하잖습니까?"

뻔하다니. 법정까지 온 사건에 대해선, 법원 앞에서 순두부 끓이는 아줌마도 그런 경솔한 소리는 하지 않는다. 심정적으로는 편을 들고 싶겠지만 검찰수사관 경력이 십년 넘는 사람이 할 말은 아니다.

"사람이란 게 간단치 않아서요."

그냥 그러고 말았다. 이렇게 따로 아이를 만난다 해서 달라질 건 없다. 절차에 대해선 강보다 더 잘 알고 있을 텐데, 왜?

"저 나이 증언, 인정받기 어려운 거 아시잖아요."

"그러니까요."

그러니까 네 소관 아니냐는 거지. 다시 화가 푹 솟았다.

"아이가 문제죠. 저 얘기를 제 입으로 할 때마다 단단한 몽둥이로 머리통을 후려친 것 같은 충격을 받을 겁니다. 진실이 어느 쪽이든 상관없이 말입니다."

홍이 어떤 표정을 하고 있는지는 알 수 없었다. 먼 고모의 외손녀라면 이번에 처음 보았을 수도 있지. 눈치는 빠삭해서 오는 내내 더이상 말이 없었다. 법원 로비에서, 올라가시라며 인사를 하더니 잊을 뻔했다는 듯 아, 혼잣소리를 흘리며 옆으로 바싹 다가섰다.

"이지쏠루션이라고 있어요. 코스닥인데 오늘내일 좀 사놓으세요. 일곱 배, 최소한 다섯 배는 간다는데. 뭐, 담당이 아니시니 본인 명의로 해도 괜찮을 듯싶지만 그래도 가까운 사람 명의로 계좌부터 하나 개설해놓으세요. 사람 일은 모르니까요."

무슨 소리냐는 듯 쳐다보자 홍의 목소리는 조금 더 낮아진다.

"금융법 위반으로 이틀째 조사 중인 애가 하나 있어요. 제가 보기엔 따끈합니다. 생사가 걸린 자린데 뻥이야 치겠어요? 일주일 안에 쇼부날 일 가지고."

무어라 대답을 하기도 전에 홍은 돌아섰다. 어쩌면 홍의 목소리는 내 앞에서만 저렇게 나긋나긋한 것일까. 그나저나 최소한 다섯 배라니. 그놈들은 다 그렇게 쉽게 버나.

주식투자는 한번도 해본 적이 없다. 투자한 펀드가 두 배가 됐다는 대학동기도 있었지만, 한창 주식 경기가 좋았던 그 시절엔 돈이 없었다. 연수원을 막 마쳤을 때다. 돈이 있었어도 한 귀로 흘려들었을 것이다. 연수원 성적은 열 손가락 안에 들었다. 공부에 재능이 있다는 건 고등학교 때 알았다. 다른 친구들보다 유난스럽게 파고들지 않아도 전교 석차는 최상위권을 벗어나지 않았다. 연수원 성적이 좋지 않아 발령을 포기하고 여기저기 변두리나 지방 로펌에 이력서 돌리고 다니는 동기들과 자기는 지향하는 세계가 다르다고 생각했다. 일곱 배의 승률이 가능한 부류의 삶은 어떤 것일까. 흘려들었다 했는데 그 배수는 머릿속에 또렷하게 자리잡았다. 이지쏠루션이라 했던가.

*

법정에 나가 오후 재판을 마치고 돌아와서야 산맥을 이루고 있는 서류더미 위에서 그 사건 관련 자료를 찾아보았다. 밀려드는 자료는 매일 무협지 읽듯 진도를 나가도 소화하기 어려운 분량이었다. 초임 시절엔 퇴근할 때 서류 싸들고 다니는 걸 당연하게 생각했다. 날마다 보따리를 들고 집에 들어서면 아내는 싫지 않은 표정으로 투정을 하곤 했다. 내가 결혼한 사람이 판사야, 보따리장사야? 아내는 이제 그런 투정은 하지 않는다. 아예 타짜로 나서지그래? 조롱하듯 싸늘한 목소리도 밤의 국도를 달려가는 강을 돌려세우지 못한다. 퇴근길에 곧바로 그리로 달려가는 날이면 차 뒷자리의 자료들을 들춰보지도 못하고 출근길에 고스란히 되들고 오기 일쑤였다. 시간에 쫓기면 자신의 동물적인 감각을 믿으며 핵심 부분만 획획 넘겨볼 수밖에 없었다.

첫 발령은 남부지원이었다. 얼마 되지 않아 강은 이 일이 본성에 맞지 않는다는 걸 깨달았다. 일 자체는 어렵지 않았으나 지루하고 흥미가 없었다. 중간에 연수원 근무가 짧게 있었고 그곳에서 강의를 하는 일이 그나마 적성에 맞았다. 연수원 임기가 끝나고 지방근무를 돌아야 했을 때 본가가 있는 이곳을 지원했다. 중학교 교사인 아내는 서울에 남았다. 부모님은 비어 있는 방에 들어와 살라 했지만 오피스텔을 하나 임대해 지내면서 일주일에 한번쯤 본가에 가서 저녁을 먹었다. 칠순이 된 어머니는 옛날과 달리 국도 찬도 짜게 간을 맞추었는데 아버지는 불평 없이 잘 드셨다. 회식자리가 이어지다 집에서 먹는 날이면 밥 한 끼 먹는 게 벌받는 것처럼 여겨졌다. 어머니 탓이라기보다는 주중에 먹는 기름진 음식들 때문일 것이다.

지루하기 싫었던 일상은 짐작과는 영 달랐다. 휴양지로 떠난 출장 같았다고 할까. 결혼 후 처음으로 혼자 지내는 시간이 은근히 설레었다. 주말이면 강이 서울로 갔다. 처음 와서는 테니스를 열심히 쳤다. 법원 안에 있는 코트는 공짜인데다 코치가 따로 있었다. 이곳엔 처음부터 향판으로 눌러앉은 사람들이 많았다. 붙박이로 근무하는 그들의 세계는 서울과 지방을 주기적으로 옮겨다니는 이들과는 또 달랐다. 가까이서 들여다보니 훨씬 안정적으로 보였다.

퇴임 후엔 지역변호사로 개업해서 전관예우 받으며 한두해 만에 평생 먹고살 걸 벌 수 있으니 그럴 수밖에 없겠지 싶었다. 알고 보니 다 선후배 사이인 이들과 어울리면서부터는 골프장엘 자주 나가게 되었다. 주말에 약속이 잡히면 서울 집에 가는 걸 한주 걸러야 했다. 제 돈을 내고 골프를 친 기억은 없었다. 햇살 아래 산소가 풍부한 공기를 마시며 지치도록 골프채를 휘두르고 나서 해안가 횟집에서 생선 살점을 씹다보면 스트레스가 싹 날아갔다. 같이 골프를 치고 저녁을 먹는 사람들은 지역에서 이런저런 영향력이 있는 사람들이었다. 권력이든 재력이든. 유머감각이 없는 게 유감이긴 했지만 별것 아닌 강의 이야기에 크게 웃는 걸 보면 순박한 사람들이라는 생각이 들었다. 세심한 배려와 대접이 처음엔 고마웠고 점점 당연하게 여겨졌다. 사소한 송사에 연루되면 저녁자리가 만들어졌다. 그 선에서 해결이 되지 않은 일들은 크게 법을 어기지 않는 한도 안에서 재량껏 선처를 해주었다.

처음 J시에 간 것도 그 사람들과 함께였다. 단골로 다니던 횟집에서 반주를 겸한 저녁을 먹던 중이었다. 구원장이 카지노 구경을 가자고 했다. 서울 어디 대학병원에 있다가 귀향해서 종합병원을 차린 사람이었다. 썩 내키진 않았으나 동석한 사람 중 누구도 가지 않겠다는 말을 하지 않았다. 그때까지 강은 슬롯머신 한번 당겨본 일이 없었다. 구원장은 기사를 돌려보내고 직접 운전을 했다. 이미 어두웠으나 초행이 아닌 듯 익숙하게 핸들을 꺾었다. J시는 생각보다 가까운 곳에 있었다. 환하게 불을 밝힌 실내로 들어섰을 때 그곳이 다른 세계처럼 느껴진 건 불빛이나 인파 때문만은 아니었다.

모든 사람이 동일한 욕망을 가지고 있는 공간은 기형적인 에너지로 가득 차 있었다.

누군가 칩을 주머니에 넣어주었다. 건축업을 하는 장이 슬롯머신 룰 몇가지를 일러주다 눈만 깜박이는 강이 갑갑한 듯 그랬다. 그냥 땡기면 되는 거예요. 중간중간 몇개의 칩이 떨어져나오기도 했지만 별 재미가 없었다. 근처 자리에서 꽤 큰 게 터져 사람들이 몰려들었고 잠시 그걸 구경하기도 했다. 그러는 사이 칩은 모두 사라졌지만 애초에 그건 돈 같지가 않아서 잃었다는 느낌도 들지 않았다. 액수를 정해놓고 해야 돼요. 그거 다 털고 나면 미련 없이 일어나는 거, 그게 여기서 돈 버는 겁니다. 말은 그렇게 하면서도 장이 또 칩을 바꾸어왔다. 그것까지 잃고 나서는 홀가분한 마음으로 실내를 돌아다니며 구경을 했다. 뜻밖에 젊은 애들이 많았다. 행색이 꾀죄죄한 사내들이 테이블 옆에 서서 돈을 건 사람보다 더 눈알이 노래져서 들여다보고 있었다. 슬롯머신 앞에서 두 손을 모으고 머리를 흔들며 간절히 기도하는 아줌마의 파마머리 뒤통수를 보자니 코미디의 한 장면 같았다. 블랙잭은 한참 들여다보아도 알 듯 말 듯했다.

더 안쪽으로 들어가자 구원장이 앉아 있는 게 보였다. 테이블 위에 칩과 지폐가 같이 쌓여 있었고 주사위 세개가 투명한 유리관 안에 들어 있었다. 그 위에 다시 덮개를 덮었다가 열었다. 2 4 6. 둘러선 사람들 사이에서 낮은 탄식이 흘렀다. 모자란 사람들처럼 보였다. 구원장이 칩을 쓸어왔고 다시 큰 쪽에 걸었다. 3 5 5. 아까보다 훨씬 큰 탄성이 터졌다. 5가 하나만 더 나왔으면 잭팟이 따로 없다

고 옆에 선 누군가가 입냄새를 풍기며 속삭였다. 소소한 예외가 있
지만 룰은 아주 단순했다. 크거나 작거나. 그 기준은 11인 모양이었
다. 오십 퍼센트 확률의 세계에 실력 같은 건 들어갈 틈이 없어 보
였다. 승률이 높은 것처럼 보였는데, 한참 보고 있는 사이 앞에 쌓
여 있던 칩이 바닥이 났다. 승패 따위 상관없다는 듯 걸어나오며
구원장이 말했다. 제가 여태 병원 날리지 않은 건, 게임에 이겨서가
아니라 칩이 바닥났을 때 자리 털고 일어났기 때문이에요. 제가 보
기엔 이긴 판이 더 많은 것 같았는데요? 맞아요. 막판에 내리 배수
로 걸지 않았으면 여태 하고 있을 겁니다. 잘나가다보면 자신의 육
감을 과신하게 됩니다. 두 배, 세 배, 네 배, 그러다 전부를 걸게 되
죠. 처음엔 그러지 않겠다 하고 자리에 앉지만 곧 까맣게 잊게 됩
니다. 그렇군요. 바카라를 많이들 하지만 우리처럼 머리를 많이 쓰
는 사람들에겐 이게 딱이죠. 다이사이. 클 대 작을 소. 크냐 작으냐.

건물 밖으로 나와 일행들이 나올 때까지 담배를 한대씩 피웠다.
몸속에 가득하던 열기가 비로소 가라앉는 느낌이었다.

자주 오십니까?

자주 오진 않아요.

구원장이 손가락 두개를 세워 보였다.

수술을 하다보면 어이없는 실수를 할 때가 있어요. 엉뚱한 신경
이나 혈관을 자른다거나 하는. 혈관이 이렇게 두개 나란히 있어요.
이쪽이 맞다고 생각하고 잘랐는데, 틀릴 때가 있어요. 얼른 봉합해
버리면 아무도 모르지만, 의료사고로 연결될 때도 있죠. 환자에겐
비밀이지만 말입니다. 오십 프로라는 게 사실 엄청나게 높은 확률

이에요. 그런 실수를 한 자신을 견딜 수 없다고나 할까. 모르겠어요. 어이없는 실수로 치명적인 결과가 나오면, 혼자서 여기 오기도 합니다.

사실 그날은 얼마를 잃었는지조차 몰랐다. 칩 하나가 얼마인지도 몰랐으니까.

한달쯤 지난 후였다. 왜 혼자 그곳까지 갔을까. 별다른 저녁 약속이 없는 날이었고 적막한 오피스텔에 들어가 코를 박고 판결문 쓰기가 싫었는지도 모르겠다. 눈먼 돈 벌면 나도 거하게 저녁이나 한번 살까. 매번 먹어만 주어도 고맙습니다 하는 얼굴들이긴 하지만 인간이란 게 어디…… J시에 거의 도착했을 땐 그런 농담 같은 생각도 얼핏 했던 것 같다. 다른 사람 차에 실려갈 땐 잘 몰랐는데 국도는 굴곡이 유난해 운전하기가 어려웠다. 그사이 숲이 무성해졌다. 처음 갈 땐 못 본 계곡이 길을 따라 오래 이어지기도 했다. 완전히 어두워진 후에는 차의 속도를 뚝 떨어뜨려야 했다. 이렇게 멀었던가. 이 길이 아닌가 싶을 때 휘황한 빛의 성채가 나타났다.

안으로 들어가 이십만원을 칩으로 바꾸었다. 플라스틱 쪼가리를 받아드는 순간 기분이 좀 이상했다. 한번에 하나씩만 걸면 스무번을 할 수 있다. 적절한 횟수다. 운을 시험하는 것이든 확률의 함정을 측정해보는 것이든. 첫 판을 큰 쪽에 걸었다. 가벼운 흥분이 스쳤다. 투명한 플라스틱 통 안에 엎드린 주사위 점들은 2 4 5. 사각면 위의 점들이 크게 확대된 듯 또렷하게 보였다. 살갗 아래로 뜨거운 공기가 밀려들어와 몸이 풍선인형처럼 팽팽히 펴지는 것 같았다. 여섯판이 지났을 때 칩은 여섯개가 늘어나 있었다. 메사끼 있네! 뒤에서 누가 감탄을 했다. 처음 듣는 말이었지만 무슨 뜻인지 알 것 같았다. 이마가 뜨끈했다. 시간은 느리게 흘러갔다. 매 순간이 아주 선명했고 세부가 또렷하게 보였다. 오래전 사시를 보던 날도 그랬었지.

칩이 모두 사라진 후에 시간을 보니 채 이십분이 지나지 않았다. 몸의 어느 부분인가가 덜덜 떨렸지만 이십만원 때문은 아니었다. 여태 살아오면서 져본 적은 없었다는 생각이 들었다. 현금지급기에 다녀왔고, 삼십분 만에 한번 더 다녀와야 했다. 어느새 칩을 배수로 걸고 있었다. 이십분 사이에 잃은 돈을 복구하는 데 다섯시간이 걸렸다. 걸어나오다 슬롯머신 옆을 지나는데, 손 모으고 기도하던 여자를 이해할 것 같았다. 칩을 현금으로 바꾸어 바깥으로 나왔다. 새벽이 와 있었다. 숨을 깊이 들이마셨다. 횡격막 아래가 뜨끈해졌다. 살아오면서 한번도 뜨거워본 적이 없던 곳이었다.

사건 기록은 기억하고 있는 것과 크게 다르지 않았다. 처음 훑어볼 때도 판결이 쉽지 않겠다는 생각을 했다. 현장검증도, 피의자의 행적도, 정황이나 증거마저 아무 말도 해주지 않는 사건이다. 행시 출신의 공무원인 35세 여성이 자신의 집 욕실에서 젖은 목욕수건으로 목을 맨 상태로 발견되었다. 이미 사망한 상태였고 최초 발견자는 남편. 가벼운 우울증으로 병원에서 짧게 약물치료받은 경력이 있었다. 최초 소견은 자살 추정. 부검을 했지만 자살이 아님을 증명할 만한 특이사항은 없었다. 상처나 구타의 흔적도 없었다. 안면에 울혈이 있고 눈꺼풀 아래 점상 출혈이 발견되었다. 그건 목이

졸릴 때 나타나는 일반적인 현상이다. 혈액에선 어떤 약물도 알코올 성분도 나오지 않았다. 목에 압박흔이 있으나 손가락 자국은 없었다. 남편은 전날 거실 소파에서 잠들었으며 아내가 아이를 재우러 같이 방에 들어가는 걸 본 게 마지막이라 했다…… 여자 집안에서 타살을 주장하며 부검을 의뢰했다. 한집에서 남처럼 지낼 만큼 불화가 극심했고 폭력을 행사한 전력이 있다는 것이 그쪽의 주장이었다.

보통의 사망사건이라면 뚜렷한 증거가 될 것들이 이 경우에는 아무 소용 없었다. 남편이 그 시간 집에 있었다는 사실도, 화장실 외에 집 안 곳곳에서 발견된 무수한 지문들도. 다투는 게 일상인 결혼 칠년차 부부였다. 판사의 재량이 클 수밖에 없다. 양측에서 제출한 참고자료가 따로 첨부되어 있었지만 별게 없었다. 그것들을 뒤적거리던 강은 저도 모르게 인터넷 검색을 하고 있었다. 이지쏠루션. 이차 전지, 태양광 패널…… 녹색에너지 산업이었다. 현재 주가 3,860. 이미 많이 오른 상태여서 향후 성장성에 대해선 애널들의 전망이 엇갈렸다. 이미 자체 계열사가 있어 납품 라인이 안정적인 선발업체들에 비하면 전망이 불투명. 그러나 에너지 가격의 변동에 따라 어느 시점에선 수요가 폭발적으로 증가할 가능성도 큼. 이런 소리 누가 못해, 생각하면서도 강은 검색자료들을 더 살펴보았다. 선두업체의 주가가 이십만원 선을 넘나드는 현재로선 확실히 저평가주로 볼 수 있다. 상장한 지 일년, 매출은 전년 대비 다섯 배 증가. 내친 김에 다른 이차 전지업체를 찾아보았다. 대기업 계열사이긴 했으나 주가가 일년 사이에 꼭 아홉 배 상승했다. 아홉 배라니. 자신의 턱이 모니터 쪽으로 이끌리듯 앞으로 한참 빠져 있다는 것을, 그러느라 입까지 벌어져 있다는 걸, 침이 조금 흘러내린 걸 깨닫고는 화면을 하나씩 닫았다. 그냥 궁금했을 뿐이다. 피의자로부터 나온 정보라는 걸 알면서 투자를 할 수는 없다. 밀쳐놨던 파일을 다시 집어들었다.

추가로 알게 된 사실이라면, 재판 결과에 보험금의 향방이 걸려 있는 것이었다. 삼년 전 가입한 종신보험이었다. 계약자는 사망자 본인이었고 보험금은 월급에서 자동이체되고 있었다. 수령액은 오 억이었다. 불입한 액수에 비해 거금이었으나 보험살인의 가능성은 거의 없어 보인다. 이렇게 빨리 지급받게 될 줄은 몰랐겠지. 가입한 지 이년이 지났으니 자살이라 해도 지급에 문제는 없다. 다만 자살이라면 남편이 수령할 터이지만 남편에게 유죄판결이 나면 보험금은 아이와 그 양육권자에게 지급될 것이다. 제 손으로 야무지게 목을 조르던, 빨갛게 달아오른 아이의 얼굴이 떠올랐다. 엄마의 목을 조르는 아빠의 손을 재연하던 그 천진한 표정. 다시 읽어보니 아이의 진술은 순서 하나 다르지 않았다. 엄마가 마지막으로 입었던 옷의 무늬에 대한 기억까지도.

남자의 진술 역시 판결에 영향을 미칠 만한 게 없었다. 자영업(인테리어업)이라지만 업장 주소를 보니 주택가 언저리에서 도배나 페인트칠, 화장실 수리 정도를 하는 구멍가게 수준 같았다. 홍에 따르면 남자는 전문대를 나왔다는데 그것도 확실한지 모르겠다며, 조카가 무엇에 씌었는지 제 엄마의 극심한 반대를 무릅쓰고 강행한 결혼이라며 혀를 찼다. 결혼한 후에 여자가 행시에 합격했고 그후로 장모와는 더욱 틀어졌다고도 했다. 그나저나 이걸 조서라고 받아냈나. 일을 마치고 직원들과 저녁을 먹으면서 소주를 반 병쯤 마셨고 아홉시경 귀가. 거실에서 텔레비전을 시청하다 취침. 아침에 소변을 보러 화장실에 갔을 때 문이 잠겨 있어 늘 하던 대로 젓가락을 가져와 열었다. 아이는 그 현장을 보지 않았다. 119에서 사람들이 달려오고 소란통에 깨어나 사람들 틈으로 들것을 본 게 전부다. 현장검증 결과 역시 맥이 빠진다. 실내 어디에도 격한 다툼의 흔적 같은 건 없다. 그렇겠지. 원래 그랬을 수도 있고 정돈해놓았을 수도 있다. 누가 알겠는가.

눈알이 뻑뻑하다. 서랍에서 인공누액을 찾아 한 방울씩 넣고 휴대폰 문자메시지를 확인해보았다. 목요일어머니생신엔아무래도못갈것같아잘말씀드려줘. 모레가 엄마 생신이었나. 누나에게 잔소리깨나 듣게 생겼다. 그래도 생신 얘길 하는 거 보면 아직 우리 사이에 희망이 남은 걸까. 돈을 마련해와서 잡힌 차를 찾아 돌아오는 내내 말 한마디 않다가, 불을 끄고 누워서 그랬지. 죽어도 못 끊겠어? 그러면 내가 잠들면 내 손가락을 끊어. 안 그러면 낼 아침에 법원 홈페이지에 올릴 거야…… 홈페이지에 올리진 않았지만 이제는 제발 그만하라는 말도, 마지막이라는 말도 하지 않는다. 액정을 잠시 들여다보다 문자를 입력하기 시작했다.

내가잠시미쳤던거지.이제다시는그곳에가지않을게. ……나는 이렇게 말할 수가 없어. 그곳에 가는 건 내가 아니니까. 강은 그 글자들을 누군가 보내온 것처럼 들여다보다가 다시 한 글자씩 지워나간다. 25일늦은여섯시교대역갯마을에서친구들아보자. 초등학

교 동창회 총무다. 모임에 나간 지 삼년이 넘었는데 문자는 꾸준히
도 온다. 아프리카어린이들이옷도안입고...당신의뜨거운손길기다
리고있습니다. 두어번 간 적이 있는 서울의 룸쌀롱에서 보내는 문
자는 매주 시사성 있는 문구로 업그레이드되어 날아온다. 그곳에
다녀온 다음날도 그렇게 생각했지. 술과 웃음과 독한 향수가 뒤섞
여 흐르던 그곳에 앉아 있었던 건 자신이 아니라고. 다음은 하루에
도 몇통씩 오는 대출 스팸문자. 연6.7프로제도권에서찾기힘든금리
로한도삼천만원마이너스통장가능. 까짓 돈 삼천과 판사 자리를 바
꾸는 인간은 없을 거라고 믿는 것일까. 모두 삭제를 선택하고 잠시
들여다보다 취소 버튼을 누른다. 삼천만원이라. 일곱 배수의 세계
는 어떤 것일까.

홍은 침으로 무지개를 만들며 떠벌렸다. 햐, 시계가 자체발광하
기에 물어봤더니 일억짜리라데요. 도깨비방망이를 바깥에 두고 갇
혀 지낼 날이 창창한 애가 내민 거래라면 믿을 만할 것이다. 구치
소 안에서 차라리 죽음을 달라고 울고 있을 테지. 안락하고 우아한
일상을 살던 놈들일수록 그 안에서는 단 하룻밤도 못 견뎌한다. 거
기서 벗어날 수만 있다면 가진 것을 전부 내던질 수도 있다는 격한
마음이 되는 것이다. 삼천이라면…… 금융법 위반은 전담이 따로
있다. 굳이 남의 명의를 빌릴 필요도 없을 것이다. 아니지, 그래도
이런 일이란 게…… 명의를 빌릴 만한 사람들을 떠올려보다 고개
를 저었다.

쌓아놓은 파일들은 좀체 줄어들지 않는다. 보던 자료를 펼쳐놓
고 복도로 나가 자판기 커피를 한잔 뽑았다. 뻣뻣한 다리를 좀 움

직여볼 요량이었다. 종이컵을 들고 창가로 가서 밖을 내다보았다. 가로등에 불이 들어왔고 어느새 창은 거울이 되어 있다. 유리창에 떠오른 얼굴이 비난하듯 이쪽을 쳐다본다. 팔자주름이 뚜렷한 건 등 뒤에서 비추는 형광등 탓일 것이다. 커피를 홀짝이며 무심코 왼손을 주머니에 찔러넣자 자동차 키가 손가락에 닿았다. 체온에 데워진 금속을 만지작거리며 서 있는 어느 시점에서 창에 떠오른 자신의 얼굴은 보이지 않았다. 그러니까 삼천. 과욕은 버리고 오 배수에 팔면, 여기저기 걸려 있는 급한 대출들은 정리할 수 있을 것이다. 손바닥이 끈적이는 것 같다. 창틀에 종이컵을 올려놓고 긴 복도의 반대편에 있는 화장실로 가서, 손만 씻었다. 세면대의 사기는 미세하게 균열이 가 있었다. 물은 미지근했고 기분은 조금도 나아지지 않는다. 다시 걸어나오는데 화장실과 종이컵이 놓인 창 사이가 무척 멀다는 사실, 그 사실이 마음에 걸린다. 말이 쉽지, 다섯 배라니, 참. 그렇지만 그전에, 크거나 작거나, 단 한번만 맞아떨어지면 그후에 이지쏠루션을…… 물론 생각은 그렇게 순차적이지도, 논리적이지도 않았다. 점성의 액체가 끓어오르는 솥처럼 생각들은 정수리와 뒤통수와 관자놀이에서 불쑥불쑥 솟구쳐 강을 소스라치게 만들었다.

돌아서서 긴 복도를 빠르게 걸어나오는 순간에는 어떤 망설임도 남아 있지 않았다. 층계참에선 난간을 잡고 몸을 휙 날렸고 계단을 하나씩 건너짚었다. 건물을 나선 후엔 차가 세워진 곳까지 달리다시피 했다. 밤이 아닌 듯 자신을 둘러싼 주위가 환하게 빛났다. 가로등 없는 국도는 언제나처럼 어두웠으나 이제 눈 감고도 다닐 만큼 굽돌이가 휜했다. 휘어진 모퉁이에서 핸들을 꺾을 때마다 헤드라이트 불빛에 놀란 숲이 팔을 들어올려 휘청, 얼굴을 가렸다.

*

"피곤해 보이십니다?"

싸우나에 가서 한 삼십분 눈이라도 붙이고 올까 하던 참이었다. 네가 지난밤 어디 있었는지 다 안다는 듯 홍의 목소리는 유난히 은근하다. 다섯 잔째 마시는 커피가 목구멍을 넘어가질 않아 약 삼키듯 용을 쓰는 중이었다. 홍은 강이 마시던 자판기 커피를 쓰레기통에 버리고는 일층 로비의 커피전문점 로고가 새겨진 종이상자에서 컵 하나를 꺼내 건네고는 제 것도 꺼내들었다. 그건 뭡니까? 핫초콥니다. 전 그걸로 주세요. 홍이 핫초코를 건네주고 커피를 받아들었다. 달고 뜨거운 걸 마시니 기분이 한결 낫다. 홍은 커피를 홀짝이며 가십거리를 늘어놓았다. 조사부 내의 불륜 커플 이야기를 했지만 그건 정문 경비도 알고 있는 이야기다. 새로 모시게 될 검사가 아무래도 여자가 될 것 같다는 말도 했지만 그게 싫다는 말을 할 만큼 어리숙한 인간은 아니다. 이야기 끝에 홍이 물었다.

"참, 그거 어떡하셨어요? 이틀 연속 상한가던데."

"그래요?"

잊고 있었다는 듯 시큰둥했지만 알고 있었다. 아침에만도 이미 몇번씩이나 시세표 검색을 해본 참이다. 홍이 안타깝다는 듯 탄식을 했다.

"아! 참 쉽지 않은 기횐데. 저야 그쪽은 잘 모르지만, 아직까지는 타이밍이 아니겠습니까?"

지난 후에야 무슨 말을 못하겠어. 알 수 없는 건 한치 앞이지. 흥미 없다는 얼굴로 핫초코를 홀짝거리고 있자 홍이 살가운 목소리로 운을 떼었다.

"사실은 저도 들어가볼까 망설이고 있어요. 솔직히 월급 모아서 어느 세월에 큰 거 한장 만들겠습니까? 이런 인연 언제 올지 모르고 말입니다. 정기예금 해약하면 천오백은 당장 만들 수 있어요. 근데 마누라가 그러려고 할지."

"그런 건 몰래 해야죠."

"처음이 아니거든요. 깡통 되면 이번엔 진짜 죽음이에요."

"목숨 안 걸고 되는 일 있나요?"

그 말끝에 둘은 필요 이상 크게 웃었다. 빈 컵을 상자에 꼼꼼히 챙기며 홍이 한결 나긋하게 속삭인다.

"오후에 심리 있죠? 저쪽에서 추가로 제출한 자료들도 판결에 영향을 끼칠 만한 건 없고요."

홍의 말이 아니어도 아이의 증언 외엔 판결에 영향을 끼칠 만한 추가 증거는 없었다. 법적으로는 만 십육세가 되어야 법정선서가 가능하다. 선서를 하지 않고 행한 증언에 대해서는 위증죄를 물을 수도 없다. 열여섯이라니. 요즘 십대를 너무 우습게 보는 기준이지. 그런데, 겨우 다섯살. 판례를 보아도 유아의 증언은 연령보다는 지적 수준이나 상황에 따라 차별적으로 인정되곤 했다. 뭐, 최근의 일로는 네살 때 겪은 사건을 여섯살에 증언한 것을 인정한 예가 있긴 하다. 성추행이었지, 아마. 그보다 한살 많은 여아의 증언이 채택되지 않은 케이스도 있고. 이런 경우라면 판사의 재량이 클 수밖에 없다. 양형의 기준이 애매한 건일수록 그렇다. 가끔은 신내림받은 무당이 되고 싶을 때도 있다. 생부의 성폭력 같은 경우엔 한쪽은 티 없이 맑은 눈을 깜박이며 아빠가 그랬다 하고, 그 아빠는 미쳐버리겠다 하고. 그거나 이 건이나.

"아시겠지만 아이들이 거짓말을 하는 경우도 드물지 않게 있습니다. 사실과 상상을 구분 못하기도 하죠. 어른들 거짓말보다 판단하기 더 어렵죠."

주제넘게 밀어붙이는 홍이 얄미워서 꺼낸 소리지만 지어낸 말은 아니다.

"그래요? 이유가 뭘까요?"

"간단하지 않죠. 어떤 이유로든 기억이 왜곡되고 아이들은 그걸 백 프로 믿으니까요. 자신을 보호하기 위해 기억을 왜곡하기도 하고, 영향력을 가진 주위 어른이 가짜 기억을 심어주는 경우도 있습니다. 어떤 아이는 제 부모의 결혼식을 보았다고 우기기도 해요. 촉각과 후각까지 합쳐진 디테일을 세세히 떠올리면서."

"실제로 그럴 수도 있지 않습니까?"

"속도위반도 아니고 결혼 후에 태어난 아이가 그러니까 하는 말이죠."

홍이 떨떠름한 표정으로 쳐다보았다.

"애는 어떻답니까?"

"뭐, 일관되게…… 그러니까."

"그게 아니라, 정신적으로 별문제는 없습니까? 해머로 머리를 가격당한 것보다 더한 충격인데. 아이나 어른이나 보이지 않는 상처가 더 오래갑니다."

무슨 말인지 알아채지 못한 듯 홍은 얼버무린다.

"그게 그러니까, 참 마음이 아프죠. 어린것이 어미 없이 자라야 하니."

그게 사실이든 만들어진 기억이든, 남아 있는 가족이 가장 신경 써야 하는 일은 아이에게서 그 기억을 지우는 게 아닐까. 아이를 처음 보았을 때부터 든 생각이지만 말하지는 않았다. 판사가 하급 수사관과 나누기엔 부적절한 대화이다. 서쪽 창으로 벌써 햇살 한 자락이 빼꼼히 고개를 내민다. 강의 기색을 슬쩍 살핀 홍이 살갑게 속삭인다. 저녁엔 남사장이 크게 한턱 쏘겠답니다. 지난번 일로 너무 감사하다구요. 참, 오지영이는 어떻습니까? 입안의 혀처럼 굴지 않으면 말씀하세요. 제가 아주 똑 떨어지는 애로 바꿔드리겠습니다. 오지영은 사무실에서 자잘한 업무를 맡아 하는 여직원이다. 커피 심부름까지 하지만 엄연한 공무원이다. 홍이 마음대로 할 수 있는 파리목숨은 아니었다. 강은 애매하게 고개를 끄덕였다.

*

"이거, 오래 할 일은 아니야. 스트레스는 엄청난데 일 자체는 또 그렇게 단순할 수가 없어. 찢고 자르고 꿰매고, 찢고 자르고 꿰매고…… 내가, 수술 로봇이야."

소주잔을 내려놓으며 구원장은 고개를 설레설레 저었다. 도내 교통사고 환자는 모두 그 병원으로 실려온다니 종일 꿰맨다는 말이 틀리진 않겠지만 실제 수술하는 건 고용의사들일 것이다. 수술보다는 장기 입원환자 보험금으로 떼돈을 번다는 게 소문만은 아닌 듯 엄살과는 달리 병원보다는 골프장이나 룸쌀롱에서 보내는 시간이 더 많았다.

"하고 싶은 일만 하면서 사는 사람 있습니까? 죽을 목숨 살리는 일이니 복 받으실 겁니다."

홍이 잔을 채워주며 연한 배 씹듯 사근거린다. 창밖 바다는 어둠에 묻혀 보이지 않고 허공에 매단 듯 군데군데 집어등 불빛이 환하게 걸려 있다. 서울에서 고향을 생각할 때면 수와아아 끝없이 밀려들던 파도와 밤바다에서 눈부시게 흔들리던 집어등 불빛이 늘 먼저 떠올랐다. 발령받고 와서 지내면서 되레 무심해졌다. 차로 십분이면 중심가를 한바퀴 돌 수 있는 소도시의 속내는 오히려 이번에 와서야 속속들이 알게 되었다. 소년의 눈에는 보이지 않던 세계였다.

열일곱 때였나. 집 앞으로 조금만 걸어나가면 지천으로 들을 수 있는 파도 소리를 녹음하고 싶어 녹음기를 샀었지. 일년 넘게 용돈을 모았는데. 불을 끈 방 창가에 서서 거기서 흘러나오는 파도 소리를 들으며 검푸른 밤바다 위에 혼령처럼 떠 있는 집어등 불빛을 바라보고 있노라면 그 모든 것이 참으로 아름답다는 생각이 들었고 몸이 둥실 떠오르기라도 할 듯 벅찬 기쁨이 몸을 가득 채웠지. 싸구려 녹음기에서 흘러나오는 조잡한 파도 소리에도 차가운 물보

라와 발바닥 아래로 썰물이 질 때의 어지럼증까지 고스란히 느낄
수 있었는데. 여기 돌아와 근무한 지 일년. 부러 바닷가에 나간 적
도, 파도 소리를 듣고 싶어한 적도 없었다. 이 사람들과 어울려 바
닷가 횟집에서 술을 마실 때도 바다는 늘 같은 자리에서 파도 소리
를 배음으로 들려주었겠지만 강의 귀는 이제 그 주파수를 잡지 못
했다. 이곳에서의 날들은 처음엔 휴가 같았으나 언제부턴가 이곳
을 떠나면 빈 괄호로 남을 것이라는 생각을 하고 있다. 파도 소리
도 괄호 속에 남아 더이상 자신을 따라오지 않을 것이다. 그 예감
은 아프지도 허전하지도 않다. 상 위에서 눈을 번히 뜨고 아가미를
벌떡거리며 칼질된 제 살점을 허리에 업고 있는 생선을 한점 연민
없이 내려다볼 수 있게 된 것처럼.

저녁 모임의 멤버는 거의 일정했고 사정에 따라 한두명이 들어
왔다 나가곤 했다. 지역사회에서 내로라하는 이들이 모였지만 그
들은 늘 강의 이야기를 듣길 원했다. 그들은 시내에서 가장 높은
빌딩을 소유하고 있는 오가 임대료 받아 먹고살기가 얼마나 고달
픈지 하소연하는 걸 듣고 싶어하지 않았다. 구원장의 칼끝에서 구
사일생 목숨을 건진 응급환자의 스토리도 강이 들려줄 수 있는 인
간세상의 굴곡진 파노라마 앞에선 빛을 잃었다. 강이 그런 얘기들
을 떠벌리기 좋아한 건 아니다. 왁자한 웃음 끝에 자리가 잠잠하면
누군가 강을 처다보며 물었다. 여태 내린 판결 중에 제일 센 게 어
떤 거예요? 사형도 때린 적 있어요? 개인적으로 제일 나쁜 놈이다
싶은 놈은요? 알고 보면 불쌍한 인간도 있을 것 아닙니까? 황당한
건수도 많지요? 제일 웃기는 사건은 어떤 거예요? 이들이 상상할

수 있는 질문은 이 정도로 단순했다. 황당하고 웃기면서 기가 막힌 사례들을 들려주면, 그들은 불행하고 극악하고 운 나쁜 인간들과 자신의 삶이 얼마나 멀리 있나에 새삼 안도했다.

처음엔 자신이 담당했던 사건들을 주로 들려주었다. 소재가 떨어진 다음엔 크게 화제가 됐던 사건들 이야기를 했다. 요즘은 판례집에서 읽은 특이한 사례들을 약간 각색해서 들려주기도 한다. 이를테면.

"감당할 수 없는 카드빚을 진 여자가 있었어요. 남편은 성실한 고등학교 교사였어요. 몇번이나 남편이 빚을 해결해준 전력이 있는데 또 몇천이 쌓인 거예요. 대학생인 아들을 어떻게 세뇌를 시켰는지, 아버지를 차로 치었는데, 죽이진 못했어요. 겁에 질린 아이가 죄다 불고 구치소로 들어가고, 상황을 감당할 수 없으니까 여자는 자살을 해버렸어요. 며칠 사이 십년은 폭삭 늙은 아비가 탄원서류를 만들어 아는 사람들을 일일이 찾아다니며 서명을 받아 제출했더군요. 제 어미가 시킨 일이라고, 아들은 아무 죄가 없다고, 그럴 아이가 아니라고."

"하아, 그 마음이…… 마누라 잘 만나야 돼. 강판사, 내가 갑자기 죽으면 우리 마누라부터 조사해봐."

최가 혀를 차며 회를 한점 입에 넣고 꾹꾹 씹었다.

"아무렴요. 언니야, 여기 와사비 생걸로 좀 갈아와라. 이분들이 아무거나 드시는 분들이 아니다."

히말라야의 만년설도 녹일 듯 나긋한 목소리와 술 따르는 타이밍이 기생이·따로 없다. 오징어 같은 놈. 여기저기 촉수를 대고 있는 다리가 열개는 될 터이다.

"그 얘기도 한번 해보세요. 숨어 살다 일본에서 송환된 연놈들."

"그 얘긴 뭐, 더 잘 아시잖아요. 해보세요."

홍이 손을 휘휘 저었다.

"아이고, 무슨. 전문가의 한 말씀을 듣고자 하는 것이지. 미천한 제가……"

둘러앉은 사람들이 눈을 빛내며 재촉하듯 강을 쳐다보았다. 강은 잔에 남은 소주를 마저 마셨다.

"대학강사가 아내와 제 어린 아들까지 죽이고 일본으로 달아난 사건이 있어요. 연구실에서 같이 지내던 조교와 눈먼 사랑에 빠진 거죠. 둘이 홋까이도오 시골구석에서 조그만 식당을 하며 지냈답니다. 거기서 영원히 살 참이었는데 우연히 교통사고를 내면서 신분이 드러나고 전격 송환이 되었죠. 사년 만에."

귀를 쫑긋하고 이야기를 듣던 남사장이 불쑥 끼어들었다.

"그렇게 예뻐요?"

"예뻐요."

강은 잠시 생각하다 고쳐 말했다.

"예쁘다기보다는 몸 전체가 사람을 빨아들이는 듯한 여자였지요. 그러니까, 살면서 말이에요, 한번뿐인 인생에 그런 여자를 결코 스치지도 말아야 할지 한번쯤은 만나야 할지, 선택할 수 있는 거라면 갈등하겠더군요."

"그래요! 참, 만나야 할지 말아야 할지."

모두 그 햄릿적인 고민에 빠져들어 눈빛이 아련해졌다. 누군가 그 커플을 위해 건배를 제안했다. 죽어도 좋아! 건배사가 비장하다. 분위기를 좀 바꾸어볼까 싶다. 강은 어느새 홍이 채워놓은 소주를 단숨에 털어넣었다.

"꽤나 눈물겨운 사연도 있어요. 얼마 전이었죠. 노래방 주인이 잠시 자리를 비운 사이에 현금 삼만원과 안주 오만원어치를 훔친 혐의로 잡혀들어온 애가 있어요. 눈물이 그렁그렁해서 주인에게 따지더라고요. 마침 화장실에 가려던 참에 손님이 돈을 줘서 무심코 호주머니에 넣었고 화장실 다녀와서 입금시키려던 참이었어요. 글고 그게 무슨 오만원어치예요. 그때까지 저녁을 못 먹어서 오징어하고 노가리 세마리 뜯어 먹은 게 전분데."

임대료가 밀려도 고소를 하지 않는 자신의 관대함이 지나치지 않나 근심하며 오가 혀를 찼다. 참 쩨쩨한 놈이여.

"그러자 노래방 주인이 얼굴이 뻘게져서 외치더군요. 이런 개새끼를 봤나. 그게 그래봬도 한치야, 한치."

제 생각에도 흥분으로 목소리가 갈라진 성대모사가 꽤 그럴싸했다. 말이 끝나기도 전에 사람들은 마지막 숨을 놓으려던 접시 위 광어가 다시 눈알을 또릿거릴 만큼 손바닥으로 상을 치며 웃어댔다.

이 인간들이, 가장 후회하는 판결이 있느냐고 한번도 묻지 않은 것은 참 다행이다. 후회인가. 후회라는 표현은 적절한 건가. 소액법정에선 우편물을 배송지별로 분류하는 속도로 사건을 처리해야 했다. 판결문을 쌓아놓고 하나씩 넘기며 선고를 내리면 끝이다. 분개하는 이도 있고 그럴 줄 알았다는 표정을 짓는 이도 있지만, 대체로 무지렁이들은 법정의 권위를 인정하고 수긍하는 편이었다. 제가 내린 판결을 인정하고 수긍할 수 없는 건 오히려 강 자신이었다.

지난주엔 길거리 노점 불법영업으로 불려온 여자가 벌금을 한푼도 낼 수 없다며 난동을 부렸다. 하도 시끄러워 재량껏 깎아주었는데도 어찌된 게 깎일 때마다 드센 목소리는 점점 커졌다. 애비란 놈은 어디 가서 엎어져 죽었는지 연락도 없고 연년생으로 애가 셋이에요. 복쪼가리 없는 새끼들 누운 자리에서 엎어놔버릴걸 내가 미친년이오. 새 새끼처럼 입을 딱 벌리고 밥 내놔라 돈 내놔라 우짖는데 먹고 죽을래도 돈이 없어요. 저 감옥에 보내주세요. 그사이 새끼들이나 굶어 뒈져버리면 속이 다 씨원하겠네, 악을 썼다. 법정 정리가 주의를 주었지만 아무 소용이 없었다. 삼백만원을 결국 오십까지 깎아주었지만 판결을 내리면서도 그 오십만원 받아서 어디다 써, 싶었다. 후진하다 시계가게 쇼윈도우를 뭉개버린 트럭 운전사는 대출 잡힌 낡은 트럭 팔아도 물어줄 돈이 안된다며 왜 거기다 그렇게 비싼 물건을 펼쳐놨느냐고 피를 토했다. 죄 있음과 죄 없음. 그 틈에서 흘러나오는, 판소리 열두마당이 무색한 드라마가 있지만 그런 얘기는 이런 자리에서 하고 싶지 않았다.

어떻게, 살펴보셨습니까? 술자리가 끝나고 바깥으로 나와 차를 타기 전 담배를 한대씩 피우고 있을 때 홍이 슬며시 다가와 물었다. 강은 담배를 피우지 않는다. 그저 담배를 태우기만 한다. 그나마 여기 내려와서 시작한 버릇이다. 딱히 말을 하고 싶지 않을 때 이건 참 괜찮은 소도구라는 생각이 든다. 강은 말없이 연기를 길게 내뿜었다.

"법이란 게 참 그렇더라구요. 누구 하나 작심하고 봐주겠다 하면 도와주는 조항들이 쏙쏙, 비 온 다음날 열무싹 돋아나듯이 여기저기서 나오잖아요. 그게 참 경력이고 능력 아니겠습니까. 저야 뭐, 전문가는 아니지만."

"왜요? 뭐, 잘되면 보험금이라도 한 절반 뚝 잘라주신답니까?"

입 좀 다물라고 한 소리였는데 홍은 바짝 옆으로 다가선다.

"인생, 인센티브 아닙니까? 내가 이 사람 통해 무얼 얻을 수 있나, 그거 따라 인간은 움직이는 거지요. 노인네 혼자, 그거 다 어디 쓰겠어요. 어려울 때 도와주신 거 잊으면 사람 아니죠. 살다보면 누구나 인생에 한번은 고비가 오지 않습니까? 판사님도 그러시고……"

바닷바람 탓인가. 홍의 목소리가 사뭇 까칠하다. 어쩌다 이 인간하고 엮이게 됐지? 언제부턴가 계급장 떼고 만나는 사이가 되어버렸다. 한번 가까워진 사이는 멀어지지 않고 때가 묻는다.

"이게 쉽지 않네요."

욱하던 심정이 담배 몇모금 태우는 사이 누어진다.

"송사란 게 그래요. 사소할수록 판단이 힘들죠."

사소한 일인가, 사람 하나 죽은 일이. 그렇긴 해도, 역시 이 일을 업으로 삼는 사람들에겐 사소한 게 사실이긴 하다.

누가 알겠는가. 강에겐 이미 모든 게 사소했다.

강의 마음은 가벼운 화상을 여러번 입은 손바닥처럼 변해갔다. 질기고 무디어졌다. 옳지 않은 판결을 했을지도 모른다는 자책은 지속되지 않았다. 켜켜이 쌓이는 공소장 안에서 인생들은 납작해지고 핏물 빠진 육포가 되어 있었다. 그 살점이 얼마나 따스했는지, 아팠는지, 괴로웠을지 마지막으로 헤아려본 게 언제였더라.

낮에 본 아이 아빠의 첫인상은 유약하면서도 신경질적인 데가 있었다. 공소장 내용을 부인했지만 뚜렷이 반박할 만한 근거도 내놓지 못했다. 아이의 증언 부분에 대해 질문했을 때 그의 대답은 조금 에둘러 갔다.

딸은, 우리보다는 할머니와 지낸 시간이 더 많습니다. 남자는 우리,라고 말했다. 잠시 머뭇거리더니 자신의 말을 수정했다. 많은 게 아니라 거의 할머니가 키웠습니다. 아이가 좀 자란 후에는 저희가 돌보려고 했는데 할머니가 아이를 보내지 않았습니다. 그러다 같이 지낸 지가 겨우 삼개월입니다. 물론 손녀딸을 사랑했겠지만, 그보다는 당신 딸에 대한 집착이 컸습니다. 표현하기는 좀 어렵습니다만, 딸의 성취, 출세, 그런 데 과도하게 집착하는 편이었습니다. 너는 집안일 하지 마라, 너 그런 거 하라고 내가 키우지 않았다, 애 키우는 게 얼마나 뼛골 빠지는 일인데 그러잖아도 힘든 네가 하겠니, 네가 왜 청소를 하냐, 네가 왜 마늘을 까고 있냐…… 매사에 그런 식이었지요. 집사람의 우울증도 어느 부분은 아이 할머니 때문이라고 생각했습니다. 그분이 원하는 게 뭔지 저는 알 수 없었습니다. 딸의 행복인지 불행인지.

차분한 목소리로 진술했지만 중간중간 목소리가 자주 떨렸다.

저도 압니다. 어린아이 키우는 일이 얼마나 힘든지. 하지만 그 유세라니요. 아내가 힘들어하는 줄 알면서도 제가 기어이 딸을 데려온 건 그래서였습니다. 할머니 밑에서 그 아이가 똑 제 엄마처럼 자라날까봐. 세상을 불행과 결핍의 시선으로만 읽게 될까봐. 주위 사람과 불화하고 피해의식에 시달리고 옆사람마저 불행하게 만들고 그리고 마지막엔 저렇게…… 저는 그 사람을 죽이지 않았습니다. 저는 그 누구라도 죽일 수 있는 사람이 아닙니다.

아이의 진술에 대해서 어떻게 생각합니까.

재차 묻자 남자가 울듯 한 표정으로 강을 쳐다보았다.

할머니가 세뇌를 시켰겠지요. 저로서는 절대 이해할 수 없지만. 제 엄마가 그렇게 머릿속에 새겨놓고 자살해버린 건 아닐까도 생각했습니다. 아직은 꿈과 현실을 혼동하기도 하는 나이니까요.

그가 추가로 제출한 자료 가운데 여자의 다이어리가 있었다. 빨간 스티커가 몇군데 붙어 있었다. ……저 인간에게 평생 지고 갈 고통을 줄 수 있다면, 나는 나를 죽일 수도 있겠다. 가장 잔혹한 방식으로. 나를 죽일 수도 있겠다,는 말은 상대방에 대한 증오가 극대화된 감정적 표현일 것이다. 동시에 자살의 암시로 볼 수도 있었다. 그 부분에 대해 남자는 담담하게 대답했다.

그 소리, 한번만 더 들으면 만번이에요.

만번. 만번이라 하는 그 목소리에 담긴 미움이 돌올했다. 결혼한 지 칠년. 굳이 따지자면 하루에 한번씩 했다 해도 삼천번이 되지 않는다. 다이어리의 문구나 만번이라는 말이나 저울에 달면 똑같은 눈금을 가리키겠지. 저울에 단다 한들 본인 외엔 누가 알겠나. 왜 나는 나를 죽일 수도 있는지. 왜 만번이라고 말해야 하는지.

모래 기슭이 멀지 않은데 파도 소리는 들리지 않는다. 강은 귀를 기울여본다. 초록 테이블 위에서 주사위가 구르는 소리, 칩을 쓸어 올 때의 사각거리는 소리가 귓바퀴를 돌아 몸 안에서 부드러운 물처럼 찰랑인다. 커다란 비눗방울을 굴리듯 걷던 소녀의 연초록 치맛자락이 살랑인다. 보랏빛 등꽃이 비칠 듯 아른거리던 뺨도 언젠가는 주름지겠지. 강은 손바닥으로 얼굴을 세게 쓸었다. 몇번이나.

죽거나 죽였거나. 아이의 증언을 인정한다 해도 무리한 판결이라는 소리는 듣지 않을 판이다. 홍이 짜놓은 판이라면 초록빛 테이블이 아니겠는가. 한때는 법전처럼 명징한 것이 없다고 생각했지. 페이지마다 세상을 정화하는 시의 세계가 펼쳐졌는데. 인간이라는 기이한 생물을 가두기엔 법이라는 망의 구멍은 너무 성글고 단순했다. 가령 형법 제246조의 그물은 어떠한가. 상습으로 도박을 한 자는 삼년 이하의 징역, 또는 이천만원 이하의 벌금. 누군가는 그 그물을 스스로 들추고 들어간다. 어떤 판결을 내리든 완전한 판결은 없다고 생각하면 기분이 좀 나아질까.

뒤늦게 나온 구원장이 옆으로 걸어왔다.

"요새 롯데 자이언츠는 어때? 잘하고 있어? 우리도 구단 하나 가져야 되는데."

홍이 너스레를 떤다.

"그러게나 말입니다. 걔들은 부침이 심해요. 우리는 원장님께서 창단하셔야 되지 않겠습니까. 그나저나 시간 나실 때 언제 한번 같이 가서 땡기죠."

그 실없는 말이 야비하고 집요한 압박처럼 느껴진다. 너무 예민해진 걸까. 주차장을 사이에 두고 있는 횟집 문이 열리고 한 무리의 손님들이 우르르 나온다. 검은 재처럼 내려앉았던 밤의 기운이 훅 밀려나가고 흥겨운 트로트 가락이 왁자하니 뒤섞여 흘러나온다. 저도 모르게 강은 꺾임이 유난한 그 유행가의 후렴구를 중얼중얼 따라 부르고 있었다. 아주 그냥, 죽여어줘요오오. 이마에 닿는 바닷바람이 서늘하다. 낮엔 반소매를 입어도 후덥지근하더니. 무엇보다도, 정 억울하면 항소하겠지. 강은 엄살이라도 떨듯 어깨를 움츠리며 부르르 떨어보았다.

울게 놔두세요

"언제까지나 익숙해지지 않는 게 있어요. 바흐의 아름다움이 매번 낯선 것처럼 말이에요. 이곳에서의 제 삶도 마찬가지였어요."

K의 목소리는 띄엄띄엄 이어졌다. 그의 나직한 목소리가 들렸다 말았다 하는 건 주위의 크고 작은 소음 탓이라기보다는, 그가 누워 있는 장소가 펼쳐 보이는 구차한 삶의 갈피와 추상적 진술 사이의 먼 거리 때문인지도 모르겠다. 육인용 병실이었다. 환자가 먹다 남긴 아침으로 대충 끼니를 때우거나 입에 약을 털어넣거나 아침연속극을 보고 있던 사람들은 다른 데를 보면서도 귀를 쫑긋하고 있을 터이다. 아마도 나를 무정한 가족을 대표한 첫 방문자라고 생각하겠지.

수면제 과다복용에 바흐라니. 흥, 죽겠다 마음먹은 인간에게 바흐가 무슨 상관이람. 철없긴.

내가 병실에 들어섰을 때 K는 눈을 감고 있었다. 잠든 것 같진 않았다. 머리맡엔 금식 표찰이 붙어 있었고 링거 외에 달려 있는 보조장치는 없었다. 상태가 심각하지는 않은 것 같아 링거 바늘이 꽂힌 팔뚝의 위쪽에 손바닥을 가만히 올려놓았다. 살갗이 영 써늘해 손을 곧바로 뗄 수가 없었는데 K는 그제야 눈꺼풀을 힘겹게 밀어올렸다. 두 겹 세 겹 진 쌍꺼풀 아래 까만 눈동자를 바라보니 한숨이 나왔다. 왜 그랬어? 물어보긴 했지만 굳이 대답을 듣겠다는 건 아니었다. 그저 철없고 충동적인 자해에 대한 나무람 같은 것이었다. 그랬는데 K는 눈을 몇번 깜박이더니, 자신이 오늘 새벽 두번째 국경을 넘으려 한 것에 대해 그렇게 연극 대사 같은 변명을 하고는 다시 눈을 감아버린 것이다.

그 뜬금없는 말보다는 깡똥한 환자복 아래 드러난 앙상한 맨발이 오히려 짠하다. 그 맨발을 보는 순간 그의 가슴에서 팔로 이어지던 흉터가 떠올랐다. 꾹 감은 속눈썹이 파르르 떨린다. 잘못을 저질러놓고는 지레 눈을 감아버리는 아이처럼. 섭생을 게을리한 중년처럼 얼굴은 푸석한데 입술은 소년의 그것처럼 여릿하다. 현실의 국경과 생의 국경을 연속장애물처럼 겁도 없이 훌쩍훌쩍 뛰어넘게 한 동력은 오히려 이 유난한 연약함인지도 모르지. K를 처음 본 게 불과 이년 전이다. 그사이에 K는 너무도 달라진 한편으로 조금도 변하지 않았다. 어떨 땐 안쓰럽도록 꿈에 부풀어 있었고 또 어떨 땐 그만큼 자주 좌절하고 허우적거렸다. 양극을 오가면서도 언제나 불안감을 완전히 감추지는 못했다. 그래도 이렇게 대책 없이 맨발을 드러내고 누운 모습을 보인 적은 없었는데.

언젠가, 도울 일이 있으면 연락하라고 말한 적은 있다. 아주 빈 말은 아니었지만 이런 일에까지 뛰어와야 할 줄 짐작이라도 했다면 그렇게 말했을까. 나는 K의 얼굴을 물끄러미 내려다보았다. 얼굴 절반이 다크써클이다. 새벽에 놀란 걸 생각하면 한대 쥐어박기부터 해야겠지만, 이 캄캄한 표정 앞에서 나는 늘 져버린다.

"너, 또 후회하고 있지?"

K는 눈을 감은 채 대답이 없다.

"기왕 약 먹은 거, 자고 싶은 만큼 푹 자. 오후에나, 어쩌면 밤에나 올 수 있을지 모르겠다."

홑이불을 끌어당겨 맨발을 덮어주고는 밖으로 나왔다. 간호사실로 가서 환자가 추워한다고 이불 하나만 더 덮어주라 부탁해놓고 원장실로 올라가 커피를 한잔 마시고 나서야 삼촌은 오전 회진을 마치고 돌아왔다.

"고아냐?"

삼촌은 내 얼굴을 보자 대뜸 그렇게 물었다. 그럴밖에. 죽겠다고 수면제 삼키고 병원에 실려온 사람에게 몇시간 지나 찾아온 사람이 겨우 나 혼자니.

"그렇기도 하고, 아니기도 하고, 그래요."

"무슨 그런 말이 있냐?"

컴퓨터로 진료기록을 슥 훑어본 삼촌이 새삼스레 물었다.

"어떻게 이런 사람은 알게 됐나?"

"이런 사람이라뇨?"

"주민번호가······"

"삼촌, 의사들은 사람이 얼마나 아픈가보다는 신상조사가 먼저
가봐요."

"당연하지. 병이란 게 알고 보면 환자의 일상과 아주 연관이 깊
거든. 대부분의 병들이 일정기간 적립된 습관이나 환경에서 오는
거란다. 만기가 되면 돌려받는 정기예금과 비슷한 거지. 너도 밥 굶
고 다니지 마라. 뼈에 구멍 숭숭 뚫린다. 한숨 푹 자고 나면 괜찮을
거다. 뭐, 치사량엔 부족한 양을 삼켰네."

삼촌이 안경 너머로 내 눈을 빤히 쳐다보았다. K가 쇼를 하는 거
라고 말하는 걸까. 삼촌의 짐작이 맞을지도 모르겠다. 죽을 작정이
었다면 전화는 왜 했겠어.

간밤에 한시 넘어 자리에 누웠으니, 잠든 지 두시간쯤 지났을까.
벨소리에 잠이 덜 깬 채로 휴대폰을 집어들었다. 누나, 저한테 좀
와줄래요? 하는 몽롱한 목소리를 듣고도 나는 여전히 잠 속에 머물
러 있었다. 음, 그래. 다음에. 지금은 좀. 그 비슷한 말을 중얼거렸던
것 같기도 하다. 누나, 나 죽을 거 같아, 하는 말을 듣고야 눈을 떴
다. 너 어디야? K의 목소리가 늘어졌다. 나, 약을 먹었어요. 나는 침
대에서 내려섰다. 너, 너, 움직일 수 있니? ······눈꺼풀이 무거워요.
너, 잠들면 안돼. 전화를 끊고 119로 연락을 했다. 상황을 설명하고
주소를 알려주었다. 삼촌의 병원 이름을 일러주고 그리로 옮긴 후
에 연락을 달라 하고는 다시 전화를 했다. 구급대원들이 도착할 때
까지 끊임없이 말을 시켰다. 목이 졸린 듯한 목소리가 작아지면 나
는 소리를 질렀다. 눈을 떠. 눈 감으면 죽어. 문을 열고 들어온 구급

대원이 그 전화로 도착했음을 알려줬을 때 나는 기절하듯 쓰러졌다. 그러니까, 사람 기절하게 해놓고 저는 속으로 혀라도 날름 했단 말인가. 설마 그럴 리야. 나는 혼잣말처럼, 그러나 삼촌에게 들릴 만큼은 크게 중얼거렸다. 미간에 주름을 잡고 목소리도 약간 떨며 고개를 저었다. 어차피 병원비는 삼촌에게 뭉개야 했다.

"사는 게 얼마나 힘들었으면, 죽을 고비도 넘어 나온 애가 또 이런……"

"뭐, 걱정할 상태는 아니다. 링거 맞히면서 기다려보자. 늬 엄마도 한번 나오라고 그래. 요리조리 핑계대지 말고. 내시경도 한번 하고, 검진할 때 지났다."

"엄마 모시고 한번 나올게요. 고마워요, 삼촌. 공짜 환자라고 대충 하기 없기예요."

굳이 그럴 필요는 없겠지만 나오는 길에 부러 병동의 간호사실에 들러 삼촌과 내선 통화를 했다. 아무래도 좀더 신경을 써주겠지. 내가 할 수 있는 건 여기까지다. 간병사는 필요 없는 상태라 했지만 찾아올 사람 하나 없는 처지니 내가 보호자가 될 수밖에. 덕분에 꼬박 새웠네. 대충 마무리가 되었다 싶으니 기운이 쑥 빠져나갔다. 쇼를 했건 아니건, 결국은 힘들어 죽겠다는 비명을 지른 거겠지. 터덜터덜 내려오는데, 언젠가 했으나 아직 지키지 못한 K와의 약속이 생각나 복도에 서서 재희에게 전화를 했다. 오랜만의 통화였지만 용건부터 이야기했다. 대기업 계열 복합 공연장의 부감독을 맡고 있는 재희에게 공연 초대를 부탁한 건 처음이다. 그럴 일이 없었다. 당장 대답해줄 수 있는 사안이 아닌란 걸 알면서도 가능한 한 빠른 날짜로 해달라고 우기기까지 했다. 대관료와 팸플릿 제작을 떠안아야 하는 공연 초대가 쉽지 않다는 정도는 알고 있다.

누군데 그래? 생전 이런 부탁 안하더니.

누구냐고 묻는 건, 메일로 보내주기로 한 이력을 미리 듣자 하는 게 아닐 것이다. 앞뒤 없이 왔다 갔다 하며 내가 어쩌다 엮이게 됐는지 사정까지 설명을 하고 나자 요점정리하듯 확인을 한다.

그러니까, 연민의 정이긴 한데 연애하는 사이는 아니란 거지? 얘가 귀신 씨나락 까 먹는 소리 하고 있네.

얘, 나도 왜 이 지경까지 얽혔는지 궁금하다니까.

얘길 하다보니 한숨이 다 나왔다. 재희는 콧방귀를 뀌었다.

육친이 아닌 누군가를 위해 뭔가 애써서 해주고 싶은데 내가 왜 이러는지 이해되지 않을 땐 그 사람에 대한 네 감정을 다시 점검해봐야 되는 거야. 내 감으로는 좀 수상한데?

그건 아니야. 확실하게 말할 수 있어.

나는 정말 K를 육친처럼 여기고 있는 걸까. 남자로 느껴본 적은 없었을까. K에 대한 내 감정이 좀 독특한 건 맞다. 육친 같다고 말한 건 재희에게 압박을 주기 위해 과장한 부분이 있다. K를 이성으로 의식해본 건? 그러니까 연인으로서의 가능성을 생각해본 적은? 재희의 진단과는 달리 정말 없었던 것 같다. 취향의 문제였을까. 내 무의식 속에 처음부터 금기로 설정해놓은 건 아닐까.

언젠가 K와 우리 집에서 밥을 먹게 되었을 때 엄마가 보여준 태도는, 내심 얄미운 동시에 너무도 자연스럽게 이해가 되는 것이었다. 알고 지낸 지 얼마 되지 않았을 땐데 그날따라 무슨 자비심이

뻗쳤는지, K에게 집밥을 먹이고 싶었다. 집밥이란 엄마가 해주는 밥이고 이 세상에서 가장 맛있는 밥은 엄마가 해주는 밥이란 건 내 주관적인 가치관일 수 있지만, 어쨌거나 K와 같이 있는 자리에서 다짜고짜 엄마에게 전화를 했다. 요 근천데, 배고파 죽겠다는 후배가 있어서. 들어가면 밥 줄 수 있어? 어쩌다 다이어트라도 한번 해볼까 작심하면, 그런다고 그 살이 빠질 줄 아냐? 염장을 지르며 기어이 밥숟갈을 코앞에 들이미는 게 엄마의 유일한 애정표현이니 물어보나마나였다. 아이고, 근데 반찬이 없어서 어떡하나. 누구든 챙겨 먹이기 좋아하는 엄마는 냉장고 안에 있는 반찬 이름을 하나씩 불러대면서도, 계속 반찬이 없어서 어떡하나, 했다. 그냥 국하고 김치만 있으면 돼. 집에 들어갔을 때 역시나 엄마는 그사이에 두부조림과 달걀찜을 새로 해놓고 고등어까지 구워서 밥을 차리고 있었다. 특별하진 않았지만 평소의 집밥치곤 풍성했다. 맛있게 먹겠습니다. 반듯하게 인사를 하고 K는 밥을 정말 맛있게 먹었다. 아이고, 오늘사 하필 아무것도 없네, 엄마는 몇번이나 그랬지만 평소에 더 잘 먹은 기억은 없었다. 둘이 식탁에서 밥을 먹는 동안 교양덩어리 엄마는 멀찌감치 거실에 앉아 돋보기를 쓰고 열심히 신문을 읽는 척했지만, 현관에 들어서는 순간부터 엄마의 눈이 얼마나 예리하게 자신의 온몸을 훑어내렸는지는 K도 알아차렸을 것이다. 평소와 달리 거의 예술작품처럼 깎아서 내놓은 사과와 키위까지 먹고 커피를 마실 땐 엄마는 편히 놀다 가라며 안방에 들어가버렸다.

생각해보니 K는 그날 참 천진난만하게 굴었다. 나와 동생이 초등학교 때 체르니를 배우다 때려치운 후로 붙박이가구처럼 놓여 있는 피아노를 살펴보던 K는 조심스레 뚜껑을 열더니 건반을 하나씩 눌러보았다. 조율 안한 지 오래됐어. 못 쓰겠지? 했더니, 뭐 그렇지도 않아요, 하며 어느새 건반을 어루만지고 있었다. 내 어릴 적 피아노는 건반이 두개나 벙어리였어요. 이거하고 이거. 제가 짚은 두개의 건반이 명랑하게 울리자 K는 입을 딱 벌려 놀란 표정을 짓더니 의자를 꺼내 앉으며 양손을 부드럽게 풀었다. 뜻밖에도 K는 오래전 유행했던 트로트를 아주 장난스럽게 연주했다. 과도한 당김음과 장난스러운 트레몰로를 남발하며. 잘나갈 땐 친구들과 모여서 맥주 마시며 이 노래 엄청 불렀죠. 남쪽 유행가를 불렀단 말이지? 너 거기서 좀 놀았구나. 맞아요. 꽤 잘나갔죠. K는 연이어 몇곡을 연주했다. 역시나 아주 오래전에 유행했던 팝 발라드와 재즈였다. 연주를 마치고 건반에 손을 올리고 가만히 있는 K에게 옛날 얘기 좀 해봐, 그랬더니 입을 삐죽 내밀더니 뜬금없는 얘기를 했다.

이 곡 때문이었어요.

뭐가?

제가 달아난 거요. 모스끄바 유학 시절 만난 친구가 이 노래를 즐겨 연주하는 제게 말했죠. 퇴폐는 혁명의 적이야. 넌 이 노래 때문에 죽을 수도 있어. ……죽진 않았지만 한번은 걸려서 반성문만 백장을 써야 했어요. 아버지 빽으로 살아났죠. 그러니까, 클레이더 먼을 마음껏 연주하고 싶어 여기까지 도망쳐나왔는데, 어쩐지 요즘은 다시 베토벤이 좋아지네요.

K를 지하철역까지 바래다주고 돌아왔을 때 설거지를 하고 있던 엄마가 눈을 반짝이며 물었다. 학교 후배야? 몇살이냐? 엄마가 무

슨 생각을 하고 있는지 알기에 나는 엄마의 희망이 천장을 뚫고 부풀어오르기 전에 김을 빼주었다.

왜, 내가 언제 말했지? K라고. 혼자 지내는데 오죽하겠어? 밥이나 한 끼 먹이고 싶어서 오자고 그랬지. 처지를 생각하면 안쓰러워서.

으응 그래, 난 또. 걔는 어쩜 통 그쪽 말투도 없니?

엄마는 실망의 기색을 굳이 감추려 하지 않았다. 설거지를 마친 엄마가 손을 닦으며 지나가듯 물었다.

아니지?

나는 엄마의 그 짧고도 단호한, 질문과 우려와 주장이 섞인 외마디의 의미를 정확히 파악하고 있었다. 엄마에게 K는, 손맛이 밴 따뜻한 밥 한 그릇을 기쁘게 대접할 순 있으나 당신과 가족적인 관계를 맺을 수는 없는 예외적인 존재였다.

아니야.

내 대답 역시 진심이었다.

그렇지?

한결 안심한 듯한 엄마 목소리에 이번엔 내 마음이 뾰족해졌다.

근데 엄마, K 말이야, 귀엽고 로맨틱한 데가 있다?

거짓말이다. K는 이목구비가 반듯한 얼굴이지만 외모든 성격이든 귀여운 구석은 없다. 몸에 밴 천성적 부드러움 같은 것도 없다. 서걱거리고 겉돌고 상대의 감정을 헤아리는 데도 늘 한 박자 늦는다. 내가 엄마 콧등에 솟아난 뾰루지를 손가락으로 긁기라도 한 듯 고개를 홱 돌리며 엄마는 잘라 말했다.

듣기 싫다.

                              *

 어쩌면 내가 K를 처음 본 무렵이 이곳에서의 그의 삶에서 가장
빛나는 시기였을지 모르겠다. 이년이란 지나고 보면 그리 길지 않
은 시간이지만, 첫 만남 이후로 K가 내게 보여준 모습들은 마치 투
명한 햇살 같던 첫 모습을 프리즘 뒤로 돌아가본 것마냥 여러 색깔
로 나뉘었다. 희망에 들뜨거나 풀이 죽어 있거나, 불안하거나 두려
워하던, 고집스럽거나 유치하던, 울고 웃던, 강인하고도 연약하던
모습들. 그러면서도 완전히 활짝 열어서 보여주지는 않던 진짜 내
면. 처음엔 보여주고 싶어하지 않던 그 이면을 기어이 들추어내기
위해 만났고, 언제부턴가는 그걸 지켜주기 위해 힘 자라는 데까지
신경을 써왔다.
 K를 처음 만난 날은, 여름의 끝자락이라는 게 믿기지 않을 만큼
무더웠던 날씨와 커다란 보석반지나 비싼 시계를 감고 있던 여자
들, 그리고 그가 흘리던 땀으로 기억된다. 그리고 그 풍경의 끝에는
떠올릴 때마다 가슴이 먹먹해지고야 마는 길쭉한 흉터가 있다.
 누군가를 인터뷰하고 기사를 써서 원고를 넘기고 나면 그 사람
에 대한 기억은 빠른 속도로 삭제해버린다. 한달에 보통 예닐곱 꼭
지를 써야 하니 새 학기에 서랍을 엎듯 비우지 않고서는 새 정보를
입력할 수가 없기 때문이다. 그러나 예외는 있게 마련이어서 강렬
한 느낌이든 혹은 재수 없는 인상 때문이든 망각의 강을 단숨에 건

너뛰는 사람도 있다.

인터뷰 약속을 위해 전화를 했을 때 K는 사진을 찍어야 한다면 아예 공연이 있는 날로 잡는 게 편하겠다고 했다. 마침 주말에 소규모 공연 스케줄이 있다며 곧바로 초청장을 보내주었다. 통화를 하고 나자, 사근사근하고 나지막한 그의 말투에서 떠나온 곳을 떠올리긴 어렵겠다는 생각이 들었다. 택배로 보내온 초청장을 받았을 땐, 예상보다 더 깊이있는 기사를 뽑을 수 있겠구나 싶었다. 클래식 애호가인 젊은 기업인이 매년 여름 정기적으로 주최하는 자선공연이었다. 짧은 기간에 업계의 총아로 떠오른 IT기업의 로고가 새겨진 초청장에는 그가 연주할 곡목 외에도, 꽁꾸르 입상경력과 삶의 이력이 요약되어 있었다. 평양 산. 거기서 고등학교까지 졸업하고 러시아로 음악유학. 중국을 통해 탈북하여 서울로 온 지 이제 일년. 요즘 탈북자야 베트남 신부보다 더 시사성이 없긴 하지. 앞면에 실린 그의 얼굴은, 뭐랄까, 고생이라고는 모르고 자란 고위 공무원의 막내아들 같았다. 이번 공연을 위해 모스끄바에서 비즈니스 클래스를 타고 곧장 서울로 날아온 듯한. 이력을 보자 언젠가 좀더 길고 복잡한 그의 인터뷰 기사를 읽은 기억이 나서 나는 그 사진의 얼굴을 곰곰 들여다보았다. 여기 온 후로 한동안 정신과 치료를 받아야 할 만큼 지독하고 가혹했던 그의 탈북과정 이야기는 초청장엔 당연히 적혀 있지 않았다.

공연 장소는 시의 북쪽 외곽에 자리잡고 있는 기업인의 저택이었다. 지하철에서 내려 다시 택시를 타야 했는데 사설 유원지를 지나 산자락을 끼고 한참을 달려 길을 잘못 들었나 하고 있을 때에야 집이 나타났다. 택시에서 내리자 대문의 쇠창살 사이로 축구장만한 잔디밭과 나무 데크가 있는 테라스가 들여다보였다. 열을 지어 반듯하게 놓인 테이블의 식탁보들이 기울어진 햇살에 유난히 희게 빛났다. 제대로 차려입은 손님들이 무리지어 서서 담소를 하고 있었다. 청바지를 입고 달려온 내 무심한 옷차림이 새삼 신경쓰였다. 다해야 서른명 정도나 될까. 짐작보단 적은 인원이었다. 기웃거리며 서 있자 검은색 정장을 입은 청년이 달려와 초청장 확인은 없이 안으로 안내했다. 가까운 숲에서 서늘한 기운이 뿜어져나와, 일몰과 상관없이 밤낮으로 맹렬한 더위가 이어지고 있는 도심보다 기온이 삼사도쯤 낮은 듯했다.

친구라도 하나 데리고 올걸. 모임의 성격에 맞는 옷을 얄밉도록 갖춰 입은 여자들에게 느닷없는 적대감을 가질 만큼 옹졸하진 않지만 나는 그랜드피아노를 쎄팅해놓은 테라스에서 가장 먼 테이블에 가서 혼자 앉았다. 그래봤자 테이블은 여섯개에 불과해 결국엔 모르는 사람들 사이에 앉아야 했다. 쟁반을 든 남자가 얼음물을 가져다주었다. 투명한 컵에 든 물을 보자 하루종일 흘린 땀이 생각나 단숨에 마셔버렸다. 물에서는 희미한 레몬 냄새가 났다. 물까지 맛있네. 얼음을 오도독 씹고 있자 이번엔 샴페인 잔을 내려놓으며 물을 한잔 더 드릴까요? 물었다. K의 이름을 말하자 둘러서서 담소하고 있는 사람들의 무리를 가리켰다. 연주복 차림의 젊은 남자는 사진보다 더 앳되어 보였다. 옆으로 보이는 표정이 자신감으로 반짝이는 느낌이었다. 내가 다가가면 그 분위기를 깰 것 같아 그냥 자리에 앉아 주위의 풍광을 둘러보았다. 한껏 기울어진 햇살의 조각들이 정원의 키 큰 나뭇잎에 부딪혀 반짝반짝 빛났다. 비일상적인 공기 속에서 여자들이 입고 있는 옷의 씰루엣이 두드러졌다.

둘러서서 K와 이야기를 하던 남자 중 하나가 계단 세개 높이의 테라스로 올라섰다. 신문이나 잡지의 화보에서 본 적이 있어 쉬 알아볼 수 있었다. 그가 매년 여는 자선음악회는 문화계에 꽤 알려져 있었다. 초청장을 받는 사람은 자신의 사회적 위치에 자부심을 느껴도 좋았다. 무기명으로 모아진 기부금은 조손가정이나 빈민가의 공부방 시설 같은 곳에 투명하게 사용되었다. 이제 겨우 마흔 중반을 지난 그에게는 자신의 재능과 노력만으로 성공을 이룩한 사람 특유의 자신감과 유연함이 배어 있었다. 그가 간단한 인사말을 하는 동안 서너번 웃음이 터져나왔고 K도 그런 분위기에 자연스레 어울렸다. 옆에 서 있는 K를 그는 아주 짧게 소개했는데 그건 K에 대한 속 깊은 배려로 여겨졌다. 어찌나 간단하던지, 그의 탈북은 불과 얼마 전의 일이 아니라 흐릿한 전설처럼 들렸다. 날이 너무 더워 음식은 가볍게 준비했으니 이해해주시라는 인사를 끝으로 그는 테라스에서 내려왔다.

그날 K의 연주는 그랬다. 나쁘진 않았지만 정상급 연주자들의 공연에 익숙한 귀엔 그렇게 만족스럽지 못했을 것이다. 나쁘지 않았다는 건, 아무리 거장의 레코드라 해도 라이브로 듣는 이류보다 못하다는 내 주관적 편견에 불과할지도 몰랐다. 소리는 자주 앙상했고 빠른 부분에선 음이 뭉개졌다. 설마 어두워서일까. 몇번의 미스 터치와 흔들리는 박자는 문외한도 눈치챌 정도였다. 팸플릿에 적혀 있던 국제 꽁꾸르 입상경력이 무색했다. 예의바른 청중들의 앙꼬르 요청에 마지막으로 연주한 모차르트의 소품에 와서야 겨우 평정심을 되찾은 듯했다. 뭐, 관대하게 봐주자면 그랬다. 그랜드피아노는 연주용의 최고급이었지만 장소는 공연에 적합하질 못했다. 주인의 의도와 달리 손님들은 옆사람과 끊임없이 잡담을 나누었다. 그는 자존심에 상처를 받았을 수도 있고 손님들을 자기 방식으로 경멸하고 싶었을지도 모른다. 그곳에서 가장 좋았던 건 음식이었다. 출장요리라는 게 믿기지 않을 만큼 재료들은 고급스러웠고 신선했다. 특급호텔 수준의 맛이었다. 더운 날씨가 아니었다면 도대체 더 어떻게 차렸을까 궁금했다.

연주 중간에 앞으로 나가 사진을 몇장 찍었는데 먼빛으로 보이던 여유와 달리 가까이서 보니 땀을 심하게 흘리고 있었다. 셔츠깃이 흠뻑 젖어 얼룩이 뚜렷이 보일 지경이었다. 그럴 정도의 기온은 아니었다. 해가 지면서 숲이 거대한 에어컨처럼 서늘한 바람을 만들어내고 있었다. 사진을 찍는 잠시 동안 나는 그가 손바닥을 바지에 문지르는 걸 네번쯤 보았다. 그때마다 박자는 불안정해졌다. 다행히 사진은 괜찮았다. 왼쪽으로 그의 등을 넣고 잡은 테라스의 여백엔 바로끄적인 우아함이 흘러넘쳤다. 기회가 되면 이 집 주인 남자를 한번 인터뷰해보고 싶다는 생각이 들었다. 그날 K의 연주는 집 주위를 둘러싼 숲과 청량한 공기와 공들여 차려진 식탁처럼, 모인 사람들의 오후를 위한 준비물 중의 하나였고 그만하면 그 역할을 잘해냈다고 생각했다.

연주가 끝나자 정원의 조명이 조금 밝아졌다. 사람들은 크지 않은 목소리로 수다를 떨거나 음식을 더 가져다 먹었다. 내 옆에 앉은 여자가 남편에게 속삭였다. 근데, 티가 안 나네. 생김새도 그렇고 말투도 그렇고. 스타벅스에 앉아 있으면 딱이겠는데. 과연 그랬다. 피아노 연주 외엔, 다 괜찮았다. K의 어디에도 성장기의 흔적은 남아 있지 않았다. 여자의 말처럼 그에게서 새터민이나 탈북 같은 단어를 떠올리긴 어려웠다. 중간 정도 키에 얼굴은 흰 편이었고 날카로운 눈빛이나 불안한 기색 같은 건 보이지 않았다. 죽음을 아주 가까이서 스치고, 몇번이나 그 손아귀에 뒷덜미를 잡힐 뻔했던 사람이 저런 유연함을 지켜낼 수 있다니.

그날 인터뷰는 실패였다.

까다로운 질문은 없었다. 대상자가 누구든, 세상에 알려진 고정관념과는 다른 면모를 끌어내기 위해 공들여 질문을 준비하는 편인 나로선 좀 예외적인 일이었다. 그에 관해서 정형화된 이미지 외의 다른 면모를 이끌어내고 싶은 의도가 없었다. 무슨 얘기냐면 처음부터 그가 대답할 수 없는 질문은 준비하지 않았다.

그런데 그런 질문들에 그는 좀체 대답을 하려 들지 않았다. 마지못해 단답형 대답을 하고는 다음 질문이나 하라는 듯 버티거나, 아예 입을 다물고 이제는 컴컴해진 숲 쪽을 지그시 바라보았다. 내색은 안했지만 화가 치밀었다. 내가 보기엔 다른 인터뷰에서 이미 한 얘기마저 털어놓길 꺼리는 것처럼 느껴졌다.

둘러선 사람들 사이에서 담소를 나눌 때와는 달리 은근 고집스러워 보이는 옆얼굴을 새삼 찬찬히 바라보았다. 이 남자가, 정말 그 사람이 맞는 걸까. 홀로 국경을 넘긴 했지만 중국 공안에 걸려 수감되고, 그곳에서 견디기 어려운 고문을 겪고, 지속적으로 린치를 당하고, 이상한 약물주사를 강제로 맞으며 공포에 질려 괴성을 질렀던, 스스로 미쳐가고 있음을 바라보아야 했던, 학대받는 짐승의 시간을 보낸 적이 있다는 그 사람일까. 내가 묻는 말에 겨우 예, 혹은 뭐…… 따위 김빠지는 대답을 마지못한 듯 하고는 신경증처럼 일정한 간격으로 손바닥을 바짓자락에 문지르는 이 남자가.

내게만 일러주는 유난한 비밀을 원하지도 않았지만, 허공에 삽질하는 소리를 듣자고 온 것도 아니었다. 내면의 고백 같은 거 말고, 현재진행형의 고민 같은 거 말고, 그땐 죽을 만큼 고통스러웠지만 이젠 웃으며 말할 수 있어요, 정도가 내가 원하는 수준의 대답이었다. 맛있는 음식을 잔뜩 먹은 자의 인내심으로 이리저리 찔러보던 나는 결국 화를 내고야 말았다. 다른 재주는 없지만 남녀노소 빈부귀천 지위고하를 막론하고 일대일로 이야기하다보면 상대방이 누구든 진심의 한 자락은 끄집어낼 수 있다고 자부해왔다. 얘하고는 왜 안된단 말인가. 뭐, 화를 냈다 해서 내가 목소리까지 높일 만큼 아마추어는 아니다. 조근조근 타이른 편에 가까웠다.

매번 이렇게 인터뷰하세요? 이러실 거면 처음부터 못한다 해야지요.

K가 그제야 고개를 돌려 내 눈을 똑바로 쳐다보았다. 섬세한 눈빛을 읽어내기엔 정원의 조명이 어두웠다.

미안합니다. 얘기를 하다보면, 그게 거짓말은 아닌데 실제 내게 일어난 일과는 너무 먼 것이 되기도 하고, 그래서 그게 힘들어서.

그러니까 진짜 말씀하고 싶은 게 뭔데요? 그 얘길 해야죠.

이미 그때의 내 말투 역시 누군가의 진심을 이끌어낼 만한 언사는 못되었다. K는 고개를 숙이고 손가락으로 테이블 위에 동그라미 무늬를 그리고 있었다.

두려워요. 죽음을 바로 곁에 달고 살던 그때보다 더.

뭐가요?

이런 자리에 오면, 사람들이 내게 원하는 게 음악이 아니라 살상용 수류탄이라도 움켜쥔 주먹이 아닐까 싶거든요. 지뢰를 밟아도 끄떡없는 강철인간을 보고 싶어하는 것 같기도 하고. 저는…… 아니거든요. 그런 생각이 들면 움츠러들고, 그러다보면 오늘처럼 연주가……

누가 그런 걸 원하겠어요. 그냥 조금은 남달랐던 경험을 듣자는 것뿐인데요. 잊지 못할 체험이라든가, 고통스러웠던 순간에 대한 회상 같은……

그러다 나는 말끝을 흐렸다. 하다보니 그 말이 바로 그 말이라는 생각이 들었다. 불편한 침묵이 잠시 계속되었다. 침묵 속에서 내가 무언가를 집요하게 요구한다고 생각했을까. 아니면 그의 속에서 무언가가 북받쳤을까. 고개를 숙이고 있던 그가 반듯하게 앉더니 제 정장용 셔츠 단추를 하나씩 풀었다. 세개를 풀고는 왼손으로 오른쪽 깃을 어깨 아래로 젖혔고 잘 되지 않자 다시 하나를 더 풀었다. 뭘 하자는 건가. 나는 좀 당황했다. 그의 쇄골이 끝나는 곳에서 시작해 팔의 안쪽으로 이어지는, 끝이 어딘지 보이지 않는 흉터가 내 코앞에 있었다. 아물긴 했으나 여전히 선연한 붉은 줄. 아무런 처치를 받지 못하고, 몇번이나 덧나고 벌어지길 되풀이하다 가까스로 아문 흔적이 뚜렷한 상처. 흉터는 날카로운 비명을 형상화

한 추상의 볼록판화 같았다.

이런 걸 원하는 건가요? 이건 보여줄 수 있어요. 이걸 보여주는 건 쉬운 일이에요.

나는 눈을 돌리지 못하고 그걸 멀거니 바라보았다. 그가 다시 옷을 끌어당기고 단추를 채울 때까지. 언제? 어디서? 어쩌다? 그런 질문을 할 마음이 사라졌다. 지독하게 강인한 동시에 누군가에게 완전히 이해받고 싶어하는 한 소년이 내 앞에 앉아 있었다.

탈북이라는 단어는 그를 단숨에 파악하게 해주는 동시에, 그 단어 뒤에 가려진 것들은 모조리 지워버리기도 하는 것이어서, 이후로도 K를 볼 때마다 그를 보는 두개의 시선이 내 안에서 끊임없이 엇갈리는 혼란을 겪어야 했다.

어쨌거나 누덕누덕 기우다시피 해서 할당된 분량의 기사를 채워 보내자 기사를 데스킹한 편집장이 바로 전화를 했다. 이 정도는 너무 흔한 얘기잖아. 그렇잖아요? 편집장에게 화가 나거나 하지는 않았다. 화를 낸다면 결국 일을 그 지경으로 만든 당사자에게일 것이지만, 어쩐지 K에게도 화가 나진 않았다. 편집장에겐 그냥 고개를 숙였다.

그 사람이 말하고 싶었던 건 내가 관심이 없었고, 내가 듣고 싶은 얘긴 그 사람이 죽어도 하고 싶지 않은 모양이더라구요. 어쩔 수 없었어요.

이후로 그를 다시 볼 일은 없을 것이라고 생각했다. 그러나 인생에 장담할 수 있는 일은 없는 것 같다. 한 계절을 건너뛰어 우리는 비슷한 일 때문에 다시 만나게 되었고, 자주 혹은 뜸하게 전화

통화를 하거나 일 때문에 혹은 일 없이도 만나는 사이가 되어 있었다. 지난 연말 어느 여성지에서 인터뷰 의뢰가 왔을 때, 나는 왜 바로 거절하지 않았을까. 전화기 너머에서 그의 이름을 듣는 순간 어깨에서 팔의 안쪽으로 이어지던 흉터의 모양새가 또렷이 떠올랐다. 무엇보다도 그 불성실하기 짝이 없던 인터뷰이를 한번은 더 만나보고 싶다는 호기심이 있었다. 진화생물학자가 자신이 인식표를 부착해놓은 야생동물을 일정기간 후 추적하여 그동안의 변화를 관찰하는 심정과 비교할 수 있을까. 극단의 자본주의의 전시장인 이 도시에서 그사이 얼마나 적응했을까 하는 궁금함 같은 것. 기왕 새긴 흉터라면, 필요할 때마다 그걸 비표처럼 드러내어 자신이 찾아온 이 멋진 신세계를 우아하게 유영할 수 있는 오리발로 사용할 만큼은 진화했을까. 가벼운 거짓말쯤은 스스로도 믿어버리며 뱉을 줄 아는, 자신을 포장하는 기술이 내용물의 진정성보다 더 중요하다는 것을 깨우쳐가는 그의 변모를 확인하게 된다면, 나는 실망보다 안도를 느낄 것 같았다.

화가 잔뜩 난 채 헤어지긴 했지만 내 마음에 앙금처럼 남겨진 그의 마지막 인상은 사실 새로운 환경에 적응하지 못한 돌연변이 종의 모습에 가까웠다. 손바닥을 연미복 바짓자락에 끊임없이 문지르며 강박처럼 땀을 닦아내던, 손수건을 쥐여주고 싶어지던 모습이었다.

이번 건은 정확하게는 K에 관한 인터뷰가 아니라 새로 오픈한 재즈바의 광고성 기사에 가까웠다. 기사의 껍데기는 K로 하되 공간의 매력에 대한 이야기에 더 집중해달라는 게 그쪽 요청이었다.

메일로 보내온 팸플릿에 적힌 공연 프로그램을 보니 이름이 좋아
퓨전이었다.

공연은 예상대로였다. 얼굴만 예쁜 재즈가수와 결성한 지 열흘
쯤 된 듯한 연주팀이 뒤섞여 등장했다. 음식과 술이 같이 서빙되고
있어 공연이 아니라 배경음악에 가까웠다. K의 레퍼토리 역시 이
해할 수 없었다. 구닥다리 재즈 아니면 간지러운 발라드 팝 스타일
일색이었다.

K는 내가 오는 줄 몰랐을 것이다. 웨이터의 전갈을 듣고 내가 앉
은 테이블로 와 유난히 활짝 웃는 얼굴을 보자 왠지 짐작보다 더
힘들고 고립된 날들을 보낸 건 아닌가, 그런 생각이 들었다. 그날 K
에게 그런 말까지 할 까닭은 없었다. 빈속에 두어 잔 마신 맥주와
새 인테리어가 뿜어내는 독한 화학물질이 내 안에서 까칠한 화학
반응을 일으켰을까. 그늘 없이 웃는 얼굴이 좀 철없다 여겨졌고, 어
느 순간 힐난하듯 물었다.

이러려고 왔어요?

K는 못 알아들은 척 눈을 몇번 깜박였다.

기껏 흘러간 유행가나 연주하려고?

K는 피식 웃었다.

네, 맞아요. 유치하고 가벼운 것들. 자본가의 지폐처럼 가볍게 날
리는 이 곡들을 마음껏 연주하고 싶어서, 미치도록 그러고 싶어서
왔어요. 처음부터 내 꿈은 소박했어요.

말을 하는 그의 눈빛은 누가 무슨 말을 해도 상처 같은 건 받지
않을 사람처럼 보였다. 그건, 바닥을 치는 모멸과 비참을 겪어보지

않은 사람은 결코 획득하지 못할 내공이었다.

제가요, 작은 무대긴 했지만 여기 와서 단독공연한 게 세번이에요. 꿈에 부풀어 있었어요. 정말 열심히 했는데, 결과는…… 그랬어요. 단 한번의 프리뷰도, 리뷰도 없었어요. 여기 식으로 얘기하자면 악플보다 무플이 무섭다는 걸 뼈저리게 체험한 셈이죠. 당연히 객석은 텅 비고…… 저는 괜찮아요. 공연을 할 수 있다는 그 자체만으로도 저로선 좋았지만 도대체 누가 더이상 절 불러주겠어요? 이런 데라도 불러주면 달려올 수밖에요. 저도 먹고살아야 하니까요.

말짱한 표정으로 암담한 얘기를 털어놓는 그를 보면서 나는 좀 무안해져 인사치레에 가까운 말을 겨우 찾아냈다.

그랬구나. 너무 초조해하지 말고 길을 찾아보자구요. 공연 문제는 내가 한번 알아볼게요.

그쯤 해두고 나는 그 재미없는 장소를 그만 떠나고 싶었다. 그랬는데, 정말이요? 하며 깜짝 기뻐하는 걸 보니 뱉은 말을 주워담고 싶을 지경이었다. 이리저리 얻어터지면서도 이 동네 화법은 아직 깨우치지 못한 건지, 아니면 넉살이 늘어난 건지. 일이 있다며 서둘러 일어서는데 K도 같이 따라나섰다. 커다란 혹이 옆구리에 들러붙은 기분이 들었다. 불황 탓인가, 거리는 연말다운 흥성거림도 없었고 맵싸하게 춥지도 않았고 숨막히는 스모그만이 가득했다. 밖으로 나오자 K는 몇번 잔기침을 했다. 미세먼지 농도가 기준치를 몇 배나 훌쩍 넘는다더니. 내 목도 매캐했으나 나는 기침을 꾹 참았다. 주차장에 세워둔 차에 오르기 전, 집이 어느 쪽이냐고 물어본 건 손톱을 물어뜯고 싶은 듯한 그의 표정 때문이었다. K는 여름에

보았을 때보다 확실히 불안정해 보였다. 요즘은 광흥창역 쪽에 살고 있어요. 요즘이라는 말에서 그의 주거지가 자주 바뀐다는 느낌을 받았다. 타요. 말을 하면서도 내심 사양하길 바랐는데 기다렸다는 듯 K는 차문을 열고 조수석에 앉았다. 이제 그의 껍데기에선 태생지의 흔적을 찾긴 어려웠지만 그는 여전히 이곳의 언어를 독해하지 못하고 있다. 광흥창이면 서강대교 쪽으로 조금만 돌아가면 될 것이다. 체념을 하고 속마음보다 다정한 목소리로 일렀다. 나는 안팎이 똑같은 이쪽 사람이니까. 대충은 아니까 근처에 가면 길 가르쳐줘요. 가방을 무릎에 얌전히 올려놓고 별말 없이 거리를 내다보고 있던 K가 상수역 쪽으로 좌회전을 할 때 불쑥 물었다.

누나라고 불러도 돼요?

나는 속으로 펄쩍 뛰었다. 얘가 사람 놀래키네. 몇번이나 보았다고. 이런 식으로 가족관계를 맺었다면 동생만 삼백명이지. 누나를 현금인출기 취급하는 친동생 하나도 버거운 판에. 뜬금없는 K의 말을 듣는 순간, 머릿속으로 새로 생긴 남동생과 골목길을 걸어가다 어둠 속에서 툭 튀어나온 검은 두건의 사내에게 피습당하는 광경은 왜 또 떠오르는지. 물론 오버겠지. 오래전에 어느 탈북자의 피살사건으로 한동안 떠들썩한 적도 있었지만 다 옛날 얘기다. 그나저나 이건 참 예의가 아니다. 나는 그저 애매하게 웃었다.

이면도로로 접어들자 유리창으로 새어나오는 불빛이 유난히 환해 보이는 가게들이 줄지어 나타났다. 돼지구이를 파는 식당들이었다. 일산화탄소 냄새와 기름 타는 냄새가 차 안으로 밀려들어왔다. 방금 제가 한 말은 잊은 듯 K는 천진난만한 목소리로 탄식했다.

아, 배고프다. 배가 고프다는 말은 누나라고 불러도 되느냐고 다시 채근하는 소리로 들렸다. 누나라고 부를 수 있는 누군가를 갖고 싶은 마음과 배고픔이란 동일한 갈망이 아닐까. 가족이 하나도 없다는 건 어떤 것일까. 혹은 떠올릴 때마다 끊임없이 죄책감을 유발하는 가족을 둔다는 건 어떤 것일까. 자신만을 위해 열두개의 목숨을 가진 자처럼 국경을 넘어온 그의 강인함에 대한 혐오감과 안쓰러움이 내 속에서 뒤섞였다. 그 세계는 내가 결코 이해할 수 없는 세계였다. 말이 되냐? 내가 왜 너라는 이상한 애와 가족의 형식을 만들어야 해? 그러나 내 입에선 다른 말이 나왔다.

안될 것 없지, 요.

내 장난스러운 말투에 K는 굳이 몸을 돌려 앉으며 물었다.

정말이요?

무뚝뚝하고 잔정 없는 누나를 어디 쓰려고? 일러두는데 나는 손아랫사람 보살피는 오지랖은 유전자에 없는 사람이다.

밥 사달라구요. 배고파요.

그게 참 그랬다. 거액의 돈을 요구하거나 목숨 걸어야 할 일을 부탁하면 딱 잘라 거절하기가 쉽다. 그런데 오만원만 빌려달라는 말이나 늦은 저녁 밥 한 끼를 거절하는 건, 쉽지 않다. 밥 한 끼로 때울 수 있는 누나 노릇이라면, 감당할 만하지. 그래, 잔매는 맞아주마.

뭐, 그 정도라면. 근데 먹을 만한 게 없네. 전부 돼지, 돼지, 돼지…… 다른 데로 가볼까?

K는 뜻밖에 완강했다. 손가락으로 찌를 듯이 한 집을 가리키며 저기가 제일 맛있다고 장담을 했다. 제일 맛있다니, 설마 여기 있는

집들을 다 다녀본 건 아니겠지? 거의 다 가봤어요. 건너편에 주차를 해놓고 길을 건넜다. 길가에 늘어놓은 화덕 안에 벌겋게 달아오른 연탄이 담겨 있었다. 양철 테이블이 열개 남짓한 실내는 시끌벅적했고 지나치게 환했고 머리가 핑 돌 만큼 일산화탄소 냄새가 독했다. 돼지껍데기라고는 난생처음이었다. 가끔 혼자 와서 먹어요. 붐빌 땐 아무래도 눈치가 좀 보여서 이인분을 시켜요. 물론 남기진 않죠. K는 양은그릇에 담겨 나온 돼지껍데기를 철판에 척척 올려놓았다. 검은색 정장에 흰 셔츠까지 차려입은 사람은 K뿐이었다. 얘는 늘 독특하게 튀네. 납작한 생고무판처럼 생긴 껍데기는 반항이라도 하듯 천천히 몸을 비트는 게 만만찮게 질길 것 같았다. K가 땀까지 흘리며 껍데기를 하도 맛있게 먹기에 나도 한점 집어먹었다. 역시나 독특하긴 하지만 결코 맛있다고 할 순 없었다. 나는 된장찌개를 주문해 밥을 먹었다. 내 앞의 뚝배기에서 찌개를 한술 떠가며 K가 마른 코를 훌쩍 하며 씩 웃었다.

아! 혼자 먹을 때보다 훨씬 맛있네요.

밥을 먹고 나와 조금만 걸으면 된다며 혼자 가겠다 했지만 나는 굳이 데려다주겠다 했다. 원치는 않았지만 형제의 결의를 맺은 날인데. 저기 카센터 끼고 우회전이요. 가리키는 대로 꺾자 길은 넓이와 경사가 제각각인 세 갈래로 갈라졌다. 조금만 걸으면 도착할 수 있는 곳은 아니었다. 가운데 길이요. 꺾어지는 길모퉁이에는 봉투에 담지 않고 마구잡이로 버린 쓰레기들이 쌓여 있었다. 초고속인터넷 광고판이 달린 전봇대 옆으로 간신히 들어서자 내장처럼 끝모르게 꾸불텅거리는 골목이 나타났고 고만고만하게 낡은 연립주

택들이 길 모양을 따라 죽 어깨를 잇대어 있었다. 집들이 다닥다닥 붙어 있는데도 어째 외지다는 느낌이었다.

처지가 같은 사람들끼리 연락이라도 하고 지내요? 현실적인 도움은 못 주더라도 의지가 될 텐데.

그럴 것 같은데 대체로 독립적으로 살아요. 사느라 바빠서. 뭐, 뿌리 없는 사람들이 엉겨봤자 자칫 더 힘들어질 뿐이죠. 근데, 말 놓으세요, 누나.

K는 말끝마다 누나, 누나 후렴을 붙였다. 누나보다는, 누나라고 부를 수 있는 사람이 필요했다는 듯. 서울 살면서도 처음 와보는 동네구나, 생각을 하고 있는데 K가 아련한 목소리로 말했다.

이 동네는 서울 같지 않아서 좋아요.

무슨 소리? 서울이 좋아서 온 거 아니었어?

K가 픽 웃었다.

그러네요. 저도 이제 서울 사람이 다 된 셈인가요?

골목길의 중간, 가파른 외부계단이 딸린 연립주택이 K가 사는 곳이었다. 차에서 내려 허리를 굽혀 차 안을 들여다보며 K는 다정하게 말했다.

직진하다 저 길 끝에서 좌회전해서 나가면 강변북로로 연결돼요. 운전 조심하세요, 누나.

누나,라고 불린 순간부터일까. 나는 K의 관계의 가난에 마음이 쓰였다. 그의 옆으로 목욕바구니를 든 여자가 겨우 따박따박 걷는 딸의 손을 잡고 지나갔다. 점퍼 차림의 중년 남자 하나도 그의 곁을 지나친다. 그건, 서로 다른 영화의 영상을 겹쳐놓은 것 같았다.

차 꽁무니를 바라보며 서 있는 그의 모습은 그들과는 다른 시공간에 머물고 있었다. 차가 길 끝에 이를 때까지 그는 백미러 속에서 움직이지 않았다.

그후로도 우리는 띄엄띄엄 만났다. 통화는 그보다 더 많이 했다. 주로 K가 먼저 전화를 했다. 감기에 걸렸다거나, 새로 구한 아르바이트 얘기를 했다. 늦은 퇴근길에 그의 일터에 들러 맥주를 한잔한 적도 있다. 언젠가는 회사에서 정신없이 노트북 자판을 두들기고 있는데 전화를 해왔다. 창문 한번 열어봐요. 왜? 달빛이 너무 좋아요. 사무실 창문은 열리지 않는 고정 창이었다. ……그러네. 열었다 해도 달이 보일 리 없는 콘크리트 숲이지만 넉넉한 달빛을 본 듯 마음이 환해졌다. 달은 어디나 똑같아요. K가 말했을 때 나는 눈을 감았다. 그렇구나. 아주 환한 게, 어디서나 똑같겠지. 눈이 내리기 시작했다고, 별이 아주 또렷이 보인다고 전화를 한 적도 있었다. 때로는 귀찮았고 가끔은 단순하게 반가웠다. 겨울의 끝에 처음 갔던 돼지껍데기집에 또 한번 갔다. 찬 소주와 먹는 돼지껍데기 맛은 처음과 달리 먹을 만했다. 담백하면서도 고소했다. 그러고 보니, 그게 K를 병실에서 보기 전의 마지막 만남이었다.

*

"이젠 아무렇지도 않아요."
"그건 알아. 약도 푹 곯아떨어질 만큼만 먹은 줄도 알고."

하루 치 피곤이 장인의 솜씨로 나를 간고등어처럼 폭 절여놓았다. 나 외의 타인에게 배려 비슷한 것도 흉내낼 기운이 남아 있지 않았다. 퇴원수속이랄 것도 없이 병원에서 K를 태우고 그의 집 앞까지 오는 내내 둘 다 말이 없었다. 새벽부터 너한테 시달리느라 이젠 거의 돌아가실 지경이라고, 나는 온몸으로 화를 풀풀 내고 있었다. K는 병원 근처에서 내가 사들고 간 전복죽이 든 종이가방을 무릎에 올려놓고 있었다. 아무렇지도 않다니 다행이긴 하지만 언제까지나 익숙해지지 않는다는 뭉게구름 같은 얘기 말고, 조금은 더 때 묻은 얘기를 들어야 했다. 두번째 왜 그랬느냐는 질문을 못 들은 척해버리기에 나도 길가에 차를 세우고 싸이드브레이크를 당기고 등을 기댔다. 그러고 있자니 퍼진 쌀과 참기름이 풍기는 고소한 죽 냄새가 참 뜬금없다 싶다.

"미안해요. 여기까지 끌고 온 껍데기는 이곳에 놔두고, 어디 멀리 달아나고 싶었어요."

"그러니까, 왜 달아나고 싶었는지를 말하라니까? 껍데기가 어떻게 됐길래? 네 껍데기가 돼지껍데기라도 돼? 쉬 버려도 되는 거야?"

K는 주춤주춤하던 것과 달리 입을 열자 단숨에 털어놓았다. 겪은 저로선 복잡했겠지만 단 세 줄로 요약할 수 있는 이야기였다. 외중에도 어떻게든 비극의 주인공이 된 듯 상황을 과장하며 만연체로 이야기하는 K의 말허리를 뚝 잘랐다.

"간단한 얘기 복잡하게 하는구나. 가입비를 내고 결혼정보회사에 등록을 했다, 마음에 꼭 드는 여자를 만났다, 처음엔 내켜서 퍼주었고 나중엔 뒤늦게 나타난 남편이란 인간의 협박에 가진 돈 전부를 빼앗겼다, 그거잖아. 참 내, 진부하다 못해 화가 나는 스토리야, 그거."

"알아요. 어디서 남 얘기 들을 땐 그런 바보도 있나 했는데 내가 그 바보가 되어 있더라구요."

"왜 나한테 한번도 말 안했니? 어떻게 그럴 수 있어? 아이구, 내가 말릴까봐?"

"궁금하지도 않잖아요?"

"애 봐라? 지가 전화 안하구선."

"그게, 전화할 때마다 너무나 바쁜 것 같아서…… 그런 얘길 문자로 할 수도 없고."

듣고 보니 그랬던 것 같기도 했다. 그 무렵 오랫동안 독립적으로 해오던 일을 접고 창간 예정인 패션잡지에 경력 편집자로 들어갔다. 심리적 안정감과 고정적인 월수입의 댓가로 사생활은 완전히 포기해야 했다. 시중에 배포만 않았다뿐 잡지는 매달 한권씩 만들어야 했는데, 기획을 하고 사람을 만나고 기사를 쓰고 편집을 하고 그 난리 끝에 시판도 하지 않을 잡지 가제본을 손에 쥐고 한숨 돌리는 날이면, 쟁쟁거리는 인간들의 목소리와 전화벨 소리가 들리지 않는 동굴 속으로 잠적해버리고 싶었다. 가끔 K의 전화를 받으면 틈내서 한번 보자, 말은 그렇게 했지만 끊고 나면 까맣게 잊어버리곤 했다.

뜯긴 돈이 얼마인지는 물어보고 싶지도 않다. 몇푼 되지도 않는 정착금이 들어 있던 빈 통장을 쥐고 수면제를 삼켰다면, 이제 K도 자신이 목숨 걸고 찾아온 이 세계의 추악한 생존방식을 단숨에 깨우쳤을 것이다.

"결혼이 급했어? 여자가 필요했던 거야? 네 나이면 널린 게 여잔데."

"이런저런 일 때문에 만난 사람들이 다 쉽게 말했죠. 이젠 좋은 여자만 만나면 된다고, 정말 행복해지라고."

K는 또 손바닥으로 바짓자락을 문지르고 있었다.

"……다 좋은 분들이에요. 근데 그렇게 말은 하면서, 누구도 내게 여자를 소개해주진 않았어요."

후덥지근했지만 나는 차창을 내리지 않았다. 남루한 골목엔 계절을 알리는 어떤 표식도 눈에 뜨이지 않는다.

"그러니까, 점 같았어요. 그냥 하나의 점 같다는 생각이 들었어요. 나 자신이요. 이곳이 익숙해지는 만큼 그만큼 불안해졌어요. 내가 딛고 설 영토를 갖고 싶었어요."

K가 호주머니에서 지갑을 꺼내더니 칸을 벌려 조심스럽게 무언가를 꺼내 내게 건넨다. 비닐에 싸인 건 모서리가 나달거리는 옛날 사진이다. K는 중학생쯤 되었을까. 지금의 K를 무척 닮은 아버지와 엄마, 그리고 해맑은 눈빛의 누이가 놀란 듯 웃고 있다. 사진을 들여다보는 건 난데, K가 울기 시작했다. 목을 꺾일 듯 숙인 채로.

"음악은 내게 악마 같아요. 날 눈멀게 하고 내게 연결된 모든 소중한 것들을 잘라내고 내 존재를 바수어버리고, 완전히 비참해진 걸 확인하는 순간 잔인하게 날 버릴 거예요."

나는 처음 보는 사람들의 얼굴이 담긴 사진을 들여다보고 있었고 K는 죽이 든 봉투 위로 눈물을 뚝뚝 떨구고 있었다. 제 삶의 뿌리를 뽑아들고 달아난 까닭을 스스로도 납득하지 못하는 도망자처럼. 나는 등받이에 기대 눈을 감고 기다렸다. 숨소리가 평온해진 K의 이름을 불렀다.

"들어가라. 죽은 반만 덜어서 먹고 푹 자. 아침에 남은 거 마저 데워 먹고. 귀찮다고 그릇째 먹다 남기지 마. 삭아서 못쓰게 돼."

"알아요."

"사람을 믿지 않고서야 어떻게 살겠어. 믿긴 하되 누가 전화로 세금을 돌려준다거나 소포가 반송됐다고 하더라도 통장번호는 알려주지 마. 알지도 못하는 널 도와주려고 일부러 전화하는 사람은 없다는 걸 기억해."

"다 알아요."

"늘 안다고 말하지. 퍽도 잘 알아요."

차에서 내린 K는 내가 골목 끝에 이를 때까지 차 꽁무니를 바라보고 있었다. 집 앞에 내려준 적이 몇번이지만 집에 들어가본 적은 없다. K는 정말 저기 살고 있는 걸까. 어둑한 골목에 서 있는 서른살 청년은 백미러 속에만 출몰하는 창백한 유령처럼 부피감이 없다. 다시 어딘가로 날아갈 커다란 새 같기도 하고 이제 막 그곳에 부려진 정처없는 난민 같기도 하다.

*

가장 사랑하는 것을 어루만지는 손길의 궤적은 저렇구나.

허공에서 생기의 원소를 끄집어내 꽃을 피워낼 듯한 간절함. 그 간절함의 끝에서 선율이 흘러나온다. 필터와 필터를 겹쳐놓았을 때처럼 선율과 선율이 겹쳐진다. 음이 잦아든 틈으로 빗소리가 밀려든다. 낡은 엘피판으로 듣는 것처럼 자글거리는 잡음이 나쁘지 않다. K는 여전히 음과 음 사이를 충분히 기다리지 못한다. 루빈 슈타인이나 글렌 굴드의 소리에 익숙해진 귀라면 그들과의 다름을 열등함으로 분류할 수도 있겠지. 그 다름에도 불구하고 K의 연주는 충분히 아름답다고 나는 생각한다. 마지막 음이 소멸하며 빗소리와 자리를 바꾸는 순간 나는 행복을 느꼈다. 이 연주를 비평할 언어는 필요하지 않다. 피아노 소리를 제대로 숙성시키지 못하는 이 공간의 열악함에도 불구하고 지금 그가 들려준 음악은 그 자체로 완벽했다.

나는 손뼉을 치지 않았다. 참 좋았다고, 너의 연주가 나를 행복하게 한다고도 말하지 않는다. 음의 파동이 완전히 멈추자 빗방울이 유리창을 두드리는 소리만 남는다. 이윽고 손을 바지에 천천히 문지르며 고개를 돌려 날 쳐다보는 K의 두 눈에 눈물이 가득 차오른 걸 보았다.

*

공연의 결과는 참으로 시시했다.

그가 얼마나 열심히 연습했는지 나는 잘 모른다. 두 계절을 쉬지 않고 피아노와 씨름을 했다는 사실 외엔. 가을을 지나면서 K는 턱이 다 뾰족해졌다. 공연을 며칠 앞두고는 새벽까지 잠이 오지 않는다고 초조한 목소리로 전화를 하기도 했다.

그렇게 연습하고서도 첫날 공연에서 K는 늘 하던 실수를 반복했다. 서두르는 게 느껴졌고 미세하게 어긋나는 박자가 나왔다. 연습 때만큼만 하지. 이번엔 객석에서 내가 손바닥을 허벅지에 문지르고 있었다. 넓지도 않은 객석은 어찌나 휑한지 마음이 다 추웠다. 예매율이 낮단 얘기는 재희에게 들었지만 이 정도일 줄은 몰랐다. 시간이 흐르면서 연주는 숨을 고르듯 안정되어갔다. 마지막 레퍼토리인 쇼팽의 쏘나타는 완벽했다. 적어도 내 귀엔. 나 혼자 앉혀놓고 연주를 했던 그날 밤처럼, 듣는 사람의 눈을 감게 하고 마음속에 꽃을 피우는 마술을 완성해냈다.

공연이 끝나고 무대 뒤로 찾아갔을 때 K는 씩 웃었다. 꽃다발을 안겨주고 손을 잡아주었다. 열감기에 걸린 사람처럼 손바닥이 뜨거웠다. 악수로는 부족한 것 같아 안아주었다. 내 팔이 짧은 걸까. 자세는 약간 어색했지만 느낌은 나쁘지 않았다. 아무 말도 하지 않았지만 그 몇초 동안 나는 알아온 이후로 K와 가장 가까이 있다고 느꼈다.

K가 뒷마무리를 하는 동안 나는 먼저 나와 차에서 기다렸다. 잠을 좀 자둘까 하고 눈을 감고 있었는데 생각보다 빨리 나왔다. 차창을 두드리는 소리에 문을 열어주고 K가 앉자마자 나는 밥타령을 했다.

"영천집에서 밥 먹을래?"

배가 고프진 않았다. K에게선 고열환자에게서 나는 단내 같은 게 났다. 뭘 좀 먹이고 싶다는 생각이 들었다.

"돼지껍데기 좋아하지도 않으면서."

"갑자기 껍데기가 먹고 싶어졌다. 콜라겐이 많아서 피부미용에 좋대. 오늘도 역시나 내가 살게."

"몇푼 하지도 않는 걸로 생색내지 마요."

"얘가 왜 이리 까칠해졌어. ……속상하니?"

대답 없는 K의 얼굴 위로 휘황한 도시의 빛줄기들이 흩어진다.

"네 연주솜씨는 루빈슈타인인데 사람들이 귀머거리라고 생각하니?"

K는 눈에 띄게 시무룩해진다.

"맞아, 너 오늘 잘했어. 아주 잘했다구. 사람들 귀가 절벽이라서 그래."

그제야 피식 웃더니 등받이를 머리로 툭툭 쳤다.

초저녁 손님이 한차례 쓸고 나갔는지 영천집 안은 지저분했고 양념 타는 냄새에 숨이 막혔다. 돼지껍데기를 연탄불에 올려놓고 찬 소주로 건배를 했다. K가 가위로 고기를 잘랐다. 어느새 이 말끔한 표정이라니. 처음 만났던 날의 K와 지금의 K는 아주 달라졌고 또 조금도 달라지지 않았다. K가 보는 나도 마찬가지겠지.

"넌 잘할 수 있어. 다음 공연은 폭발적인 주목과 관심을 받을 거고 사람들은 네 연주를 사랑하게 될 거야."

"정말이요?"

"정말이라기보다는, 말이 씨가 된다길래."

익은 껍데기를 K의 접시에 올려주었다.

"다 알아요. 연주도 만만찮지만 그래도 사는 게 더 어려워요. 잘 못 선택했다는 걸 늘 지난 다음에야 깨달아요."

탁탁 소리를 내며 양념이 튀어오른다.

"누구나 마찬가지지. 어렵지 않으면 무슨 재미로 살아?"

미닫이 유리문을 밀고 나서자 철모르는 눈이 내리고 있었다. 밤눈이 내리면 출근 걱정부터 하는 삭막한 인간이 되어 있었지만 손바닥으로 눈을 받으며 우와 첫눈이다, 소리쳤다. 땅에 닿자마자 녹을지언정 내리는 기세는 대단하다. 눈이 조금만 뿌려도 경사진 골목이라 차들이 미끄러진다고, 나를 억지로 차 안에 밀어넣고 K는 돌아서 달리기 시작했다.

이곳으로 온 진짜 이유를 K는 아직 말하지 않았다. 그건 내가 묻지 않았기 때문일 것이다. 태어난 아파트에서 다른 아파트로 이사한 경험밖엔 없는 내가 K를 이해할 수 있을까. 잠실에서 태어나 개포동에서 살고 있는 내가 말이다. 어느날 내가, 원하는 모습의 나와 아주 다른 지점에 와 있다 하더라도, 나는 낯선 곳에서 전혀 새로운 삶을 시작해보겠다는 생각은 하지 못할 것이다. 어떤 의미로든 내가 K를 완전히 이해하지 못할 거라는 건 처음부터 알고 있었다. 그것이 K가 눈앞에 보이지 않으면 금방 그를 잊어버리는 이유일 것이다. 와이퍼를 올리자 차창에 들러붙은 눈이 쓸려나간다. 펑펑 쏟아지는 눈 사이로, 까마득한 크레바스의 양쪽을 한 발씩 나눠 딛고 달리듯 기우뚱거리던 K의 뒷모습이 이내 흰 점들에 덮여 사라진다. 세월이 참 빠르다. 이쯤이면 K가 꽁꽁 묻어둔 마음속 이야기를 할 때도 되지 않았을까. 그게 무엇이든 상관없다. 제 운명에 관한 것이든 돼지껍데기처럼 사소한 것이든. 무슨 이야기를 하든 그냥 들어주기나 할 참이다.

타인의 삶

"그래서, 행복해?"

비난이나 원망의 느낌이 실리지 않도록 너무 신경을 쓰다보니 내 목소리가 음성변조기에서 흘러나오는 기계음처럼 들린다. 서글 프기 짝이 없을 내 눈빛과는 달리.

"그런 것 같아."

망설임 없이 대답하는 저 고요한 눈빛이라니. 가까스로 억누르 고 있던 심장의 통증이 발가락 끝마디까지 한순간에 퍼져나간다. 소리 지르고 회유하고 협박까지 했던 한 열흘의 시간이 무참히 흩 어진다. 나는 그만 창밖으로 고개를 돌렸다. 까페 창유리 앞의 벚나 무 가로수는 어느새 꽃이 다 지고 연초록 이파리가 몽글몽글 올라 왔다. 바닥에 떨어져 사람들의 발길에 으깨진 버찌가 여기저기 검붉게 흩어져 있다. 이 한해가 지나면, 저 가지들은 다시 꽃으로 뒤덮이겠지만 이 사람이 내게 꽃을 보러 가자, 꽃 보러 나가자 응응, 아이처럼 조르는 일은 다시 없을 것이다.

벚꽃을 보러 나가자고 그토록 조를 때, 싫다며 고개를 저었던 그날 밤이 아니었다면 이런 일은 일어나지 않았을까. 일어날 일은 일어나고야 만다는 운명론으로 버틸 수밖에 없었던 이 며칠, 살기 위해 무언가를 삼키듯 이 현실을 받아들이자 했다. 그러나 머리를 깎고 내 앞에 나타난 현규의 얼굴을 보고서도 끝내 평정심을 가장할 수는 없었다. 잿빛 니트 모자 아래로 드러난, 머리카락이 있던 자리. 목덜미보다 흰 살빛 때문일까. 푸르스름한 그 색조에 마음이 스윽 베인다. 더 기막힌 건, 저 눈빛이다. 초록 이파리들을 죄다 쥐어뜯어버리고 분홍 솜뭉치 같은 벚꽃 송이를 가지에 뭉텅뭉텅 얹어놓을 수 있을지언정, 저 눈빛은 돌이킬 수 없겠다. 꿈속인 듯 나는 무력해진다. 태막 안에서 이제 막 태어날 준비를 마친 태아처럼, 그의 눈에는 기억의 흔적이 없다.

한 소년의 눈빛이 떠오른다. 오래전 여행길에 이국의 사원에서 마주쳤던. 검은 눈동자를 둘러싼 흰자위 외엔 온몸이 땟국으로 덮인 그 소년은 사원 구석에서 문을 밀고 나오던 나와 눈이 마주친 순간 전기라도 통한 듯 옆에 들러붙더니 내 그림자가 되었다. 사원을 나와 언덕을 내려오고 다시 골목길을 지나고 결국 내가 길을 잃을 때까지 따라오며 끊임없이 속삭이던 그 아이. 걷는 내내 자신의 이름과 가족의 이름을 하나하나 외웠고 왜 내가 자기를 도와주어야만 하는지를 하소연했다. 나는 배가 고프고 지쳤어요, 나는 아직 키가 더 커야 하는데 먹지 못해 자라질 못해요. 집에 있는 가족들도 모두 배가 고파요. 내게만 들리게 속삭이는 소년의 영어는 간결해서 강렬했다. 비명 같은 몇개의 단어들이 반복되었지만, 그를 외면하고 달아나고 싶어하는 나를 나쁜 사람처럼 느끼게 하는 데는 부족함이 없었다. 소년의 가난과 비참함은 질기고 지겨웠다. 연민때문이 아니라 그 지겨움에서 벗어나기 위해 나는 결국 호주머니를 뒤져 지폐를 꺼내주어야 했다. 엇갈리는 운명 앞에서 내 입술은 겨우, 행복해? 세 음절을 간신히 내뱉고는 닫혀버리는가. 나는 이 사람에 대해 그 소년의 동전 한닢만큼의 절실함도 없는 것일까.

돌이킬 수 없을 때의 후회는 후회가 아니다. 핑곗거리가 되어줄 무언가를 건져오라고, 기억의 우물 속으로 끊임없이 자신을 내동댕이치는 짓이다. 무심히 보낸 시간들을 자잘하게 쪼개 연속사진처럼 한장씩 한장씩 떠올리면서, 여기쯤이냐고, 아니면 어디서부터였느냐고, 길이 나누어지기 시작한 바로 그 순간을 손가락으로 짚어보라고, 저 자신을 다그치고 또 다그치는 짓이다.

지난해 사월, 낮이면 실내보다 바깥이 더 포근한 날들이 시작되는 무렵이었다. 현규가 아파트로 왔을 땐 창밖은 벌써 캄캄했다. 나는 식탁에 앉아 그리 보존상태가 좋지 않은 사과를 깎다, 막 방에 들어가 긴 셔츠를 하나 덧입던 참이었다. 초인종 소리가 들렸고 진한 푸른색 줄무늬가 마음에 들지 않았지만 그냥 아랫단을 서로 묶으며 나오는데 초인종이 두번째 울렸다. 좀전에 통화를 한 터라 누군지 물어보지도 않고 문을 열었다.

집이 너무 넓어서 달려나오기 힘들었지?

신발만 벗으면 바로 왼쪽으로 씽크대가 보이는 좁은 실내를 둘러보며 현규는 아프게 내 볼을 꼬집었다. 아야 소리쳤지만 이내 온몸의 세포들이 고물고물 풀어졌다. 얼굴 본 지가 열흘이 넘었다는 생각이 그제야 들었다. 대학병원 근처의 만두가게 이름이 새겨진 종이가방과 딸기 바구니를 내 눈앞에 들어올려 흔들며 현규는 선 채로 말했다.

아, 이 행복한 냄새. 아직 따뜻할 거야. 얼른 먹고 우리 꽃구경 가자.

무슨 꽃?

밤 벚꽃.

어이가 없어 픽 웃었다.

어리거나 늙었거나. 어느 쪽이야? 오면서 못 봤어? 여의도 전체가 주차장이던데. 지하철도 통과해버리더라. 딸기는 뭐하러 사왔어. 미정이도 없고, 누가 먹는다고.

그래도 나가자. 꽃도 보고, 포장마차에서 소주도 한잔 하고.

그 철없음이 부럽다. 꽃이야 좋지. 사람에 치여서 이리저리 밀려다니기 싫어서 그러지.

제발.

나도, 플리이즈.

나는 어림도 없다는 듯 플리이이즈, 길게 외치고는 만두를 접시에 담고 간장도 종지에 부었다. 말도 안되는 소리. 정말, 오늘만은 사람들 사이에서 부대끼고 싶지가 않았다. 현규가 오늘 저녁이면

시간을 낼 수 있을 거라며 일주일 전에 잡은 약속이 아니라면, 아
프다 핑계대고 다른 날로 미루었을 것이다. 두통약이라도 한알 삼
키고 이불 뒤집어쓰고 아침까지 죽은 듯이 자고 싶은 날이었다. 며
칠째 부장은 우리 신문이 여태 기타 신문으로 분류되는 게 모두 내
탓이라는 듯 길길이 날뛰었다. 변명의 여지는 없었지만 부장의 말
처럼, 남교수가 모교의 선배여서는 아니었다. 다만 그녀는 자신의
얘기를 액면 그대로 믿게 만들 만큼 화술이 뛰어났고, 나는 기자로
서의 기본이 되어 있질 않았다. 그날 나는 왜 현규에게 장장 열흘
째 끌고 있던, 내 몸과 마음을 쥐어짜고 있던 그 전쟁 이야기를 하
지 않았을까. 우리는 알량한 자존심으로 그런 걸 감출 사이는 아니
었다. 어쩌면 그저 피로해서였을 것이다. 남교수와 알게 된 과정,
내 마음을 열고 들어왔던 그녀의 살가움, 그녀가 입시 부정에 연
루되었다는 쏘스를 접했을 때도 의심치 않았던 나의 순진한 신뢰,
주고받았던 전화, 그런 것들을 일일이 돌이키며 이야기하기엔 너
무 피로해서였을 것이다. 무엇보다 괴로웠던 건, 부장의 모욕에 가
까운 질책이 아닌, 수습기자도 하지 않을 실수를 저지른 나 자신의
어리석음이었다. 네 눈을 믿지 마라. 잘도 떠들어대던 내 말을 기억
하는 후배들은 또 얼마나 날 우습게 보았을까. 전통무용 페스티벌
참가차 일본에 머물고 있던 그녀와 마지막 통화를 하던 날, 그녀는
전화 속 목소리만으로도 자신을 '흠이 없어' 제단에 놓인 희생양으
로 만들었다. 심사가 얼마나 클리어하게 진행되었는지 현장을 직
접 본 사람이면 그런 소리 못해. 다 해명이 되었는데, 왜 내가 국내
에 있을 땐 아무 소리 안하다가 나와 있으니까 이리떼처럼 달려들

어 물어뜯는지…… 누가 퍼뜨린 소문인지, 왜 그러는지도 다 알아. 돌아가면 그냥 있진 않을 거야. 피날레 공연이 남았는데 감기가 온 다며 목소리가 잠기는 그녀를 위로하고는 통화를 마쳤다. 그러게 요. 그러다가 아님 말고, 해버리면 그만이니. 하여튼 공연 잘 마치고 들어오세요. 데스크에, 만약 기사화했다가 사실무근이면 소송 감이 아니냐고, 무엇보다도 인격살인이 아니냐고, 내가 책임지겠다고, 딱 하루만 더 기다려달라고 말할 때도 나는 그녀를 믿고 있었다. 아무 거리낄 게 없다고, 자세한 통화는 귀국하고 하자던 그녀는 다음날로 휴대폰을 꺼놓았다. 어이없는 낙종이었다. 이 나라에서 입시 비리란 거대한 가스통과도 같았다. 내가 저지른 죄가 아닌데도 연쇄 폭탄테러 현장의 한가운데 꼼짝없이 묶여 있는 심정이었다. 며칠 사이에 구체적인 증거들이 속속 드러나면서 남교수는 더이상 내려갈 수 없는 바닥까지 단숨에 추락해버렸지만 이 사태의 가장 큰 피해자는 그녀가 아니라 나라는 억하심정이 들었다. 꺼놓은 휴대폰에 더이상 전화하길 포기하고, 그제야 다른 매체의 보도내용을 이리저리 짜깁기해서 기사를 만들어내야 했다. 징계를 달게 받아들이겠다는 마음이었지만, 부장의 말폭탄은 내 속을 폐허로 만들어놓았다. 신경줄이 닻줄처럼 튼튼하지 않았으면 꽃의 바다가 아니라 한강에 풍덩 뛰어들었을 것이다. 그 일에 대해 한마디도 안했으니 현규가 들끓다 못해 타버린 내 속을 알 리 없었다. 전화로라도 그 정도 얘기를 나눌 시간이야 없지 않았지. 하고 싶지 않았다. 정확하게는 현규에게만은 감추고 싶었다.

오늘 아니면 일년을 기다려야 하는데…… 난 꽃 이파리로 마구 맞고 싶다, 응?

어린애처럼 보채는 소리를 못 들은 척하며 나는 리모컨을 눌러 채널을 이리저리 바꾸어보았다.

일기예보 배경화면도, 뉴스 오프닝도, 씨트콤 배경도 온통 벚꽃이야. 봐, 훨씬 더 다양하게 볼 수 있어. 우리 아예 여기서 먹을까?

식탁 위의 만두와 딸기를 쟁반에 담고 있는데 미정이 전화를 했다. 받자마자 들뜬 목소리가 쏟아져나온다. 통화를 하며 현규의 등을 밀어 소파에 앉혀놓고 리모컨을 손에 쥐여주었다.

언니, 여기 죽음이야.

늦었네. 지금 도착했어?

응, 언니. 바다 옆을 따라 달리는데, 해는 차마 못 지는데, 바람은 부는데, 꽃잎은 떨어지는데, 그 꽃잎이 바다 위로 떨어져내리는데……

미치겠지?

미정은 말을 잇지 못하고 울 듯했다. 미정의 졸업여행 코스는 내가 추천해주었다. 이년 전 봄 여행지 추천 씨리즈를 할 때 다녀온 곳이다. 해안도로를 따라 소실점 너머까지 이어지는 벚나무에 핀 꽃들이 분홍 구름이 되어 푸르른 봄 바다 위로 분홍 비를 흩뿌리던 풍경이 떠오른다. 싸이보그도 눈물을 흘릴 만한 결정적 순간이었다. 나무둥치는 좀더 실해졌을 것이고 꽃은 더 무성해졌겠지. 그 풍경을 떠올리니 내 마음도 잠시 아련해졌다. 조심하고 술 너무 마시지 마라. 언니, 왜 목소리 깔고 그래? 형부 와 있어? 나 없다고 설마 거기서 자고 가는 건 아니겠지? 밤에 전화해볼 거야. 나는 좀 당황해서, 어어, 그러잖아도 나가려던 참이야. 꽃구경이나 하려고. 둘러대고는 전화를 끊었다. 여우 같은 것. 자고 가야 않겠지만 미정이 여행을 떠나지 않았다면 현규와 집에서 저녁시간을 보낼 생각은 하지 않았을 것이다. 가끔 집에 와 셋이서 저녁을 먹을 때면, 미정이 장난스럽게 형부라고 부르며 스스럼없이 대하긴 하지만.

미정이와 그곳의 풍광에 대해 호들갑을 떠는 동안, 소파에 기대 손가락으로 리모컨을 톡톡 두드리며 채널을 이리저리 돌리고 있던 현규가 등을 세웠다. 화면 속 풍경은 밤이고 어디 깊은 산속으로 보였다. 부엉이 울음소리가 들렸고 살짝 이지러진 만월이 화면에 잠시 멈추었는데 물소리인지 못 벌레 소리인지 모를 나지막한 스아아아 소리가 내 귓속에서 울리는 듯 이어졌다. 오늘은 방에서 달까지 보는구나, 했는데 현규는 내 말을 듣지 못한 듯 대답이 없었다. 산사에 사는 스님들의 일상을 보여주는 다큐멘터리 같았다. 그새 식어버린 만두를 하나 입에 넣고 오물거리며, 어디야? 와, 저 길 한번 걸어봤으면, 저기서 딱 사흘만 지내다 왔으면, 조잘대는 내게 현규는 손가락을 세워 입에 댔다.

적요한 풍경의 파장이 꽤나 강렬했다. 하안거 수행 중인 스님들이 여름 숲 속을 어슬렁거리는 야생동물들처럼 고요히 움직이는 모습이 먼빛으로 찍혀 있었다. 외부인의 출입이 금지되어 있어 더 가까이서 촬영할 수 없었다는 내레이터의 말은 사족처럼 들렸다. 물리적인 거리의 문제가 아니었다. 클로즈업된 달처럼, 그들은 보이되 손닿지 않는, 다른 차원의 존재 같았다. 해설이 잠시 멈춘 사이 산짐승의 울음소리가 들렸고 한숨이 나왔다. 나는 고개를 가로 저었다.

저런 곳에서 도에 이르지 못할 사람이 누가 있어. 저건 진짜 도가 아니야. 물고 뜯고 피 흘리고 찢기는 이 아수라 속에서 얻은 도가 아니면, 속세로 나오는 순간 그 길은 안개처럼 흩어져버릴 거야.

딴지를 걸어봤지만 그 프로가 끝날 때까지 현규는 포크에 찍어준 딸기를 손에 든 채 한마디 말도 없이 화면만 들여다보았다. 한참 이어지는 엔딩 자막까지 지켜보고 광고가 시작되고서야 다 식은 만두를 전자레인지에 데워서 나누어 먹었다. 현규는 나가자는 소리를 더이상 하지 않았다. 그렇게 졸라댄 꽃구경을 가지 않은 게 미안해 근처에 나가서 생맥주라도 한잔 할까 했는데 만두를 먹고 나자 심한 피로가 밀려왔다. 그냥 냉장고에 있던 캔맥주를 꺼내 하나씩 마시며 계속 텔레비전을 보았다. 뉴스 화면에선 다시 사람들이 길을 메우고 꽃나무 아래를 흘러다니는 장면이 지나갔으나 현규는 꽃 이야기를 한 적이 언제였느냐는 듯 무심히 바라보았다. 현규는 열두시쯤 돌아갔고 그전에 무척 단조로운 섹스를 했다. 나는 오르가슴에 도달하지 못했으나 굳이 그럴 마음도 없어 내내 현규의 옆머리를 만지작거리고 있었다. 내려오지 마, 피곤해 보이네. 현규는 현관문 앞에서 날 밀어넣었다. 저녁 내내 나는 만두를 먹으며, 맥주를 마시며, 이야기를 하는 틈틈이, 심지어는 섹스를 하는 중에도 마음속으로 남교수를 증오하느라 진이 다 빠져 있었다. 안 나갈게. 운전 조심해. 못 이긴 척 손을 흔들고 문을 잠그고 돌아섰을 땐 드디어 혼자 남은 게 너무 편안해서 나도 모르게 긴 한숨이 흘러나왔다. 미정은 그날 밤 다시 전화하지 않았다.

그렇게 고갱이 없이 삭아버리는 시간을, 사람들은 대체로 평화롭다고 말하는 것 같다.

두어달이 또 훌쩍 지나갔다. 여름이었다. 그사이 나는 생활과학팀으로 부서가 바뀌었다. 여행이나 요리, 생활정보란을 단기적으로 돌아가며 맡곤 했다. 급박한 사건사고가 없는 대신 오래 기획하고 심층취재를 해야 했다. 기사 쓰는 시간보다 준비하고 조사하는 시간이 더 많았다. 또 무슨 사건이 터지나 신경을 곤두세우지 않아도 되었지만 여유시간은 더 없어졌다. 늘 벼락치기 공부를 하다 예복습을 철저히 하는 스타일로 바뀌었다고나 할까. 토오꾜오, 마카오, 혹은 하노이 같은 도시들을 하루 치 지면에 요약하기 위해서는 엄청난 사전조사와 인맥 연결과 현지 출장이 필수였다. 죽어라 준비해서 내보낸 기사에도, 늘 무언가가 잘못되고 빠진 게 있다고 지적하는 독자들의 전화가 이어졌다. 대체로 평화롭게.

현규는 '직장인을 위한 하안거'를 신청했다며 며칠 산사에서 머물다 왔다. 화장실 갈 시간도 없다던 사람이 어떻게 스케줄을 조정했는지 그때는 물어보지 않았다. 물어보지 않은 게 아니라, 그럴 틈이 없었다. 거길 간다는 얘기도 홍콩의 침사추이 거리에서 예약한 식당을 찾느라 두리번거리던 중 들었다. 거리 이쪽저쪽을 연신 둘러보며, 내일 떠난다는 말을 들을 때만 해도, 그래 네가 사흘을 버티나 보자, 속으로 웃었다. 외과의 아니랄까봐 수술 후 완벽하게 소독을 마친 흉골 내부처럼 일상도 그렇게 관리하는 사람이었다. 언니, 결혼하면 좀 피곤한 건 각오해야 할 거야. 몇번 안 봤지만 왕자

병에다 결벽증까지 살짝 있어. 미정이 말이 아니어도 매사에 뭘 흘리고 다니고 정리정돈과는 거리가 먼 나와는 반죽해서 딱 둘로 나누면 좋겠다 싶을 만큼, 자신이 정해놓은 틀과 규칙을 벗어나지 않는 사람이었다. 시스템형 인간이라고 할까. 불편한 것도, 지저분한 것도, 느슨한 시간 관리도 싫어했다. 병원서 살다시피 하다보니 무엇보다 여행이나 단체생활도 질색했다.

그러나 예상과 달리 일정을 꼬박 채우고 돌아온 현규는 사흘이 아니라 삼년째 똑같은 휴가지를 다녀온 사람처럼, 이렇더라 저렇더라 말도 없이 다시 일상으로 돌아갔다.

가부좌 틀고 보리수 아래 앉아 있었어? 좋았어? 새벽 세시에 일어나는 거 장난 아니지? 그나저나 득도는 했어? 근데 왜 인간은 하나도 달라지지 않았니? 도를 깨치려는 순간 일정이 끝나버렸구나?

이리저리 찔러보았는데 그렇지 뭐, 하고 애매하게 얼버무리고 마는 것이었다. 느낌이 묘했다. 어떤 여자하고 둘이 절 아랫동네서 놀다 온 거 아냐? 어디 금강경 한번 외워봐, 어깃장을 놓았지만 씩 웃고는 끝이었다. 평소의 성격으로 봐서는 거의 보고서 수준의 소감을 들었어야 했다. 목적과 일정은 물론이고 참가한 사람들의 연령과 직업 분포, 며칠에 걸친 수행의 성과와 처음 기대치와의 편차, 청바지를 법의로 갈아입었을 때의 심리적 변화와 육체의 미세한 반응, 사찰음식과 수행의 연관성, 채식이 물질적 가치관에 미치는 영향과 한계 등등 귀가 따가울 줄 알았다. 이후로도 그 며칠 동안의 일에 대해선 들은 기억이 거의 없다. 그저 현규가 새벽에 들어간 수술장에서 지금 나왔다고 지친 목소리로 전화를 하면, 나 역시 오늘 퇴근하긴 틀렸다며 신세 한탄을 나누다 끊곤 했다. 치앙마이나 마카오의 특집기사가 실리고 나면 헤매고 다니던 그 도시들의 속살과 스쳐간 사람들을 내 머릿속에서 삭제해버리듯, 그도 그런 줄 알았다.

계절이 바뀌는 줄도 모르게 온 가을엔 내가 더 바빴다,라기보다는 다른 나라에 사는 사람들처럼 현규와 통화만 가끔 해야 했다. 삼년째 계속 연기해온 논문을 마무리해야 했다. 현규 어머니가 여름 끝에 전화를 해서 언제가 좋겠니, 물어보셨을 때 애매하게 내년 봄쯤이요, 하며 일단 넘겼지만 내 속마음은 미룰 수 있는 한 지금 이대로,에 가까웠다. 지금도 미치도록 벅찬데 여기다 집안일에 육아까지 한다? 엄두가 나지 않았다. 결혼을 하고 직장생활을 하며 논문작업까지 병행하는 게 불가능하다는 건 해보지 않아도 뻔한 일이다. 봄에 결혼을 하든 안하든 논문은 더이상 미룰 수가 없었다. 안 도와주면 논문 대행업체에 맡기겠다고 미정을 윽박질러 자료수집과 번역과 컴퓨터 작업을 떠맡기지 않았으면 도저히 끝내지 못했을 것이다. 논문이 통과되면 세상에 힘들 일은 하나도 남아 있지 않을 것 같았지만 여전히 꿈속에서도 마감에 쫓기는 일상이 기다리고 있었다. 제본된 논문에 싸인을 해서 현규에게 건네며 나는 파도처럼 밀려오는 회한을 한 줄 소감으로 줄였다.

인생이란, 한번도 겪어보지 않았기에 덤벼들 수 있는 극지 마라톤이야.

그러니까, 잊은 지 오래였다. 미정이 여행지에서 전화를 걸었던 그 봄날 저녁의 다정한 토닥거림도, 현규가 하안거를 다녀온 것도. 신문사 로비의 커피숍으로 찾아온 현규가 아주 산으로 들어가겠다고 선언하기 전까지는. 다시 사월이 왔고 벚꽃이 흐드러졌지만, 내게 일년 전이란 이미 우주 저편으로 날아가버린 소행성 같은 것이었다.

철 이른 아이스커피를 마시다가 처음 그 말을 들었을 때 나는 눈을 깜박이며 기다렸다. 성질 급한 그가 참지 못하고, 깜짝 놀랐지? 하며 진짜 하고 싶은 얘기를 꺼내기를. 그날 나는 현규가 가자 하면 못 이긴 척 작년에 빚진 꽃구경을 따라나설 수도 있었다. 다음날 치 기사를 마감했고 대충 퇴근해도 되는 분위기였다. 재촉하듯 바라보는 내 눈을 마주 보며 현규는 평소의 그답게 차분하고도 간단명료한 몇개의 문장으로 자신과 나의 미래를 요약해서 들려주었다. 작년 여름 선방에서 지내다 온 후로 그곳에서 보낸 시간과 마음의 결들이 자신을 사로잡고 놓아주지 않았다는 것. 첫 경험이 주는 낭만적 환상일지도 모른다고 생각해 겨울엔 아무에게도 알리지 않고 다른 선방에서 또 동안거를 지냈다는 것. 그러고는, 간절히 이해를 구하는 눈빛으로 말했다.

이후로, 이곳에서의 삶이 그림자와 다를 바 없다는 생각에 내내 사로잡혀 지냈어. 그 생각은 지나치게 강렬해서 지울 수 없는 불자국처럼 내 머릿속에 박혀버렸어.

화도 나지 않았다. 아무리 늦둥이 외아들로 자랐다지만 저렇게 철이 없을까. 꽃구경 한번 안 따라나섰다고 일년을 삐친 건가. 수행은 아무나 하나. 가서 한번 당해보라지. 며칠이면 끝나는 시한부 체

험하고는 본질이 다르다. 풀만 먹고 사는 일 아무나 하나. 다 쏟아
내면 똑같은 사람이 될 것 같아 나는 어른스레 물었다.

얼마나 가 있으려고? 병원은 어떡하고?

그만두기로 했어.

어떻게…… 어떻게 그럴 수 있어? 한마디 상의도 없이.

반대할 게 뻔하니까. 여태 망설인 것도 너 때문이야.

고맙기도 해라.

나는 그날 싸울 준비가 전혀 되어 있지 않았다. 머릿속에서 무
언가가 확 타오르며 진공상태가 된 것 같았다. 다시 얘기하자 하고
헤어졌다. 사흘째 다시 통화를 했다. 사흘 지났다고 새삼스레 설득
의 필살기가 생겨났을 리는 없었다. 물에 빠진 쥐의 필사적인 점프
처럼, 모든 질문들은 그저 비명에 불과했다.

캐시미어 니트를 색깔별로 가지고 있는 네가 회색 옷만 입고 견
디겠어? 고기라면 사족을 못 쓰면서 풀만 먹고 살겠다고? 글렌 굴
드의 초기 녹음인지 노년의 녹음인지 씨디를 듣고 구별하는 네가
목탁 소리만 듣고 살아? 다 그만두고, 평생 공부한 거 아깝지도 않
니?

삼십년 세월을 싹 지워버리고 제 연수를 새로이 세어보겠다는
사람에게 그런 트집은 너무 우습지 않은가. 말을 하면서도 허탈했
다. 한주일 내내 날마다 만났다. 만나자 하면 현규는 순순히 나와서
내 앞에 앉아주었다. 그 정도는 해주어야 한다고 각오한 표정이었
다. 모든 질문은 바닥날 것이고 언젠가는 지쳐버릴 것을 알고 있다
는 듯 현규는 연민의 눈빛으로 바라보았다. 무슨 말인가를 또 하려

던 나는 그 눈빛에 질려버렸다. 색즉시공.

한번뿐인 인생, 하고 싶은 거 하며 살아.

마지막으로 그렇게 말해주고 내가 먼저 일어났고, 다시 연락하지 않았다. 그게 열흘 전이었다. 입술에 물집이 잡혔다 터지고, 그 사이 옷이 헐렁해졌다. 왜 내게 사월은 매번 이런가. 어제 현규가 전화를 걸어와 내일 보자, 했다.

그리고 오늘 이렇게 민머리 위에 잿빛 모자를 쓰고 나타난 것이다. 왜? 대학병원 흉부외과의로 오만과 자부심으로 똘똘 뭉쳐 있고 그 오만에 합당한 실력까지 갖춘 네가 왜? 목구멍까지 차오르는 질문을 나는 할 수 없었다. 행복하다는데, 그 행복이 더이상 다른 어떤 것도 그 누구도 필요하지 않다는 의미라면, 남은 질문은 싹 다 버려져야 했다.

*

"울었어?"

편도선이 부어 물도 제대로 못 삼키는 내게 미정이 뜬금없이 묻는다. 눈물도 안 나와, 하자 노인네처럼 차지게 혀를 찬다.

"츠츠, 울어야지. 앞에 앉아서 하염없이 울어야지. 언니가 내세울 건 연약함밖에 없어. 상대가 너무 강적이야."

후후 불어가며 라면을 먹으면서 할 말은 다 한다.

"최악이다, 이건. 차라리 여자문제가 백번 낫지. 여자 때문에 일어난 전쟁은 트로이전쟁 하나지만 그외에 역사에 길이 남은 건 모조리 종교전쟁이야. 수천년을 싸워왔고 지금 이 순간에도 싸우고 있잖아. 다른 여자 생긴 거라면 달려가서 머리카락이라도 쥐어뜯어보지. 이건 허공과의 싸움이야. 우주와 씨름하는 거라구. 언니, 불타는 신앙심이란 말이야, 눈 하나 깜짝 않고 한 민족을 싹쓸이해버리고, 제 몸에 폭탄을 두르고 웃으며 버튼을 누르게 하는 거야. 여자 때문에 제가 탄 비행기를 무역센터에 박는 남자는 없어. 목숨도 버리는데, 여자쯤이야."

깍두기까지 한 조각 입에 넣어 아작아작 씹어 삼키고는 단정하듯 묻는다.

"언니, 그 사람이랑 잤지?"

빤히 쳐다보며 묻는데 질리겠다. 게다가 인심 좋게 형부라고 잘도 불러대더니 바로 그 사람,이다. 말 안해도 다 안다는 듯 눈을 흘기고는 선심 쓰듯 한마디 툭 던진다.

"두개의 길이 있다."

"뭔데?"

나는 라면가닥이 쪼르르 빨려들어가는 미정의 입을 간절히 바라보았다. 이 순간엔 동생이 아니라 인생의 스승이다.

"깨끗이 포기하든가, 사랑한다면 같이 머리 깎든가."

사랑한다면,이라니.

"사랑 때문에 밥이 안 넘어가는 거라면 머리를 깎는 게 맞지. 한식에 죽으나 청명에 죽으나, 굶어 죽으나 상사병으로 죽으나, 그게 그거 아냐. 솔직히 언니가 며칠이나 더 굶을 수 있겠어? 길어야 사홀? 깊이 생각해봐. 혹시 사랑 말고 뭐 다른 건 없어? 성격은 좀 까칠하지만 스타일 뭐 쓸 만하고 착한 외모에 학벌 빵빵하고 교수 자리 예약돼 있는 약혼자가 머리를 깎는다니, 기가 막혀 쓰러지겠다는 거잖아. 뭐…… 그런 걸 모두 포괄해서 사랑이라고 부르기도 하지."

"너, 친동생 맞아? 남도 그렇게 모질겐 얘기 안한다."

"남이 아니니까 하는 얘기지. 나도 대외적으론 청순가련형 사랑지상주의자야. 지혜롭게 대처하라고."

"고맙다."

"시간이 지나고 나면, 진심으로 그렇게 생각하게 될 거야. 라면 하나 끓여줄까?"

천연덕스럽게 국물을 마시는 걸 보자 목구멍까지 화가 차올랐다. 쏘아붙이고 싶은 말을 삭이느라 애를 써야 했다. 이 계집애야, 다 너 때문이야. 네가 그날 졸업여행만 안 갔더라면, 하필 그 시간에 전화만 하지 않았어도 그 뜬구름 잡는 다큐멘터리는 안 보았을 거 아냐. 그렇게 졸렬하게 퍼부어봤자 라면 먹던 젓가락을 내려놓을 애도 아니지만.

*

나다.

예, 어머니.

겨우 대답하고 나니 입에 발린 인사말도 나오지 않는다. 나다,

하는 그 두 음절에 그의 집에서 치렀을 전쟁의 풍경이 고스란히 담겨 있다. 어느 부모에게라도 현규는 미니어처로 만들어 정수리에 올려놓고 싶은, 눈부신 트로피 같을 것이다. 이따 퇴근하고 집에 좀 들러라. 그 말을 겨우 하고는 전화를 끊었다.

단지 안의 과일가게에서 딸기를 사들고 엘리베이터를 탔다. 명절 전이나 생신 때면 그랬듯이. 문을 열어주면서 저녁은 먹었나 물어보는데 그냥 예, 하고 대답했다. 늦은 점심으로 뭘 좀 먹긴 했는데 배 속에 고스란히 남아 있었다.

"너희들, 싸웠냐?"

내가 소파에 앉자마자 싸웠느냐고 묻는 건 그녀가 요 며칠 골똘히 엮어낸 희망의 매듭이다. 둘이 심하게 다투고 홧김에 어디 가서 좀 쉬었다 오려나보다 그렇게 생각하고 싶을 것이다. 아니에요, 하고는 더 말이 없는 날 가만히 바라보다가 리모컨을 눌러 저 혼자 떠들고 있는 텔레비전을 꺼버린다.

"솔직히, 나 박사 며느리 원하지 않는다. 너도 나중에 자식 낳아 키워봐. 남 보기 좋으면 뭐하니. 저렇게 속옷 갈아입을 틈도 없이 힘든데, 한 고비 넘길 동안만이라도 너를 좀 수그리고 붙들어주면 좀 좋아. 평생 저럴 것도 아닌데. 어쨌길래 결혼할 여자 놔두고 머리 깎는다 소리가 다 나오니?"

쳐다보는 눈빛이 하도 캄캄해, 노인네 억지소리가 그리 고깝게 들리지도 않는다. 한 계절에 십년은 늙어버린 듯 입가가 축 처졌다. 다가와 내 두 손을 모아 아프게 쥐는 악력만이 노인네 같지 않다.

"까다롭긴 해도, 쟤 독한 애 못된다. 네가 매달려봐. 아닌 말로,

죽는 시늉이라도 해봐. 늙은이 미친 소리 하는 셈 치고 들어라. 애라도 하나 가지면 어떻겠니. 네가 붙들어만 주면, 내 평생의 은인으로 삼으마."

혼자서 별생각을 다 해보았을 것이다. 어머니는 내 손을 쥔 채로 울기 시작했다. 울었어? 미정의 생뚱맞은 목소리가 떠오른다. 아마 현규 앞에서도 울었겠지. 그러고는 자신이 바꿀 수 있는 건 아무것도 없다는 걸 아프게 깨달았을 것이다. 송곳으로 얼음을 깨듯 우리 두 사람을 떼어내고 돌아서게 할 만큼 그를 사로잡은 게 무엇일까. 현관문을 닫고 나오려는데, 유정아, 부르더니 빤히 쳐다보았다. 원래도 군살 없는 얼굴이 처참할 지경으로 말라버렸다. 결혼을 했다면 좋은 시어머니가 되었을 분이다. 말도 안된다고 생각했던 처음의 충격에서 벗어나, 나는 사태를 오십 퍼센트의 확률로 받아들이고 있었다. 사실은 그것마저 지나치게 낙관적인 셈법이란 것도 안다. 지금 그를 더 괴롭히는 건 이 여인의 눈물일까 내 눈물일까. 하긴 늙고 젊은 여자 둘이 끝없이 울어대면, 산속이 아닌 그 어디로라도 달아나고 싶어질 테지. 눈물로 대처할 시기는 지난 것 같다. 엘리베이터에서 내려 문자를 남기려다 통화 버튼을 눌렀다. 휴대폰은 꺼져 있다. 다시 문자메시지를 남겨놓았다. 내일 저녁에 우리집에서 저녁 먹자. 아홉시쯤.

*

마트 정육 코너에서 소고기 안심 세 조각을 포장해서 카트에 담고서야 미정에게 전화를 해보았다. 아무래도 미정이 있으면 불편할 것이다. 미정은 작년에 마음에 두었던 회사에 모조리 떨어지고 나서는 자격증 따며 장기전으로 들어가겠다고 졸업을 일년 늦추었다.

저녁에 너도 일찍 올래? 현규랑 집에서 같이 밥 먹기로 했는데.

무슨 말인지 금방 알아듣는다. 여우 같은 것.

어떡하지? 스터디 끝나고 그냥 민주네서 자고 바로 도서관 가야 할 거 같아.

알았다며 전화를 끊고는 카트를 밀고 야채 코너로 갔다. 스테이크를 할 생각이었다. 특별히 잘하는 요리도 없고 제일 간단하기도 했지만, 핏물 머금은 고깃덩어리를 그의 코앞에 내려놓고 싶은 심사도 있었다. 현규는 스테이크를 좋아했다. 금방 피 보고 와서 고기가 넘어가? 언젠가 붉은 육즙이 흥건한 그의 접시를 보며 물어보자 그게 바로 전공 적성도야, 농담을 했었지. 정형외과 의사들은 주로 도가니탕을, 항문외과는 곱창전골을, 피부과 의사들은 돼지껍데기를 선호하거든. 난 어쩐지 갈빗살이 땡기더라구. 그 말을 할 땐 평생 갈비뼈 안쪽만 들여다보고 살 줄 알았겠지. 브로콜리와 청경채, 양송이버섯과 데워 먹는 크림수프에 까망베르 치즈와 보르도 와인도 한 병 담았다. 생각해보니 바쁘다는 핑계로 집에서 제대로 된 식탁을 차려서 같이 먹은 기억이 없다. 아무래도 목탁 소리보다는 그레고리안 성가가 어울리는 식탁이 되겠다.

집에 와 씽크대 위에 사온 것들을 죽 꺼내놓고 보니 픽 헛웃음이 나온다. 네가 하루아침에 이것들을 딱 끊고 살겠다고? 허벅지살이 움푹 패고 무릎은 뻣뻣하게 굳어 늙은 거위처럼 어정어정 산길을 헤매다 팍 엎어지기나 해라. 대충 준비해놓고 샤워를 하고 발리 출장길에 사온 검은색 바틱 원피스를 꺼내 다려서 입고 보니 지나치게 노골적인 것 같아 벗었다 결국 다시 입고는 향수까지 뿌리고 보니 나나 현규나 향수엔 취미가 없다는 생각이 들었다.

브로콜리를 소금물에 데쳐놓고 식탁을 정리하고 청경채를 볶고 있는데 초인종이 울린다. 현관에 들어서는 현규는 회색 재킷 속에 작년 봄 그날 밤에 입고 왔던 아콰마린색 셔츠를 입고 있다. 너 진짜…… 여러번 빨아 살짝 바랜 듯 푸르스름한 색조가 저토록 잘 어울리는 남자는 본 적이 없다는 생각에 그만 가슴이 저릿해진다. 현규가 딸기 바구니를 내밀었고 나도 그날과 똑같이 뭐하러 사왔어, 하며 받았지만 현규는 그날 저녁처럼 아, 행복한 냄새,라고 말하지 않는다.

"딱 시간 맞춰 왔네? 어서 앉아."

내 목소리는 무대울렁증이 있는 연극배우의 서툰 발성처럼 어색하게 떨린다. 의자에 앉은 현규가 새삼스럽게 좁은 실내를 한번 휘둘러본다. 익숙한 사물들에 이별을 고하는 시선은 저런 것일까. 그 시선을 좇는 내 마음이 곧 버림받을 걸 알아챈 아이처럼 울컥한다. 버섯과 볶은 청경채 위에 스테이크를 올려 현규 앞에 내려놓았다. 고소하고 기름진 고기 냄새가 실내에 가득하다. 현규는 싫다 소리 하지 않고 스테이크를 잘라 먹는다. 말없이 잔을 부딪고 와인도 마셨다. 깨작거리진 않았지만 좋아하는 걸 먹을 때면 그 맛의 질감을 헤아려보듯 미묘하게 달라지던 눈빛 같은 건 없다. 현규는 고깃

덩어리를 삼분의 일쯤 남겼고 나는 한점 남기지 않고 먹어치웠다. 다 먹고 나서야 먹는 동안 한마디도 나누지 않았다는 생각이 들었다.

"먹어. 독을 발라놓았으니까, 마저 먹어."

얇은 종이를 구기듯 웃는 모습이 참 멀다.

남은 반찬을 냉장고에 챙겨넣고 식탁을 정리하는 동안 현규는 빈 그릇을 씻었다. 수술을 끝낸 기구라도 챙기듯 무심한 모습이다. 이건 다가오지도 않고 사라져버린 우리의 미래다. 비누로 손을 닦는 현규를 보며 나는 불쑥 말했다.

"우리 꽃구경 가자. 꽃그늘 아래서 꽃 이파리도 흠씬 맞고, 포장마차에서 소주도 한잔 마시자."

현규가 했던 말을 나는 그대로 반복해본다. 그날 밤의 내 눈빛을 지금은 현규의 눈에서 본다. 일년 전 그 밤, 나는 그의 말 속에 담긴 갈망의 무게를 조금도 헤아려주지 않았다. 지금 현규가 그러하듯이. 말없이 날 바라보기만 하는 현규의 허리를 가만히 껴안았다. 셔츠 앞자락이 축축하다. 설거지를 하면서 앞치마를 두르지 않다니 현규답지 않다. 그 밤의 현규는 없다. 나는 이전의 그를 미치도록 갈망하며 팔에 힘을 주었다.

"알아. 꽃 진 지 오래라는 거. 내 마음을 말하는 거야. 지금 나는 어디로든 되돌아갈 수 있어. 그러니까 어디서부터 돌이켜야 하는지 말해줘."

그의 손바닥이 망설이듯 내 등에 놓인다. 스테이크 맛이 나는 혀가 날고기처럼 이뿌리에 닿자 열기는 단숨에 손가락 끝까지 달려나간다. 껴안은 채 침대로 걸어갔다. 현규는, 머뭇거리지 않고 내 몸 안으로 파고든다. 나의 일부가 되어 혈관을 따라 흐른다. 몸이 허공으로 살짝 떠오르려는 순간, 그냥 해도 돼? 묻는 목소리가 그의 체온보다 훨씬 서늘하다. 대답 대신 손바닥을 활짝 펴 허리와 등을 끌어안자 머뭇하더니 몸을 일으켜 옆에 누워버린다. 땀이 식어가는 동안 우리는 아무 말도 하지 않았다. 그의 몸과 내 몸 사이에 바닥 없는 우물이 있어 둘이 함께했던 시간은 검은 물 아래 잠겨버리고 그의 숨소리는 잠든 사람처럼 이내 가지런해진다.

"보내줄게. 그전에 이 모든 일들이 어떻게 일어났는지 설명해줘. 납득할 수 있다면, 보내줄게."

"몇개의 문장으로 설명할 수 있는 일이었다면 진즉 말했을 거야. 아니다, 설명할 수 있는 거라면 이 선택을 하지 않았겠지."

"설명할 수 없다면, 그래, 어디서부터 비롯된 일인지나 알자."

"모든 시작은 무언가의 끝에서 비롯되는데 어리석은 시작의 시점을 누가 알 수 있겠니."

"선문답은 싫어. 그날 얘기를 해봐."

한동안 이어지는 그의 숨소리가 낯선 남자의 그것 같다.

"그날이라…… 꽃구경을 가자 했던 날, 그날. 별일은 없었어. 여기 오기 전에 수술이 있었어. 수술이야 내겐 너무 익숙한 일상이지. 굽을 갈아주고 팔천원을 받는 병원 앞의 구두 수선공처럼, 반복되는 일을 꼼꼼하게 해내야 하는, 아주 단순한 일상 말이다. 창의력이나 상상 따위는 필요 없는. 정말이지, 흉부외과의의 상상력이란 치명적인 결과를 불러오는 재앙일 뿐이니까."

눈을 감았다. 나 혼자 우물 아래 검은 물속에 누워 있고 그의 목소리는 아득한 위에서 들려오는 것처럼 습기에 차 웅웅거린다.

"그날 오후 수술은, 심장이식이었어. 판막 교체나 그물망 삽입하는 것과는 좀 다르지. 심장이식이란 말이다, 수술 장면을 한번이라도 본 사람이라면, 사랑이 가슴속에서 싹튼다는 말 같은 건 하지 않게 되는 거야. 언제나처럼 일사불란하게 수술과 처치가 진행되었어. 교수님이 말했어. 어이, 팥빙수 가져와. 흔치 않은 수술에 긴장하고 있는 제자들에게 그저 연습 때와 똑같이 하면 되는 거라고 말해주고 싶었겠지. 실습시간이면 이식용 개 심장이 담긴, 얼음 채운 아이스박스를 우린 팥빙수라 부르곤 했거든. 아닌 게 아니라 그건 거대한 팥빙수처럼 보이긴 해. 흉부외과 의사가 된다는 건, 수술이 끝난 후 팥빙수를 맛있게 먹을 수 있어야 하는 일이기도 하지. 수술은 순조로웠어. 팀을 이뤄 무수한 실습을 거듭해왔고, 이식수술도 처음은 아니었어. 긴장하고 풀어지고, 침묵하다 농담도 하고. 집중하다 또 딴생각도 하고 그래. 시간이 워낙 길어지니까…… 이식을 마치고 소독도 완벽하게 하고 잘 정돈된 흉골 안을 마지막으로 살핀 후 봉합을 시작했어. 완벽해 보였어. 수술실 분위기는 눈에 띄게 느슨해졌지. 피 묻은 가운을 입고 수술도구를 든 동료들이 거대한 스테이크가 놓인 식탁에 둘러서 있는 탐식가들처럼 보이더군. 내 모습 역시 그랬겠지. 우리는 손을 움직이면서, 맛없는 스테이크를 먹을 때처럼 이런저런 수다를 떨기 시작했어. 주말에 있을 회식 이야기, 구내식당 음식 질이 나날이 떨어진다는 이야기, 후배 레지가 결혼하며 받았다는 금시초문의 시계 브랜드, 병동 간호사의 외모에 대한 품평, 뭐 그런저런 얘기들. 수술하면서 나눈 잡담을 기억하는 일은 드물어. 수술이 끝나면 버려지는 지혈대처럼 수술실의 소모품 중 하나거든. 그런데 그날 나눈 잡담들은 이상하게 아직 기억이 나네. 안정상태에서 중환자실로 옮겨진 그 환자는 삼십 분 후에 혈압이 급격히 떨어지며 심장이 멈추어버렸어. 침상의 카드를 보니 오십삼세의 남자더군. 드문 일은 아니야. 매뉴얼대로 수술을 했고 잘 끝났는데 그냥, 그렇게 된 거지. 누구의 잘못도 아니야. 수술 전에 보호자에게 누누이 설명한 가능성 중의 하나였기 때문에 책임질 사람도 없었고."

현규는 잠시 말을 멈추었다. 무심히 지나친 순간을 오랜 후에야 곱씹게 되는 일이 인생에서 얼마나 많은지 헤아리듯.

"무감각하게 뒷정리를 하고, 옷을 갈아입고 병동에서 내려와 주차장에서 차를 찾는데, 찾을 수가 없었어. 수술대 위에 누운 환자는 적어도 마취상태에 빠지기 전까진 나를 신으로 생각했겠지. 그 잘난 신은 제 차가 주차장 어디쯤 박혀 있는지도 몰라 헤매고 다니는데. 한 층 더 내려가 차를 찾아 여기로 오면서 나도 보았지. 도로는 온통 주차장이고 차와 사람이 섞여 제대로 걸어다닐 수도 없는 길을 근근이 지나왔으니까. 신호등 앞에 차가 섰는데, 내 차 앞을 가로질러 먼저 가려고 기를 쓰는 사람들을 짜증스럽게 쳐다보고 있는데 꽃잎 하나가 떨어져내리더라. 아주 천천히. 너무 느릿느릿 내려와서 나도 모르게 초조해졌어. 신호가 바뀌기 전에 저게 내려앉을 수 있을까. 허공에 잠시 머무는 듯하더니 그 꽃잎은 유리창에 들러붙었어. 그 짧은 시간의 틈으로 몇가지 생각이 앞뒤 없이 스쳐

갔어. 내일 아침 일곱시엔 다시 수술실에 들어가 있어야 하는구나. 배달된 햄버거를 씹어가며, 세면대에 오줌을 누어가며, 하루종일 흉골 안을 들여다보아야겠지. 아까 그 남자 이름이 강, 뭐였더라? 그런 생각들. 그날, 사실 나도 꼭 나가고 싶었던 건 아니야. 그저 좀 다른 시간을 보내고 싶었어. 네가 전화를 하는 동안 그 다큐멘터리를 보고 있는데 그 화면 속의 삶이 오늘 하루 내가 살아온 시간, 내일 똑같이 살아내야 할 시간의 이면처럼 보였어. 미친 듯 무서운 속도로 달려야만 하는 이 삶의 이면 말이야. 등을 대고 있지만 건너갈 수는 없는. 저 풍경 속으로 한번만 걸어가보고 싶다, 참 단순하게 그런 마음이 들었지.”

그의 말은 또 끊어졌다.

“그래서? 그곳에 갔더니 눈 맑은 스님이 허공에 뜬 연꽃처럼 앉아 이런 질문을 했겠지. 당신은 누구인가? 당신은 어디서 왔고 어디로 가고 있는가? 삶이란 무엇인가?”

궁금해서 묻는 게 아니란 건 잘게 갈라지는 내 목소리로 미루어 알고도 남았을 것이다.

“당신의 본질은 흉부외과의가 아니라고, 오현규라는 이름도 헛될 뿐이라고, 당신이 알고 있는 당신은 그저 허망한 껍데기에 불과할 뿐이라고 말했겠지. 나는 누구인가! 그런 게 심오한 질문 같지? 흥! 서로 찌르고 상처받고, 집착하다 무심해지고, 깨지고 피 흘리고, 허공을 가르는 칼날로 가득 찬 이곳에서 던지는 질문이 아니라면, 이곳에서 찾을 수 있는 답이 아니라면 도대체 그 질문 그 대답이란 얼마나 공허한 거니?”

열어놓은 창으로 걸쭉한 공기가 뭉클뭉클 밀려든다.

"그런 데서 얻는 평정심이 무슨 의미가 있어? 꽃 핀 자두나무 아래를 걸으면서 살의를 품는 사람이 있겠냐구. 왜? 왜 여기서 달아나려는 건지 그 얘길 해보라니까."

삼나무 줄기처럼 갈라진 내 목소리는 우물 속으로 흩어지는데 현규의 목소리는 작고 둥근 허공 바깥에서 울려온다.

"인생의 어떤 순간에, 사람은 설명할 수 없는 결정을 할 때가 있어. 그건 말하지 않는 게 아니라, 말로 할 수 있는 게 아니어서 그래."

어제 천을 만나 들은 이야기를 현규의 입을 통해 다시 들으리라고는 기대하지 않았다. 네가 찾는 다른 세계란 그런 세계냐고 몰아붙이지도 않을 것이다. 제 삶의 길을 바꾸는 게 무엇인지 누가 답을 알고 있을까. 천이 결혼하기 전엔 그의 아내와 넷이 몇번 저녁시간을 같이 보냈다. 자주는 아니지만 맥주를 마시거나 병원 근처에서 저녁식사를 하기도 했다. 천은 현규의 제일 친한 친구이자 동료인데 작년 여름에 그의 아내가 딸을 낳은 후로는 통 만나지 못했다. 어제 그에게 전화를 했을 땐 통화가 되지 않았다. 외과 병동에 전화를 해보니 수술 중이라 했다. 병원으로 가는 택시 안에서 메시지를 남겼다. 병원에 도착하고도 한시간이 지나서야 천은 전화를 했다. 엘리베이터 앞은 저녁 면회객으로 발 디딜 틈이 없었다. 병원에 와 있다고 하니, 무슨 일이냐고 묻지는 않고 어딘지만 물었다. 종일 노역에 시달린 사람처럼 목소리가 낮게 잠겨 있었다. 일층 로비에 서 있는데 천이 가운을 입은 채 달려왔다. 바깥으로 나갈 형편은 아니라 해서 지하 매점으로 갔다. 컵라면, 커피, 햄버거 냄새와 병원 특유의 소독내가 뒤섞인 매점은 지저분하고 어수선했다. 종이컵에 멀건 커피 두 잔을 겨우 채우기도 전에 커피포트는 비어버렸다. 한 잔 값만 주세요. 플라스틱 밀대를 든 채 아주머니는 보기 싫게 하품을 하며 왼손으로 지폐를 받았다. 천은 커피를 찬물처럼 훌쩍 마셔버렸다. 플라스틱 의자에 앉아 있는 모습이 지독하게 피곤해 보였다. 이거 마시세요. 기다리면서 마셨어요. 내 걸 밀어주자 고개를 저었다.

저도 위에서 한잔 마시고 내려온 참이에요.

먼저 말을 꺼내야 하는 건 찾아온 사람일 것이다. 어디서부터 얘기를 시작해야 할까, 이 사람은 어디까지 알고 있나, 마음이 복잡해 커피만 훌쩍이고 있는데 천이 먼저 입을 열었다.

돌아올 거예요.

외과전문의답게 필요 없는 부분을 정확하게 도려내버린 말투다.

돌아오다니요, 어디로요?

병원으로 돌아온다는 말인지, 혹은 서울로, 내게로, 아니면 이전의 현규로 돌아온다는 말인지. 너무 많은 질문이 목구멍에서 뒤엉기는데 천은 내 애매한 질문에 썩 구체적으로 대답해주었다.

이 병원으로는, 힘들지 않겠어요? 쉬게 되자 서울서 지내기가 심적으로 좀 힘들었을 거예요. 그래서 겸사겸사 좀 떠나 있겠다고 했을 거예요.

쉬게 되다뇨? 현규가 그만둔 게 아니구요? 무슨 일이 있었어요?

천이 나를 쳐다보았다. 병의 예후를 묻는 보호자를 바라보는 의사의 시선이었다.

현규가 얘기 안했나요? 왜 사표 냈는지?

내 대답을 듣지도 않고, 탁자를 내려다보며 혼잣말을 했다. 그렇겠죠. 말, 안했겠네요. 당신은 그런 사유 정도 알 자격은 있다는 듯 천은 내처 말을 이었다.

감사에 걸렸어요. 그러니까…… 사용처와 재고를 엄격하게 관리하는 약이 있어요. 처방전과 환자명과 사용량이 회계장부처럼 정확하게 맞아떨어져야 하는 약인데, 사실은 문제가 있었던 게 처음이 아니에요. 그땐 기재 착오로 처리되어 유야무야됐죠. 이번엔 오차가 좀 컸어요. 누군가는 책임을 져야 했죠.

그걸 왜 현규가?

현규가 사용했으니까요. 말기암 같은 극심한 통증의 진통제로 쓰이는, 쉽게 말하자면 모르핀 같은 거죠.

나는 무슨 말인지 제대로 이해할 수가 없었다.

모르핀이라니요?

너무 피곤해서 견딜 수 없을 때 한번쯤 제 팔에 주삿바늘을 꽂을 순 있어요. 드문 일 아니에요. 사실은, 레지 들어와서 저하고 둘이 같이 해본 적도 있어요. 호기심 반이죠. 처음은 그래요. 너무 피곤해서 진한 커피를 연거푸 쏟아넣어도 눈꺼풀이 자꾸만 내려올 때, 잠이 부족해 졸면서 수술을 마쳤을 때 장난처럼 한번 해볼 수 있어요. 카페인 칵테일을 들이켠 것처럼 환상적인 효과가 있긴 해요. 문제는, 끔찍하게 효과적이라는 거죠. 그다음엔, 선택의 문제예요. 딱 한번으로 끝인 사람, 그리고 드물지만 자신이 컨트롤할 수 있다고 믿으며 계속하는 사람.

어떻게, 그냥 내버려뒀어요?

책망이 아니라 그저 탄식이었지만, 천의 대답은 건조하다.

누가 알겠어요.

그렇게 어리석은 사람이었나요?

그 약의 양면성을 너무나 잘 알고 있으니까, 원하는 시점에선 멈출 수 있다고 자신을 믿었겠죠.

어느 정도인가요?

치료를 받아야 할 정도는 아니에요. 사실, 드러나지만 않았다면 이런 상태로 언제까지라도 갈 수가 있어요. 약을 한다고 해서 모두 눈이 퀭해지고 손을 떨게 되는 건 아니에요. 잘 컨트롤하면서 약을 쓰는 숨겨진 중독자가 얼마나 많은데요.

그럴 만한 동기가 있었어요? 현규가 책임져야 할 의료사고 같은 거라도?

뭐, 특별히 그럴 만한 일은 없었어요. 근데 그것도, 누가 알겠어요. 사실 명백한 의료사고일 때도 환자 측에서 클레임을 걸지 않으면 우리 쪽에서 먼저, 살릴 수 있었는데, 같은 말은 절대 하지 않으니까.

돌아올까요?

질문을 하면서도 나 역시 그 질문의 의미를 알 수 없었다. 다만 막연히 내가 알고 있던 현규, 이전의 현규로 다시 돌아올 수는 없을까, 그런 마음과 동시에 이전의 현규는 누구인가 하는 생각이 스쳤을 뿐이다. 이전의 현규, 원래 현규, 진짜 현규, 그런 게 있을까. 현규와 같이 살게 되면 그걸 알 수 있을까. 스물여섯 이전의 현규를 모르듯 지금의 현규 역시 나는 모르는 것이다.

알고 있겠지만, 의사들은 확정적인 대답을 잘 하지 않아요. 저역시 기다려보자는 말 외엔 할 수 있는 말이 없네요. MRI다, CT다, 환자들은 대단한 건 줄 알지만 결국 그것들이 찍어낸 영상은 그림자일 뿐이에요. 왜 판독이란 말을 쓰겠어요. 그림자를 더듬어 실체를 추측해보는 거죠. 명백한 실체에 대해서도 그러한데, 영혼의 문제에 대해서 무슨 말을 더 할 수 있겠어요.

천이 손바닥으로 얼굴을 문질렀다. 일어나야 할 시간이었다. 천은 위층으로 올라가는 엘리베이터를 탔고 나는 계단으로 올라와 밖으로 나왔다. 비가 오고 있었다. 막 내리기 시작했는지 젖은 먼지 냄새가 매캐했다.

어둠 속에서 우리는 말없이 각자의 옷을 입었다. 그는 마지막으로 모자를 눌러썼고, 나는 바틱 원피스에 스웨터를 걸치고 현관을 나섰다. 현규의 차 위로 농익은 버찌가 몇개 떨어져 있다. 고개를 들어 나무를 올려다보았다. 무성한 이파리만이 검게 보일 뿐 버찌는 보이지 않는다. 사람들의 슬픔과 고통도 저렇게 가려놓지 않으면 세상은 검은 비명으로 가득 차버리겠지. 우린 모두 바닥에 떨어져 터져버리기 전엔 누구도 짐작하지 못할 시고 떫은 덩어리를 속에 품고 서 있는 나무 같은 거겠지. 말하지 않은 것이 거짓말을 하는 거라고는 생각하지 않는다. 자동차 문을 열기 전 현규는 나를 쳐다보았고 나는 보이지 않는 버찌를 올려다보며 말했다.

"어느 선승이 있었어. 도에 이르기 위해 금식을 하며 정진하다가 사흘째 되는 날 그만 허기를 참지 못하고 죽을 먹어버렸대. 옆에 있던 그의 스승이 그걸 보고는, 숟가락을 들고 같이 죽을 떠 먹기 시작했어. 아무 말 없이. 한 사람의 번뇌와 고통은 몸속 어딘가에 너무도 교묘히 감추어져 있어서, 꺼내서 보여줄 수도 누가 어루만져줄 수도 없다는 걸 알았던 거지. 어린 제자가 그만 죽을 허겁지겁 떠 먹기 시작했을 때 옆에서 같이 죽을 떠 먹어주는 것, 그걸 해줄 수 있을 뿐이지."

올려다본 하늘엔 별이 하나도 보이지 않는다. 이 자리에 이르게 된 것이 모르핀 앰풀 때문인지, 성공적인 수술 끝에 숨을 거둔 쉰세살 남자 때문인지, 꽃구경을 끝내 가지 않겠다던 게으른 연인 때문인지, 그 무렵 나를 미치게 만들었던 남교수 때문인지, 그날 내가 입었던 푸른 줄무늬 셔츠 때문인지, 꽃그늘 아래를 흘러다니던 인파 때문인지, 미정의 전화 때문인지, 어둑한 화면을 가득 채우던 만월 때문인지, 차창에 들러붙던 꽃잎 한장 때문인지 현규인들 알 수 있을까. 옆에 서 있는 현규의 등에 손바닥을 올려놓았다. 그 손바닥이 무얼 말하는지 읽어내는 건 현규의 몫이겠다.

번지점프를 하다

로드킬

아흐.

눈을 꾹 감는 순간 둔중하면서도 물컹한 것과 부딪치는 느낌이 꼬리뼈까지 찌르르 달려간다. 눈을 뜨자 앞에서 플래시가 터진 듯 시야가 온통 하얗다. 눈을 뜨고 꾸는 악몽 같다. 움직이는 사물이 하나도 없는 순간. 핸들을 움켜쥔 박 역시 사진 속 피사체처럼 고요하다. 정지상태에서 먼저 깨어난 건 나였다. 차창을 내리자 소음의 파편들이 쏟아져들어오는데 그다음엔 꼼짝을 할 수가 없다. 정작 끈적한 무력감 속에서 날 끄집어낸 건 잠긴 듯 느린 박의 목소리였다.

"내려서 택시 타고 가야겠네."

박은 기이한 침착함으로 지갑을 꺼내 짚이는 대로 지폐 몇장을 빼서 내게 건네고 비상등 버튼을 누르고 나서야 차문을 열고 나갔다. 이 상황에서 내가 할 수 있는 일이란 없겠지. 가방을 챙겨들고 차에서 내리자 막 신호가 바뀌었고 뒤에 서 있던 차들이 차선을 변경하며 달려드는 바람에 오도 가도 못하고 차 옆에 바짝 붙어 서 있어야 했다.

도로 위 노란 덩어리가 웅크린 짐승처럼 보인다. 노란색 점퍼 차림으로 쓰러져 있는 청년의 귀에서 턱으로 이어지는 뺨이 비리도록 팽팽하다. 채 벗어버리지 못한 소년기의 허물 같은 어린 뺨 위로 한낮의 뙤약볕이 하얗게 부서진다. 불수의적으로 경련을 일으키는 왼쪽 다리를 움켜쥐고 그는 두 눈 사이를 잔뜩 찌푸린 채 가쁜 숨만 몰아쉬고 있다. 신호가 막 붉은 등으로 바뀌려는 참이었다. 박은 충분히 지나갈 수 있다고 생각했겠지. 무슨 뭉치 같은 것이 휙 던져지듯 차 앞에 나타난 것과 급한 가속이 겹쳐졌다. 순식간의 일이었다.

근처를 지나던 행인 서넛이 박의 차 앞에 서서 무어라 참견을 하며 청년 앞에 엎드린 박의 등을 내려다보고 있었다. 부축하여 일으키자 청년은 무릎관절 없는 사람처럼 뻣뻣이 일어섰다. 서 있던 사람 중 하나가 박의 차 뒷문을 열었다. 다시 보행신호가 들어왔고 나는 인도 쪽으로 걸어나와 청년이 뒷자리에 타는 것과 문이 닫히는 걸 지켜보았다. 운전석에 앉아 차문을 닫고 안전벨트를 매고 출발할 때까지 박은 내 쪽을 한번도 쳐다보지 않았다.

길에 팬 작은 웅덩이마다 물이 고여 있는 걸 보자 어제 올해의 첫 장맛비가 내렸다는 일기예보가 기억났고 무심한 거리 풍경에 나는 이상한 안도감을 느꼈다. 빈 택시가 내 앞에 섰을 때 사고의 흔적은 거리 어디에도 없었다. 잠시 동안의 일이었던 것 같은데 시간이 꽤 지체되었다. 조금만 빨리 가주시겠어요? 하고는 등을 기대고 눈을 감았다. 출석 체크를 칼같이 하는 교수님 수업인데. 박도 오늘의 점심을 후회하고 있을까. 표정만 잔뜩 찌푸린 걸 보면 치명적으로 다친 것 같진 않은데.

교문 앞에서 택시를 내려서부터 달리기 시작했다. 하필 수업은 오층 강의실이다. 헉헉대며 한번도 쉬지 않고 달려올라온 보람도 없이 교수님은 벌써 들어와 있다. 막 내 앞에서 강의실로 들어가던 보라를 향해 교수님이 낭랑한 목소리로 외쳤다. 거기, 서 있어요. 들어서려던 나는 뒤로 물러나 얼른 가방에서 볼펜 하나만 꺼냈다. 이미 결석에다 지각 마일리지가 만만찮았다. 마침 헐떡이며 계단을 올라오는 유강의 손에 내 가방을 쥐여주었다. 넌 기왕 지각이다. 이거 갖고 들어와서 나한테 몰래 전해줘. 상황 파악을 못한 유강이 입을 헤 벌렸다. 넌 지각이라구, 또박 일러주고는 강의실로 쑥 들어섰다. 교수님이 앤 또 뭐야, 하는 눈빛으로 쳐다보았다. 나는 최대한 추레한 표정을 지으며, 저 아까 왔는데요 설사가 나서 화장실 좀 다녀왔어요 죄송합니다, 하고는 얼른 빈자리로 가서 앉았다. 돌아보니 문 옆에 서서 들어가지도 나가지도 못하고 엉거주춤 서 있던 보라가 기가 막히다는 표정으로 쳐다보았다.

보라와 사이좋게 서 있다 지각 처리하고 들어온 유강이 슬그머니 가방을 내려놓고 지나갔다. 교수님 얘기는 자꾸만 귀 옆으로 흘러간다. 노란 점퍼와 차가 부딪치는 순간의 그 감각이 생생하게 툭, 툭 되살아난다. 헐 대박 진짜. 보라가 문자를 보냈지만 씹어버렸다. 이모티콘도 없이 날린 문자를 가만히 들여다보니 진짜 무식해 보인다.

혐오와 매혹

"간장을 찍지 말고 드세요."

자부심으로 가득 찬 쇼헤이의 눈이 나를 보고 있다. 그가 시키는 대로 젓가락으로 스시를 집어 조심스레 입에 넣는다. 생선의 차가움이 밥알의 온기를 빼앗기 전, 쇼헤이의 손바닥에서 막 놓여난 순간. 가장 먼저 맛을 읽는 건 코와 혀뿌리 사이다. 고등어의 차진 식감과 고소하고 기름진 맛이 뇌로 전달되면 쾌락의 파장이 온몸으로 번져나간다. 그러나 밀물의 마지막 순간 같다고 할까. 가득 밀려오지만 이내 사라져버리는. 오른쪽에 앉은 박이 시식자의 경탄을 기다리는 음식 프로그램의 진행자처럼 내 얼굴을 바라보고 있다. 나는 그 눈빛을 모른 체하고 쇼헤이를 쳐다보았다.

"입안에 푸른 대양을 펼쳐놓은 것 같아요. 이제 다른 스시는 못 먹을 것 같아요."

푸릇하도록 희게 빛나는 모자 아래 무사의 그것처럼 빈틈없이 날카로운 쇼헤이의 눈이 살풋 가늘어진다. 열여섯 소녀의 엉덩이처럼 보얗고 보드라운 히노끼 바를 손바닥으로 천천히 문지르며 품평을 듣고 있던 박이 자만심 가득한 눈빛으로 날 바라본다. 여기 올 때마다 박은 내가 감탄하며 들려주는 소감을 듣기 좋아하지만 한번도 내가 맛있다,고 말하지 않은 건 모르고 있을 것이다. 박과 같이 쇼헤이의 가게에 와서 스시를 먹고 품평을 하는 것, 그의 얘기를 들어주는 것, 헤어지면 그를 까맣게 지워버리는 것. 그것들은 어려운 일은 아니다. 막 내 목구멍을 넘어간 한 조각의 스시를 맛보려면 편의점 계산대 앞에서 세시간을 서 있어야 한다는 단순한 산술을 떠올린다면, 날생선을 좋아하지 않는 식성 정도는 잠시 접어놓을 수 있다. 그럼에도 박과 시간을 보내다보면 매번 밀물의 마지막 순간처럼 내 안에서 무언가가 쓸려나가는 것 같은 순간이 꼭 온다. 그리고 그건 대체로 내 배가 더이상의 날생선을 거부할 즈음이다.

지난가을, 보라가 아무래도 제 수업시간과는 맞추기가 힘들다며 내게 넘겨준 알바는 열흘짜리 아트 페어 도우미였다. 보라의 언니 친구의 사촌오빠 소개라는데, 정작 사촌오빠란 사람이 누군지는 아트 페어가 끝날 때까지도 알 수 없었다. 일은 단순했다. 검은색 계열의 구두와 정장을 차려입고 내가 담당한 구역에서 안내를 하면 되는 일이었다. 전시작품의 개별적인 해설을 숙지하고 전시장 곳곳을 돌아다녀야 하는 업무 자체는 단순했지만 고용주 측에서 원하는 진짜 업무는 안내나 해설이 아니었다. 작품 가격은 물론이고 보험료만도 천문학적인 액수를 지불했다는 작품의 도난이나 훼손을 감시하는 게 가장 신경써야 할 일이었다. 나로선 처음 들어보는 이름이었지만 현대미술계에선 보통명사의 반열에 오른 작가라 했다. 판매보다는 화상인 사장이 미술시장에서의 자신의 위상을 높이려고 기획한 전시라고, 옆 부스의 알바가 아는 척하며 말해주었다. 알바애들도 다 외모 보고 뽑은 거야. 걔 얼굴과 몸매를 보니 아주 틀린 말은 아닌 것 같았지만 제 입으로 그런 얘기를 하는 애가 좀 우습기도 했다. 서 있는 일이라 일과가 끝나면 종아리가 퉁퉁 부어올랐지만 열흘로 끝나는 게 아쉬울 만큼 시급은 꽤 높은 편이었다. 오픈하고 첫 사흘은 주말을 끼기도 했지만 전시장 바깥으로 기다리는 관객의 줄이 끝이 보이지 않게 길었다. 가끔 손님이 뜸한 시간엔 다른 부스를 다니며 전시작품들을 구경하기도 했다. 평면과 입체 작업이 뒤섞인데다 일관성이라곤 없이 작품마다 독특하고 기이해서 이것들이 한 사람의 작업인가 새삼 이름을 확인해보기도 했다.

전시장 메인 부스에는 딱 한점의 작품이 특별히 설치된 조명을 받으며 놓여 있다. '신의 사랑을 위하여'라니. 은유와 농담이 반씩 섞인 유치한 제목이라고 생각했다. 신과 사랑. 방점을 찍는다면 어느 쪽일까.

활짝 웃고 있는, 그러나 옆모습을 보면 살짝 비웃음을 띤 것 같기도 한, 제가 죽은 줄 모르는 듯 천진난만하게 웃고 있는 두개골. 살아 있을 때의 남자는 낙천적이고 웃는 모습이 귀여웠을 것 같다. 두개골을 백금으로 주형을 뜬 후 그 표면을 8,601개의 다이아몬드로 빼곡히 덮어놓은 실물대의 형상. 눈부시게 빛나는 그 두개골을 마주 보고 있으면 공존할 수 없는 두가지 느낌이 날카롭게 뒤섞였다.

혐오와 매혹.

밀려드는 사람들로 정신없던 주말이 지난 월요일 오전이었다. 사람들이 가장 많이, 가장 오래 머무는 그 작품 앞도 모처럼 한산했다. 그 작품에 대한 해설은 신경써서 외워놓았지만 물어보는 관람객은 정작 없었다. 사람들은 그 앞에 서서 해골의 이마에 박힌 52.5캐럿짜리 물방울 다이아몬드를 뚫어지게 바라보거나 한숨을 쉬거나 혹은 하염없이 생각에 잠기기도 했는데, 대체로 그 작품에 대해 이미 잘 알고 온 듯한 표정들이었다. 오천만 파운드라니. 천억이 아닌가. 처음 도록으로 봤을 땐 어머 웬 돈지랄이야, 싶었지만 전시된 실물을 본 첫 순간 뇌의 주름이 좌악 오그라드는 기분이었다. 왜 이 작가를 천재라고 부르는지 알 것 같기도 했다. 컴컴한 눈구멍을 들여다보고 있으면 삶의 허무와 욕망의 허무가 휑하니 나를 노려보았다. 허무와 욕망이 서로를 비웃다니. 인간과 세계의 본질을 이보다 잘 표현할 수가 있을까. 죽음과 삶이 촘촘히 맞물려 있는, 공존할 수 없는 것들이 함께 뒤엉킨, 추상의 물질적 현현.

그때 내가 홀린 듯 바라본 건 무엇이었을까? 잠긴 듯 느린 목소리가 귀에 들려왔을 때.

이 사람이 누구라고 생각해요?

크지 않은 키에 마른 몸매의 남자가 허리를 굽혀 두개골과 눈을 맞추며 물었다. 이 작품에 관해 질문을 한 첫 관객이었다. 마흔 중반쯤 되었을까. 어쩌면 그보다 훨씬 더 어릴지도, 혹은 더 나이 들었을지도 모르겠다. 나는 약간 가식적인 목소리로 설명을 늘어놓기 시작했다.

이 두개골의 주인은 18세기 유럽에서 살았던 백인 남자입니다. 죽음의 궁극적 상징인 두개골을 사치와 욕망, 퇴폐의 상징인 다이아몬드로 덮어놓음으로써……

아니, 작품 말고 이 작가 말이에요.

흰 셔츠에 라인이 살아 있는 씽글의 블랙 슈트를 입은 남자는 내 말을 그렇게 잘랐다. 나는 다시 작가에 대한 설명을 하기 시작했다. 현대미술에서 그가 차지하고 있는 위상에 대해. 그는 내 이름표를 들여다보더니 고개를 저었다.

팸플릿에 적혀 있는 그런 거 말고, 하은씨 자신의 생각을 말해봐요.

내 생각이라니. 사실 삐까쏘와 고흐 정도가 내 미술세계의 전부였다. 나는 좀 머뭇거렸고 월요일 오전부터 이런 곳에서 어슬렁거리는 이 사람 정체가 뭐야 싶었다.

그거야 신만이 알고 있겠죠. 자신의 피조물이니.

남자는 뜻밖의 농담을 들은 사람처럼 씩 웃고는 명함을 하나 꺼내 건네주며 말했다.

작품의 예술적 성취에 대해선 논란이 많지만 이 작가는 메타포의 비밀을 알아요. 이를테면 해골이 칼슘과 석회질의 덩어리만은 아니라는 것, 그게 다이아몬드를 만났을 때 어떤 정서적 화학반응과 충격을 일으키는지 내다본다는 거지. 근데 하은씨 대답이 더 맞는 것 같네.

명함을 들여다본 나는 화들짝 놀랐다. 그러니까 그는 내 고용주였다. 하필이면 그는 본연의 임무를 소홀히 하고 있는 불성실한 알바생을 적발한 셈이다. 아, 예. 나는 일단 고개를 끄덕였다. 하긴 인생에 대해 이보다 더 강렬하고도 결정적인 메타포는 다시 없겠지. 안전유리에 코를 박듯 가까이 하고 두개골과 눈을 맞춘 자세로 그가 다시 물었다.

하은씨라면, 천억이 있으면 뭘 하겠어요?

가상의 돈에 관한 질문이라면 얼마든지 가상으로 대답해줄 수 있지. 나는 손가락으로 눈부시게 반짝이는 두개골을 가리켰다.

이걸 사겠어요. 그 정도 가격이면 신의 사랑을 구입하기엔 적절하다고 생각하는데요.

박이 입꼬리를 살짝 올리며 웃었다. 안전유리 안에서, 불멸을 획득한 두개골은 더할 나위 없이 활짝 웃고 있었다. 나는 너의 거짓말이 마음에 들어, 하듯. 내 인생에 천억이란 부재가 아니라 거짓이겠지.

이 작품에 대한 가장 적확한 비평이군. 이 작가는 사람들의 부르주아적 허위의식을 한껏 비웃어준 댓가로 부르주아의 삶을 한껏 누리고 있으니까.

어쩌다보니 아트 페어가 끝난 후에도 박의 사무실에서 계속 알바를 하게 됐지만 보라의 호기심 어린 탐색과 달리 박과 나의 관계는 담백하기 그지없었다. 국책사업의 독점 운영을 통해 주체할 수 없는 돈을 벌게 된 박은 이 사업에 아낌없이 돈을 쏟아붓는 눈치였다. 어른용의 비싼 장난감 같은 거라고나 할까. 내가 알바를 했던 전시도, 한군데 사설 미술관에서 비교적 낮은 가격의 작품을 하나 구입해간 게 판매의 전부였다. 박은 개의치 않았다. 보이는 게 전부가 아니지. 이만큼 이슈가 되었다면 투자에 대한 보상은 충분하다고 봐. 부자들은 노골적인 광고를 불신하거든. 일상적인 사무나 자료 발송 같은 잡무를 맡아서 하는 여직원은 따로 있었다. 기획하고 있는 전시의 자료 수집이나 정리 정도가 부정기적으로 그가 맡기는 일의 전부였다. 일이 끝나면 오늘처럼 이렇게 같이 밥을 먹거나 와인바에서 술을 한잔씩 할 때도 있지만 그외에 박이 내게 원하는 건 없었다. 부채가 있는 건 내 쪽이었다. 겨울방학을 앞두고 내 방학 계획을 듣더니 그는 대뜸 등록금을 빌려주겠다 했다. 그렇게 밤 늦게까지 알바에 매달리면 공부는 언제 하나? 그거 어리석은 계산법이야. 하긴 다이아몬드로도 살 수 없는 게 시간이란 걸 아직은 모를 나이지. 졸업하고 돈을 벌면 갚아. 박의 재력으로 보자면 그 돈은 사소한 액수겠지만 그걸 갚지 않겠다는 생각은 한번도 하지 않았다. 그냥 주겠다 했으면 받지 않았을 거라고 생각한다. 사무실에서 박을 보면서 사람들의 너그러움이 어디서 기원하는지 알게 되었다. 박은 또 내게 친구들과 쇼헤이의 가게에 와서 자기 이름으로 저녁을 먹고 가도 좋다고 말했다. 겉모습과는 달리 키다리 아저씨처럼 따뜻한 사람이라는 생각을 했지만 유강이나 보라와 저녁을 먹으러 온 적은 없다. 그러고 싶지는 않았다.

  손가락에 맞춤하게 잡히는 느낌이 좋은 나무젓가락을 내려놓으며 나는 이제 막 생각났다는 듯 물어보았다.

"그 사람은 어떻게 됐어요?"

"누구?"

나도 어른들 세계의 화법에 대해선 좀 안다. 박이 누구?라며 되묻는 건 화제에 올리고 싶지 않다는 뜻이다. 범퍼에 물컹한 살이 부딪히던 충격이 고스란히 전해져왔던 그 순간 이후로 나는 시도 때도 없이 그 느낌에 턱 부딪히곤 했다. 아니다. 그 느낌은 바깥에서 오는 게 아니라 내 아랫배에 똘똘 뭉쳐 있었다. 따끈한 현미녹차를 마시며 나는 대답을 기다렸다. 그의 양복 주머니에서 휴대폰 진동음이 들린다. 전화 왔어요. 그는 내가 말하고 나서야 천천히 휴대폰을 꺼내서는 화면을 들여다보았다. 그러더니 그냥 주머니에 넣어버리며 말했다.

"잘 처리했어."

"얼마나 다친 거예요?"

"뭐, 많이 다치기야 했겠어?"

"병원엔 가보셨어요?"

"그럴 필요 없어. 보험 처리했으니까. 내가 보기엔 고의였어. 보행신호가 들어오기 전인데 말야. 어쩔 수 없지. 그런 소리 해봤자 입만 아프고."

"어느 병원이에요?"

"어디더라? 그건 왜?"

대답하지 않고 있었더니 박이 내 귓불을 아프지 않게 살짝 당겼다. 박이 내게 원하는 게 아무것도 없다는 건, 사실이 아닐 것이다. 박은 내게 아무것도 원하지 않음으로써 내 전부를 움켜쥐고 있다.

두 남자

　신림동에 있는 교통사고 전문 병원은 지하철 출구에서 아주 가깝다는 점 말고는 굳이 이곳을 찾을 이유가 없어 보였다. 계단의 모서리가 닳도록 낡아버린 사층짜리 건물에 들어서자 독한 크레졸 냄새가 밀려왔다. 안내 창구에서 병실을 확인하고 나자 곧장 바깥으로 걸어나와 지하철을 타버리고 싶어졌다. 학교 근처 꽃집에서 사온 파스텔톤의 꽃다발은 이 공간과는 전혀 어울리지 않았다. 등뼈를 따라 땀이 조르르 흘러내렸다. 그리 아파 보이지 않는 입원환자들이 추레한 환자복을 입고 높이 매달린 텔레비전 화면을 바라보고 있었다. 병실로 올라가지도 못하고 엉거주춤 서 있는데 호주머니 속 휴대폰이 부르르 떨었다. 얼핏 보고는 잘못 온 문자인 줄 알았다.

　이제 그만 만나자. 나는 나 하나도 감당하지 못하는 인간이다.

　유강이었다. 내가 미쳐. 얜 왜 또 갑자기 예민해진 거야. 내가 또 A형하고 사귀면 사람이 아니다. 골뱅이 창자처럼 배배 꼬여서는 뒤끝은 구만리. 흥, 왜 그러냐고 당장에 물어볼 줄 알았지? 휴대폰을 집어넣어버렸다. 요 며칠 내 문자 씹을 때 삐친 줄은 알고 있었다. 그리고 왜인 줄도 짐작하고 있다. 바보 같은 놈. 군대 가고 휴학하고 연수 떠나고, 열명도 채 안 남은 과에서 어떻게 쫑낼 수 있어. 겨우 한 학기 남겨놓고. 끝내더라도 졸업까진 버티다 끝내야지. 졸업하고 나면 내가 먼저 찬다. 화를 풀풀 내며 계단을 씩씩하게 올라갔다.

지린내와 음식 냄새 뒤섞인 계단을 오르며 나는 이상한 친밀감으로 박을 떠올리고 있었다. 회의시간에 그의 의견은 때로 불합리하거나 독선적인 것처럼 보여도 지나고 보면 대체로 그의 판단이 옳았다. 마지못해 알려주긴 했지만 병원에 가보았는지 그는 물어보지 않을 것이다. 교통사고 환자 전문 병원에 한번도 와보지 않은 내 낭만적 상상력을 저주하며 문을 열었을 때 그곳은, 병실이라기보다는 갑작스러운 자연재해로 마련된 임시구호소처럼 보였다. 여섯개의 침상이 죽 놓여 있는데 두군데는 비어 있었고 나머지 세명도 아프다기보다는 지치고 추레한 실업자처럼 보였다. 아무 근거도 없이 병실 안이 미세먼지로 가득한 것처럼 느껴져 나는 얇고 짧게 숨을 쉬고 있었다.

그는 입구 쪽 침상에서 깁스를 한 왼쪽 다리를 시트 위에 올려놓고 병실 내에선 유일하게 링거를 맞고 있었다. 길거리에서보다 훨씬 왜소해 보였지만 못 알아볼 지경은 아니었다. 오른손으로 과자를 집어먹으며 떠들썩한 맛집 소개 프로그램을 보느라 내가 들어오는 것도 알지 못했다. 침상 옆에 서자 그제야 입을 우물거리며 날 올려다보았다. 그 눈빛이 참 해맑아 나는 좀 놀랐다.

"사고 났을 때 차에 같이 타고 있던 사람이에요."

"아, 예!"

뜻밖이라는 듯 올려다보는데 눈동자에 어떤 적의도 보이지 않았다.

"다친 데는 좀 어때요?"

"뼈가 부러진 건 아닌데 인대가 좀……"

집스를 가리키며 그렇게 웅얼거리고는 그만이었다. 나 역시 할 말이 없었다. 이 입이 사람 가리네. 옆 침상의 남자가 우울한 얼굴로 아이스크림을 떠 먹으며 나를 흘깃흘깃 쳐다보았다. 쳐다만 보는데도 기분이 좋지 않았다. 돌아갈 궁리를 하며 머리맡에 적힌 그의 이름을 보자 저런 이름을 가진다면 불운할 수밖에 없겠다는 생각이 들었다. 이진상. 진상이라니. 환하게 빛나는 이름을 가져도 하루하루가 대책 없이 찌질한데. 미안하다고, 빨리 회복되길 바란다고 첫 촬영날의 단역배우처럼 단조롭게 말하고는 그때까지 들고 있던 꽃다발을 침대에 내려놓았다. 과자가루가 묻은 입술로 진상이 무어라 중얼거렸지만 잘 알아들을 수가 없었다. 나는 또 박을 떠올렸다. 막상 진상을 보자 나 역시 어쩌면 고의였을지도 몰라, 하는 마음이 드는 것이었다. 안녕히 계시라고 하기도, 또 오겠다 하기도 적절한 것 같지 않아 말을 고르다 혹 문제가 있으면 연락하세요, 하고는 이내 후회했다. 병원 바깥으로 나오자 들어가기 전보다 거리는 훨씬 쾌적하고 환하게, 심지어는 시원하게마저 느껴졌다.

"작년엔 도대체 뭘 입고 다녔는지 모르겠어."

"그래. 내 기억으로는 네가 분명 벗고 돌아다니진 않았어."

수업을 마치고 보라가 입을 만한 여름옷이 하나도 없다며 옷 사는데 같이 가자 했다. 어쩔까 하다 알바 핑계를 대고 헤어졌다. 그놈의 정이 뭔지, 같이 있지 않아도 삐쳐 있는 게 텔레파시처럼 전해지면서 내내 신경이 쓰였다. 집 근처 마트에 들러 슬라이스 햄과 양상추, 오이를 사고 식빵도 한 봉지 사들고 들어왔다. 햄을 바싹 구워 겨자를 듬뿍 바르고 발사믹으로 드레싱한 양상추와 오이까지 올려 샌드위치를 만들었다. 제철 오이 향이 아찔하도록 상쾌하다. 아무래도 난 전공을 잘못 택한 것 같다. 뭘 만들어도 이렇게 맛있으니. 허기가 확 몰려왔다. 병원에서 바로 학교로 가 수업 들어가느라 점심도 못 먹었다는 생각이 그제야 들었다. 라면이라도 하나 끓여 먹을까 하다 그만두었다. 싸들고 가 혼자 먹으라 하면 또 삐치겠지. 너무 잘해주는 게 아니었어. 샌드위치를 차곡차곡 도시락에 담고 커피믹스 두개와 보온병도 챙겼다.

버스에서 내려 남산 언저리에 있는 빌딩을 향해 걸어가면서 그 새 내려오지는 않나 건너편까지 살피면서 올라갔다. 온단 얘길 안 했으니 일이 끝나면 바로 가버릴 텐데. 여름 저녁은 기분 좋게 환하다. 어두워지는 대신 하늘은 핑크빛으로 아스라이 물든다. 저 묘하게 외로운 빛깔이라니. 뭐가 예쁘다고 도시락까지 싸서 달려온 거야. 마음에 드는 구석이라곤 하나도 없는데. 속으로 툴툴거릴 즈음에야 빌딩의 모퉁이가 보였다.

유강이보다 입고 있는 옷이 먼저 보인다. 그 자리에 한동안 멈추어 서서 유강을 바라보았다. 내가 이렇게 숨어서 쳐다보는 걸 좋아하지 않을 거라는 생각이 든다. 그게 유강이니까. 가진 것 없이 자존심은 하늘을 찌르고 세상의 모든 번쩍이는 것들이 싫다는 유강이, 하필 형광 연둣빛 조끼를 입고 요란하게 점멸하는 야광봉을 흔들며 주차 안내를 하고 있다. 알바를 못 구해 쩔쩔 매던 주제에, 그나마 내가 박에게 부탁해서 넣어준 자린데도 여기 일을 시작한 뒤로 유강은 요즘 못 봐줄 만큼 까칠해졌다. 박하고 퇴근하는 꼴을 보기 싫으면 그만두든지. 사는 게 힘들다고 목을 기역자로 꺾고 다니지나 말든지.

남학생인데 알바 자리 하나 없을까요? 했을 때 박은 웃으면서 남친? 하고 물었다. 아니라고, 그냥 친구라고 말했지만 강에겐 남자친구라 했다고 거짓말을 했다. 그런 게 거짓말 축에나 드는지 모르겠다만. 해가 막 넘어가자 형광빛이 도드라지면서 유강은 걸어다니는 X자처럼 보인다. 여덟시가 지나자 교대하는 사람이 나왔고 유강이 관리실 쪽으로 걸어가는 걸 보며 전화를 했다.

"뭐하러 왔어?"

뚱하게 말은 해도 낮에 문자 보낸 건 까맣게 잊었다는 듯 맛있게 샌드위치를 먹는다. 오후 내내 서 있어 걷기 귀찮다 했지만 끝다시피 걸어 도서관 근처의 계단에 앉은 참이었다. 아, 맛있다. 탄식처럼 흘리는 말이 아, 힘들다 소리로 들린다. 커피를 타려고 보니 종이컵 챙기는 걸 깜빡했다. 까뿌치노 만들어줄게. 유강이 보온병에 커피믹스를 쏟아넣고 힘차게 흔들었다. 바람이 불어왔다. 하늘은 흐렸고 별은 아래쪽 도심에서 총총히 돋아난다. 커피는 너무 묽다. 그래도 뜨겁고 달았다. 번갈아 보온병째 커피를 마시면서 산 아래를 내려다보았다. 스모그에 덮인 도심이 모래 속에 묻혀 있다 막 발굴된 유적 같다. 여름의 저녁 공기엔 미약이 섞여 있는 것 같다 생각하는데 유강은 노인처럼 한숨을 길게 쉬었다.

"하은아, 난 저 불빛들이 무섭다. 주차 관리, 자판기 관리, 말이 좋아 근로장학생…… 여기서 이렇게 바스러지지 말고 떠나자, 하루에도 몇번 그런 생각 하지만 그 마음이 진심이 아니란 것도 알아. 알바 뛰다보니 성적은 엉망, 이 성적으로 취직은 난망. 멀리서 볼 땐 이 도시가 화려한 유혹 그 자체였는데 들어와보니 슈퍼컴처럼 내 초라한 견적서를 뽑아주네. 내가 뭘 하는지 어디서 온 촌놈인지 나란 인간의 값은 얼마인지…… 꿈은 꿈에 불과한 것이라고, 부유한 자의 아들은 권세 있는 자가 되고 권세 있는 자의 아들은 명예로운 자가 되는 거라고, 가난한 자의 자식은 더 가난하게 되어 먼지처럼 이 도시를 떠돌게 될 거라고 자상하게 가르쳐주네."

나는 유강의 머리를 쥐어박았다.

"랩을 해라. 너만 힘드니? 아! 낮에 꼭 너하고 말투가 같은 사람을 만났어."

유강은 학교에서는 제 고향 말을 쓰지 않았다.

"왜 개랑 있을 땐 너 생각이 안 났을까? 나이도 비슷했는데. 다쳐서 입원한 사람이야. 문병을 갔었거든."

"그래?"

"거기서 문자도 하나 받았지. 헤어지자는 말을 문자로 보내는 인간이 있다니."

유강이 고개를 숙이며 항의했다.

"네가 나한테 얼마나 잔인한지 아냐? 넌 눈앞에 안 보이면 내 생각 안하잖아."

"낮에 그 문자 받고 얼마나 네 생각 많이 했는데. 말해줘? 이제 식당 가서 두가지 메뉴 시켜서 나눠 먹는 즐거움은 끝이구나. 물냉면과 비빔냉면 주문해서 매운 것 먼저 먹고 시원한 육수 마실 때의 그 행복감, 짜장면과 짬뽕을 나눠 먹던 풍요로움, 치즈김밥과 떡볶이, 라떼와 프라뿌치노. 둘이 나누어 먹던 그 맛있는 것들. 결국 이 인간하고 헤어지는 것 자체는 하나도 슬프지 않다는 존재론적인 인식에 도달하게 된 거지.”

으, 흐흐. 유강의 웃음은 잘게 토막 난다. 차가운 유리잔 바닥에 가라앉은 설탕을 휘저어놓은 것처럼, 웃음 끝에 쓸쓸함이 부유물처럼 떠올랐다가 얼마간 녹아들고는 다시 바닥에 가라앉는다. 그 느낌도 나쁘지 않다.

어디선가 밤의 치자꽃 냄새가 요염하게 번져온다. 어둠이 깊어지자 눈이 조금씩 멀어가는 것 같다. 청각은 섬세해지고 나는 유강의 목소리에서 작년 여름방학 때 과 친구들이랑 단체로 몰려가서 놀았던 그의 고향 바닷가 풍경을 떠올린다. 할머니랑 유강, 단둘이 사는 그 집에서 우리는 얼마나 많이 퍼먹고 뭉개다 돌아왔는지. 불과 일년 전인데 그때의 우리가 철이라고는 없던 어린아이들처럼 여겨진다.

유강이 손가락 끝으로 내 쌘들을 쓰다듬었다. 쌘들에 박힌 큐빅을 만지며 예쁘다, 하고는 머뭇머뭇 엄지발가락을 어루만진다.

“반짝이는 건 다 싫다며.”

“넌 특별하니까.”

말을 꾸며 할 줄 모르는 대신 투박한 그대로 마음을 건드린다. 친구와 연인. 수평선 위 두개의 점 사이에 강과 내가 있다. 강의 손길이 간지러우면서도 마음이 아련해진다.

“너, 발이 참 예쁘구나.”

진심으로 그렇게 말하는 강이 사춘기 소년 같다. 여름 저녁은 왜 이렇게 아름다운 걸까.

유강의 얼굴이 다가올 때 눈을 감았다. 똑같은 걸 먹었지만 그래도 나는 맞닿은 입술에서 오이 맛도 양상추 맛도 구별할 수 있다. 젊은 남자의 육체는 단단하면서 동시에 얼마나 부드러운가. 어쩌면 나는 이 녀석을 약간은 사랑하고 있는 걸까. 밤 공기가 효모처럼 감정을 부풀렸는지도 몰라. 입술을 떼고 말없이 눈 아래 펼쳐진 불빛들을 바라보았다. 얘와 헤어진다 해도, 오랜 시간이 지나가도 이 순간의 느낌은 잊히지 않을 것 같다.

도시락을 담았던 가방은 손가락으로 들 만큼 가벼워졌다. 남은 샌드위치 한쪽은 유강의 가방에 넣어주었다. 이마에 닿는 바람이 시원하다. 계단을 걸어내려오는데 짧은 플레어스커트가 자꾸 부풀어오른다. 손으로 누르자 다른 쪽이 뒤집힐 듯 부푼다. 유강이 제쪽의 스커트자락을 손바닥으로 열심히 누르며 툴툴거렸다.

"바람 부는 날 이런 걸 입고 나오면 어떡해."

"네가 좋아하잖아, 이 스커트."

계속 화를 내야 하는데 화가 나지 않아 쩔쩔 매는 유강이 귀엽다. 나는 유강의 이름을 다정하게 부른다. 시험 끝나면 우리 새터 놀러 가자. 유강은 대답하지 않는다. 네 마음 내가 알지. 유강은 박 때문에 화가 났는데 나는 그걸 모른 체한다. 거길 그만두라고 제 입으로 말하긴 싫고 자꾸만 어깃장을 놓는다. 갈 거지? 뾰로통한 유강은 손을 떼버리고 스커트는 순간 애드벌룬처럼 부풀어오른다.

168

우린 모두 아프다

"병원에 갔었나?"

쇼헤이가 잠시 주방으로 들어간 틈에 박이 물었다. 오늘의 마지막 스시는 숙성시킨 성게알이었다. 거의 젓갈에 가깝다고나 할까. 날생선은 참을 수 있지만 이건 좀 무리였다. 녹차를 물 삼아 삼켜버릴까 하다 그러면 온 입안에 맛이 퍼질 것 같아 억지로 꿀꺽 삼키고 나서 초미역을 입에 막 넣은 참이었다. 그는 오늘, 맛있어? 하고 묻는 걸 빼먹었다. 거짓말을 하지 않아도 되는 건 다행이지만 이 질문은 약간 복잡하군. 추궁하는 목소리는 아니다. 오히려 의도적인 다정함이 엿보인다. 이럴 때의 박은 아버지와 똑같다.

내가 한번도 아버지를 아버지라 부르지 않은 것처럼, 아버지도 내게 한번도 화를 낸 적이 없다. 반항과 너그러움의 대비로 본다면 틀렸다. 투쟁 없는 관계가 좋은 관계일까. 그건 평화가 아니라 결핍에 가까운 풍경이다. 정상적인 가족이란, 너무 많은 감정들이 원형을 찾을 수 없이 촘촘히 얽힌 낡디낡은 담요 같은 게 아닐까. 화를 내고 미워하다 후회하는, 상처 주고 후련해하다 후회하는, 그런 것들이 없다면 그 담요는 차가운 유리섬유처럼 몸을 찌를 것이다. 뭐랄까, 나는 아버지의 화를 원하는 건 아니지만 결코 깨지지 않는 감정의 균형이 너무 싫다. 차라리 소리를 지르거나 한번쯤 뺨을 때렸다면 지금쯤은 지친 다리를 얼기설기 뻗을 수 있는 담요 같은 관계가 되어 있을지도 모르겠다. 이제 새삼스레 낡은 담요를 만들기엔 너무 늦었다. 필요한 게 있을 때면 어쩔 수 없이 엄마를 찾아가지만 그나마 아버지가 없는 시간을 골라 들러서 용건만 해결하고 오곤 했다. 필요한 건 거의 돈이 전부였지만.

보라는 그랬지. 네가 그런 식으로 박을 만나는 건 진짜 아버지에 대한 갈망의 표현이야. 나는 부정했다. 진짜 아버지 같은 건 없어. 먹어보지 않은 요리를 갈망하는 사람은 없잖아. 나와 함께 나눈 시간과 체온이 없다면 내게 유전자 한 조각을 주었다 해서 그를 갈망하진 않아. 그런 아버지에게 등록금을 받는 것이나 박에게 받는 것이나 다르지 않다고 생각한다는 말은 보라에게 하지 않았다.

그나저나 병원 이름을 물어봤을 때 제 입으로 알려줘놓고는 새삼스레 거길 갔느냐니, 이건 또 무슨 특이하게 갈구는 스타일이야?

"문제가 생겼어요?"

"문제라기보다는 억지를 쓴다는군."

그렇게만 말했을 뿐 어떤 억지를 쓰는지 박은 말하지 않는다. 그쪽에서 터무니없는 보상을 요구한 것일까. 병원을 찾아간 게 잘못한 일이란 생각은 들지 않았지만 그 일이 내 일상을 꼬이게 만드는 것도 원하지 않는다.

"저는 그래요. 잘잘못을 떠나 누군가를 다치게 했다면 미안하다는 말은 해야 하는 거라고 생각했어요."

박은 고개를 끄덕였다. 이 어긋남이 어디서 비롯되었는지 알았다는 듯.

"하은아, 인간은 말이다, 다 자랐다고 스스로 믿는 그 지점부터 비로소 성장이 시작되는 거야. 사람은 다 다르다. 넌 아직 세상을 몰라."

박은 항상 옳은 말만 한다. 옳은 말이 늘 듣기 좋은 것은 아니다.

날 내려주고 박의 차가 사라졌을 때 구역질을 겨우 참고 있던 나는 길가에 쪼그리고 앉아 조금 토했다. 발효시킨 성게알 냄새가 먹을 때보다 진하게 비위를 긁어댔다.

살찌는데, 하면서도 보라는 더블컵 아이스크림을 집어든다. 친구란 때로 아픈 말도 해줄 줄 알아야 한다. 요즘 보라의 온몸은 구석구석 원의 형상을 추구하고 있었다. 보라의 옆구리살을 꽉 잡았다. 너 여기 허리 맞니? 외로워서 그래. 좀 성실하게 변명해봐. 보라는 그제야 살짝 침울해진다. 이게 다 애정결핍 때문이야. 연애세포가 다 죽어버린 것 같아. 이 악물고 굶어야겠다 그런 마음이 들지 않아. 인문관 앞 벤치는 초여름 햇살이 고스란히 쏟아져내린다. 화단을 넘어 들어가 백양나무숲 그늘에 앉았다.

"맛있어?"

갈구는 줄 모르는지, 응, 천연덕스럽게 대답하며 먹는 걸 보니 은근히 심술이 난다.

"너, 아침마다 천을 몸에 댄 후에 박는 거지? 어떻게 이 옷에다 그 몸을 밀어넣을 수 있었어? 숨쉴 수 있어?"

보라는 드디어 컵을 탁 내려놓는다. 아, 진짜.

"성재가 너 좋아한다고 동네방네 떠들고 다니는데 넌 되게 쌀쌀맞게 굴더라? 연하남은 능력의 상징 아냐? 나 보기엔 귀엽던데."

"얘는, 트렌드를 통 모르네. 철없는 어린것 먹여살리느라 겉늙을

일 있니? 졸업하면 뭘 할지 생각이란 것 자체가 없는 앤데. 게다가 은근 선수야. 누나만 열두명. 나이 좀 지긋해도 조그만 아파트라도 하나 가진 사람이 낫지."

"너 지금 애인을 구하는 거야, 신랑감을 구하는 거야? 졸업하자 마자 결혼하려구? 어째 결혼정보회사 분위기다. 그런 기준이면 차라리 B사감은 어때?"

흥, 보라는 말도 안되는 소리라는 듯 콧방귀를 뀐다. B사감은 지 난해 보라가 교양수업으로 들었던 불문학과 시간강사의 별명이다. 말이 강사지 마흔이 훌쩍 넘은데다 머리숱도 듬성듬성해서 실제 나이보다 열살은 위로 보였다. 그래도 테스토스테론은 제대로 분 비가 되는지 보라에게 필이 꽂혀서 학기 끝나자마자 편지를 보내 기 시작했다. 사제지간은 아니라는 거지. 문자메시지도 아니고 이 메일도 아닌, 만년필로 쓴 핸드메이드 러브레터를. 그 편지질 이후 로 자신이 B사감으로 불리는 걸 이봉구 혼자 모르고 있을 것이다.

편지는 늘 보들레르나 랭보, 혹은 엘뤼아르로 추정되는! 시인들 의 시로 시작되었다. 문제는 보라에게 그 연애편지가 독해 불가라 는 것이었다. 명색이 부전공인데 너무한다. 한 학기 동안 뭐 했니? 면박을 주어도 제 할 소리는 다 있다. 난 인쇄체 소문자까지는 알 겠는데 필기체로 가면 통. 사실 프랑스 사람들도 필기체는 잘 못 읽는다는 둥 말도 안되는 소리까지 해댔다. 보라가 가방을 뒤져 새 로 받은 편지라며 봉투째 내게 건넨다. 만년필로 날려 쓴 글씨는 상형문자처럼 보이는 게 사실이다.

"무슨 소린지 모르니 더 낭만적으로 보인다, 얘. 잘 생각해봐. 아빠 닮은 애를 낳으면 서울대 갈지도 모르지.”

“흥, 서울대 갈 애를 낳으려면 걔 아버지 정자를 받아야지. 대머리에다 수업 듣는 여학생한테 연애편지나 쓰는 자식이 나오면 어떡해.”

“네가 아주 생각 없이 사는 건 아니구나.”

B사감은 반응 없는 보라에게 지치지도 않고 편지를 보내왔지만 보라는 추상화 감상하듯 쓱 쳐다보고는 그만이었다. 그래도 버리진 않고 서랍에 차곡차곡 모아두는 눈치다.

“너, 아주 싫은 건 아니지?”

“뭐라고 썼는지 모르는데 버리기까지 할 수는 없잖아. 바다, 운명, 지옥, 당신, 갈망. 그런 명사는 밥에 섞인 콩처럼 좀 알아채겠는데 서술어는 리딩이 안되더라. 짝사랑에 지쳐버렸다고 이제 그만 자살하겠다고 써놓아도 모를 거야.”

“너 때문에 자살이야 하겠니. 네 이상형은 뭐야? 내가 한번 찾아볼게.”

“난 남자 보는 눈은 그리 까다롭지 않아. 그저 조그마한 아파트 하나 사줄 만한 아버지를 가진, 키 백팔십 정도에 유머감각 있고 성격 좋고 건강한 남자면 돼. 더이상은 바라지 않아.”

“그래. 아마 그 남자도 여자 보는 눈이 그리 까다롭진 않겠지. 예쁘고 착하고 순결하고 섹시하면 그 이상은 바라지 않을 거야.”

우리는 모처럼 동시에 긴 한숨을 내쉬었다.

“B사감은 씽글이긴 한 거야?”

“나야 모르지.”

이빨 사이로 녹아버리는 차가운 아이스크림만한 존재감도 없이 B사감의 러브레터는 다시 보라의 가방 속으로 처박힌다.

사랑의 비동시성이란 얼마나 비참한 것인지.

"그 녀석, 진짜 진상이네."

툭 내뱉는 박의 말에 나는 뜬금없는 생각을 했다. 진상이 걔도 참 억울하겠구나. 막 태어난 그가 늘 참되라고 진상이라는 이름을 얻었을 땐 밥맛없고 재수 없는 인간이라는 의미의 그 단어가 없었겠지. 치료비 외에 따로 합의금을 요구한다고만 할 뿐 박은 액수에 대해서는 말하지 않는다. 그런 비용은 보험사에서 처리해주는 거 아니에요? 그렇게 말하는 날 보며 박은 조금 웃었다. 내가 찾아가지 않았다면 진상이 이런 식으로 어거지를 부리는 일은 없으리라고 생각하는 걸까. 보호자와 통화하는 걸 옆에서 두어번 들었는데, 시달리면서도 박은 정작 대놓고 화를 내지는 않았다. 이럴 때도 박은 꼭 아버지 같다. 내가 무슨 상관인가. 그날 오전에 사무실에 있다가 같이 점심을 먹었고 마침 그의 차를 타고 있었을 뿐인데. 안전벨트를 매면서 지독하게 깐깐한 교수님 수업에 늦을 것 같다는 말을 하긴 했지만 교통법규를 위반하라고 한 말은 아니었다. 내가 찾아간 건 과실이 이쪽에 있다는 걸 시인한 게 아니라 그가 겪은 고통에 대한 내 몫의 위로를 하고 싶어서였다. 선의를 이용하려 들다니.

"제가 가서 얘길 해볼까요?"

"잃을 게 하나도 없는 인간들은 대응방식이 따로 있어."

박은 내가 개입할 틈을 더이상 주지 않는다. 또 하나의 빚을 막지고 나선 기분이다. 박의 등 뒤, 액자 없이 붙여놓은 지난 전시의 포스터 속 두개골이 더할 나위 없이 활짝 웃고 있다. 숨을 쉬는 동안은 누구도 이렇게 웃을 수 없어. 살점의 마지막 한점까지 털어내기 전엔 결코 이렇게 웃을 순 없다구. 그래, 그렇겠지. 왜 아니겠어. 눈을 흘겨주었다. 너, 화내고 좌절하고 눈물 흘리는 내가 부럽지?

박은 주말에 북경을 다녀오겠다 했다. 다음 전시를 기획 중인 작가와 몇 차례 메일을 주고받았지만 세부적인 사항을 의논하고 계약을 하고 전시작품을 선정하기 위해 한번은 만나야 했다. 선정과정에서 요즘 뜨고 있는 중국 작가 몇몇의 도록을 구해서 검토를 했는데, 박의 취향인지 트렌드인지, 사람 얼굴이 대세였다. 넙적한 얼굴에 이빨이 금방이라도 죄다 튀어나올 듯 웃고 있는 얼굴도 있었고, 처참한 상흔을 지닌 얼굴도 있었다. 그런 후 마르기도 전에 실수로 화면을 슥 문지른 듯 이목구비가 죄다 한 방향으로 뭉개진 것도 있었다. 박이 최종적으로 원한 작가의 작품 속 얼굴도 만만찮게 독특했다. 감정을 읽을 수 없는 기이한 무표정들만이 도록에 가득했다. 권위적인 느낌이 물씬한 교복 차림이었지만 얼굴들은 나이를 짐작할 수 없었고 하나같이 창백한 낯빛에 활짝 핀 복사꽃을 한장씩 붙여놓은 듯 어색한 연분홍 뺨을 갖고 있었다. 박은 왜 얼굴에 집착하는 걸까. 엽기 취향의 외모지상주의?

도록을 한장씩 넘겨보는 내게 박이 물었다.

"어때? 무슨 생각이 드나?"

"교복 입은 게이?"

박이 크게 웃었다. 그게 그렇게 웃기는 소린가? 가끔 내 진짜 업무는 뜻밖의 순간에 박을 크게 웃기는 게 아닌가 싶기도 하다.

"왜 얼굴 씨리즈만 컬렉션하는 거예요?"

"그랬나?"

미처 몰랐다는 듯 박은 고개를 돌려 지난 전시의 포스터들이 붙은 벽을 새삼스레 바라보았다. 언젠가 박이 하나하나 설명해준 적이 있었지만 대부분의 작가들이 나로선 처음 들어본 이름이었다. 무엇보다 그 얼굴들은 하나같이 사랑스럽지 않았다. 르누아르나 마리 로랑쌩의 모델들과는 종이 다른 외계생물 같았다.

"얼굴이란 타인을 속이기 위한 안간힘의 가면, 같은 거지. 저것들을 바라보고 있으면 안쓰럽기도 하고 혐오스럽기도 하고 두렵다가도 다 그런가보다, 위로의 순간이 찾아오거든. 관람자들은 처음엔 이 얼굴들을 아주 낯설게 노려보다가 거울을 들여다보는 것처럼 자기 얼굴을 찾아내게 될 거야."

나는 벽 쪽을 다시 바라보았다. 가면 뒤에 가려져 있을 진짜 얼굴들을 상상해보았다. 맨얼굴은 연약한 것일까. 육탈된 두개골마저 일천 캐럿의 번쩍임으로 덮어씌워야 할 만큼. 박이 뜬금없이 묻는다.

"중국 같이 갈까? 중국어 전공이라면서. 북경은 가봤나?"

"아뇨."

박은 쉽게 대답할 수 있는 질문 하나와 그렇지 않은 질문을 묶어서 했다. 하나는 관계에 대한 질문이었고 하나는 사실에 대한 질문이다. 나로선 북경에 가보지 않았기 때문에 아니라고 쉽게 대답할 수 있었다. 그것을 빨리 대답해버림으로써 대답하기 어려운 질문을 그냥 업어가고 싶었다. 중국을 같이 가는 것은 쇼헤이의 가게에서 성게 스시를 먹는 것과는 다르다. 박은 다시 묻지 않는다. 그는 두번 묻는 법이 없다. 그래도 그 질문의 꼬리는 그와 나 사이에 남아 있다.

나가자. 박이 고급스러워 보이는 푸른색 마 재킷에 팔을 끼우며 말했다. 작업이 안 끝났다고, 마저 하고 나가겠다고 하자 박은 내일 해, 밥은 먹어야지, 하며 가방을 집어든다. 얼른 컴퓨터를 정리하고 자리에서 일어나자 문 앞에서 기다리고 있던 박이 입구의 전등 스위치를 내렸다. 여름 저녁의 어둠은 묽다. 언제까지 그대로일 듯. 입체감을 잃었을 뿐 실내의 모든 것은 그대로 희미하게 보인다. 광채를 잃었지만 포스터 속의 두개골도 여전히 웃고 있다. 문 앞으로 다가갔을 때 박이 내 어깨를 끌어당겼다. 나는 밀쳐낼 수도 안길 수도 없다. 이 어색함이라니. 몸을 뒤로 빼려 하자 박은 거의 말을 더듬으며 중얼거린다. 조금만, 조금만 이대로. 그냥, 이러고만 있을 게. 목소리가 터무니없이 간절해서 나는 힘이 빠진다.

박의 키가 이렇게 작은 줄 몰랐다. 그의 어깨 너머로 남산의 숲은 검은 덩어리로 보인다. 나는 샌드위치를 나누어 먹던 저녁의 유강을 생각했고 이 모든 관계들이 슬프게 느껴졌다. 박은, 의외로 외로운 사람일지 모르겠다. 누군가를 안는 일에 이토록 서투르다니. 껴안은 것도 팔을 두른 것도 아닌 어색한 포옹의 틈으로 서늘한 기운이 흐른다. 그건 박과 나 둘 사이의 것이 아니라 그의 안에 자리잡고 있는 냉기처럼 느껴졌다. 언젠가 저녁을 먹다, 사모님은 어떤 분이세요? 물어보았을 때 박은 주저없이 말했지. 그 사람은 외로운 걸 좋아하는 사람이야. 외로움을 무척 좋아하지. 그녀를 본 적은 없지만 외로움을 누가 좋아하겠는가. 외로움이란 고독과는 달리 취향이 아니라 사람과 사람 사이에 고이는 느낌일 텐데. 유강과 앉아 있던 계단이 저 검은 숲 가운데 있을 것이다. 반짝이는 등을 단 비행기 하나가 숲 위를 가로질러 날아간다. 그가 팔을 풀었을 때 비행기 점멸등이 마지막으로 반짝이곤 사라져갔다.

건물 밖으로 나오는데 야광봉을 흔들고 있던 유강과 눈이 마주쳤다. 관리실로 달려가 키를 받아와 박에게 건네는 동안 유강은 내 얼굴을 한번도 쳐다보지 않는다.

"하은이 학교 친구라고 했지? 같이 밥이나 먹으러 갈까?"

"아닙니다. 아직 한시간 남았습니다."

박은 더 권하지 않고 차문을 열고 서 있는 유강의 옆으로 차에 앉는다. 박의 옆자리에 앉아 차가 좌회전할 때 고개를 살짝 돌려보았다. 유강의 뒷모습이 커다란 형광빛 X자에 묶여 있는 것처럼 보인다.

박과 저녁을 먹고 헤어져 버스 정류장에 서서 전화를 했다. 유강은 받지 않았다. 다시 전화를 해오지도 않는다. 피를 뽑아서 팔든 어쩌든 주차 관리 자리는 소개해주지 말걸 그랬다. 유강이 사는 고시원으로 가보았으나 그때까지 돌아오지 않았다. 낯익은 총무 아저씨가 들어가서 기다리라며 문을 열어주었다. 학교 앞이다보니 친구들과 몰려와서 술을 먹다 간 적은 있지만 혼자 와본 건 처음이다. 아침에 몸만 쏙 빠져나간 침대 위에 후줄근한 옷가지 몇개가 걸쳐져 있고 앉을 데라고는 의자뿐이다. 컴퓨터의 마우스를 클릭하자 작성 중이던 문서가 떠오른다. 나랑 같이 듣는, 영상예술의 이해 리포트였다. 내일 마감인데 아직까지 이게 뭐야. 열 줄 남짓이 전부다. 몇 줄 읽다보니 한숨이 다 나왔다. 이러니 남들 다 받는 장학금도 못 받지.

……이 영화의 감독인 워쇼스키 형제의 친구들 중에 한국인이 한명 있었다. 소재의 빈곤에 시달리던 워쇼스키는 그에게 어느날 반만년의 유구한 역사를 자랑하는 한국의 신화나 전설을 들려달라고 부탁을 했다. 쑥과 마늘을 먹고 사람이 된 곰 이야기보다는 친구가 들려주는 다른 납량 스토리에 깊은 감명을 받고 구상한 작품이 바로 매트릭스다. 어릴 적 모기향을 피워놓고 내 할머니가 들려주던 이야기 말이다. ……혼자 화장실에 간 철수의 귀에 목소리가 들려왔다. 파란 종이 줄까, 빨간 종이 줄까. 운명의 색깔을 비주얼로 표현하는 그 참신한 이야기는 네오가 자신의 운명을 선택하는 극적인 순간에 차용되어 관객의 뇌리에 깊은 인상을 남긴다. 모피어스의 손바닥에 놓인 알약. 파란색과 빨간색 중 어느 약을 먹을 것인지 선택하라. 문제는 어떤 색을 선택해도 가장 고통스러운 미래가 준비되어 있다는 것이다. 그리고 그 세계에 대해서는 우리 할머니도 아직 이야기해주시지 않았다……

애가 휴학도 하기 전에 자폭하겠다는 거야, 뭐야. 유강은 오지도 않고 전화도 받지 않는다. 문서의 끝에 이어서 몇 줄 적어놓고 방을 나왔다.

강아, 사람들은 인생을 통계 내기 좋아하지. 일생 동안 웃는 시간 얼마, 잠 자는 시간 얼마, 먹는 시간 얼마…… 그런데 진짜 중요한 걸 알려주는 통계는 없어. 그건 각자의 몫이겠지. 일생 동안 행복했던 순간, 사랑 때문에 가슴 조였던 순간, 혼자 눈물 흘렸던 시간, 그런 거. 강아, 그러고 보면 내가 나인 순간이 얼마나 될까. 그런 순간이 오기는 하는 걸까. 지금 내가 널 좋아한다는 것, 네가 날 좋아한다는 것. 무언가에 휘둘려 그것마저 놓쳐버린다면 지금의 우리에게 도대체 뭐가 남을까. ……그리고 지금 네게 가장 중요한 건 이 리포트를 제대로 완성하는 일이야, 이 바보야.

신의 사랑을 위하여

마지막 시험은 전공과목이었다. 아예 밤을 꼬박 새웠는데 에너지음료가 지나쳤는지 시험이 끝나고 나왔는데도 졸리지도 않고 발이 허공에 살짝 뜨는 기분마저 들었다. 내가 고등학교 때 이렇게 공부했으면 스카이 다니고 있다, 지금. 보라가 퀭한 눈으로 푸념을 했다. 시베리아 한랭기류를 일으키며 내 옆을 휙 스쳐 지나는 유강을 보며 보라가 눈을 동그랗게 뜬다. 그래, 골뱅이가 창자 풀리면 그때부터 골뱅이 아니지. 휴게실 가서 잠부터 좀 자자는 보라에게 약속이 있다 하고는 학교 밖으로 나왔다. 지하철에서 내려 근처 편의점에서 아이스크림과 과자를 몇 개 사서 병원으로 들어갔다. 기대 앉아서 새우깡을 먹으며 만화책을 보고 있던 진상이 책을 덮으며 어색하게 눈을 피한다.

"어때요?"

"뭐, 그냥."

어떻게 대답해야 하나 싶은지 눈을 맞추지 못하고 머리를 긁는다.

"다행이네. 아주 더워지기 전에 깁스도 풀고."

"아침에 풀었어요."

진상은, 교활하게 생기지도 않았고 눈이 유리알처럼 불안정하게 반짝이지도 않는다. 처음 보았을 때부터 그랬다. 사악하거나 야비하게 생겼다면 나도 모른 척하겠는데.

"좋아졌나, 궁금해서 와봤어요."

"네에."

"언제쯤 퇴원해요?"

"모르겠어요."

박이 옳을지 모른다. 난 가난한 자들의 대책 없는 낙천성이 싫어. 해맑은 얼굴로 나쁜 건 쟤들이라고 손가락으로 가리키며 우기면 다 되는 줄 알아. 평생 제 똥 싼 자리에 주저앉아 뭉개며 일생을 그렇게 사는 거지. 박에게 반박하진 않았지만 그걸 낙천성이라고 말할 수 있을까. 내가 여기 또 온 것에 대해 박이 화를 낸다 해도 어쩔 수 없다. 이건 세상과 관계를 맺는 나의 방식이다. 세상에 처음부터 끝까지 언제나 옳은 건 없다고 생각한다. 박과의 관계도 마찬가지다. 유강이 화를 낸다 해서 박의 사무실을 당장 그만두지는 않을 것이다. 그만두어야겠다는 생각이 들면 그때 그만둘 것이다. 나는 여전히 박에게 배울 것이 많다. 그게 무엇인지는 모르겠다. 적어도, 기댈 수 있는 상상의 아버지는 아니라는 것도 알고 있다.

"그만 가볼게요. 아이스크림이 녹을 텐데, 냉장고에……"

그제야 진상이 날 빤히 올려다보았다. 내게 얘의 느낌이 물컹하고도 여린 덩어리라면 이 아이에게 난, 자신을 단숨에 부술 만큼 단단하고 아주 강한 어떤 것이었겠지. 그 순간의 느낌을 내가 지우고 싶어하듯 이 아이 역시 그럴 것이다. 나로선 처음부터 합의금 이야기는 꺼낼 생각이 없었다. 병원 밖으로 나오자 드디어 기말고사가 다 끝났다는 해방감이 들었고 불과 며칠 전보다 한결 뜨거워진 햇살마저도 미치도록 좋았다.

"집에 다녀오려고?"

밤에 찾아갔을 때 유강은 짐을 싸고 있었다. 그런데 짐의 규모가 좀 크다.

"돌아오긴 할 텐데 언제가 될진 모르겠어. 부탁이 있는데 이것들 좀 맡아줄래?"

개도 안 덮을 것 같은 이불은 버리겠다 했고 고만고만한 상자 네 개가 전부였다. 한 학기 남겨두고 진짜 휴학하겠다는 거야, 뭐야. 대답하지 않고 빤히 쳐다보는 내 얼굴을 보더니 유강은 갑자기 격정적으로 말했다. 말을 더듬지 않는데 더듬는 것처럼 들렸다.

"할 수도 있어. 버티겠다 하면 버틸 수도 있어. 노래하고 춤추며 재롱을 피우면서 이 잔인한 서커스에 잔류하는 것이 현명한 선택일 수도 있어. 하은아, 나 말도 못하게 힘들었어. 너는 몰라. 그런데, 그래서는 아니야."

유강이 장갑을 벗어 상자 위에 던지고는 내 옆에 나란히 앉는다.

"우리 할머니, 내가 만든 카레가 먹고 싶대. 할머닌 옛날 사람이라 카레를 만들 줄 모르거든. 방학 때 내려가서 당근 양파 감자를 썰어서 카레를 만들어놓으면 할머니는 매번 처음 맛보는 사람처럼 물어봐. 이게 뭐이냐 아가. 할머니, 카레예요, 하면 뭐시라, 가래? 아이고 더러버라, 매번 그러면서도 그렇게 맛있게 드시거든…… 할머니가 혼자 지내시기가 힘들어. 진행성 치맨 거 같아. 똑같은 얘기를 하룻저녁에만 일곱번도 더 하지. 내가 철이 들고 보니까, 제대로 된 벌이가 한번도 없었는데 어떻게 버텼는지를 생각해보면, 내겐 물이 포도주 된 것보다 그게 더 기적으로 여겨져. 그렇게 일곱 살 때부터 혼자서 날 키워주셨는데 이젠 내가 할머니를 키워야 할 거 같다."

그 말을 하는데, 혼자서 몇개의 배역을 맡은 모노드라마 배우처럼 목소리가 탁 꺾여, 서 있을 때와는 다른 사람 같다.

"내가 모자 벗어서 가방에 넣어두자고 그랬잖아."

제 모자도 날린 주제에 보라는 화를 풀풀 냈지만 보트에 오르기 전에 보라가 그런 말을 한 기억은 맹세코 없다. 보트를 타기 전에 우리는 모두 모양과 색깔이 제각각인 모자를 하나씩 쓰고 있었는데 보트가 맞은편 기슭에 닿았을 땐 모자를 쓰고 있는 사람은 하나도 없었다. 내장까지 까슬까슬하게 말려줄 듯한 바람의 손가락이 모자를 벗겨갔고 여름 강은 먹성 좋은 소년처럼 모자들을 제 배 속에 삼켰다. 진상은 맨유 로고의 모자를 쓰고 있었고, 유강은 아이비리그 모자를 쓰고 있었다. 보라는 가짜꽃까지 달린 챙 넓은 밀짚모자를 쓰고 와서 우우 하는 집단 야유를 받았다. B사감이 왜 널 좋아하는지 알겠어, 그런 놀림에도 굴하지 않고 쓰고 있었는데 그것마저 날아갔다. 내 건 챙이 짧은 싸파리 모자였다. 진상의 모자가 맨 먼저 날아갔고 유강이 제 모자까지 날아가자 모자 끈을 묶고 있는 건 반칙이라며 항의를 했다. 못할 줄 알고? 끈을 풀자마자 보라와 내 모자는 거의 동시에 날아갔다. 모자가 하나씩 날아가버릴 때마다 우린 미친 듯이 함성을 질러댔다. 모자들은 날아가면서 우리 안에 있는 무언가를 같이 끌고 갔다. 모두 바람에 시달려 떡 진 머리를 하고 보트에서 내렸다. 장마가 끝난 후의 강물은 기슭을 기어오를 기세로 넘실거렸다.

유강은 여기 오느라 알바 세개를 제꼈다고 우겼지만, 적어도 주차 안내는 지난주에 그만두었다는 걸 알고 있다. 진상은 딱 하루만 강에 놀러 가자고 했더니 기다렸다는 듯 따라나섰다. 유강도, 진상도 다른 일행이 있다는 걸 모르고 왔지만 둘은 금세 친해졌다. 찌질이들은 서로 얼굴만 봐도 즐겁다더니. 유강은 진상과 얘기할 땐 심한 사투리를 써 그의 어색한 서울말에 겨우 익숙해진 보라와 나를 경악게 했다. 니, 이래 땡땡이쳐도 되나? 보험사에서 암행 돌 긴데. 유강이 묻자 진상이 태평스럽게 눈을 껌벅였다. 마침 어제 담당 아저씨 왔다 갔거든예. 고마, 오늘은 안 올 끼라고 믿을랍니더. 니,

처음 아니제? 돈 떨어지면 눈 딱 감고 한번씩 뛰어드는 거 전문이제? 아까 보이 나보다 더 잘 뛰던데? 에이 형, 그건 아이라예. 저 진짜 그런 사람 아이라예.

강변의 느티나무 아래 자리를 펼쳐놓고 늦은 점심을 먹었다. 김밥과 참치 샌드위치를 차리고 과일도 꺼내놓았다. 모두들 입에 뭘 잔뜩 넣고도 잘도 떠들어댔다. 풀밭 위의 식사네. 그게 누구 그림이더라? 학교 다닐 때도 늘 헷갈렸는데. 마네 아니면 모네지 뭐. 이름도 참 희한하게 지었지예? 니 이름도 만만찮아. 근데 김밥 맛이 좀 이상하지 않냐? 난 모르겠는데예. 새벽에 일어나서 싸온 거야. 아무 말 말고 먹어. 진상이 김밥을 가만히 들여다보더니 말했다. 단무지가 없어예. 어쩐지 뭔가 허전하더라니. 보라가 에이 하고는 나무 젓가락을 집어던졌다. 난 그래도 하은이표 김밥이 세상에서 제일 맛있더라. 유강이 말하자 보라가 놀렸다. 골뱅이 창자, 뒤끝 구만리가 어쩐 일이니? 유강이 느끼한 목소리로 말했다. 하은아, 내가 너 아닌 다른 사람한테 삐치는 거 봤냐? 나, 아무한테나 삐치는 그런 사람 아니야. 단무지 없는 김밥은 목을 메게 한다고 농담을 하려다 말았다. 진짜로 코가 시큰했기 때문이다. 이렇게 소란스럽게 이별을 기념하고 싶었다고, 그래서 이 번잡한 강변 유원지로 온 거라는 말도 삼킨다.

유원지의 끝에서 아득한 비명 소리가 들려왔다. 번지점프를 하는 사람들이 내지르는 비명 소리와 구경하는 사람들의 함성이 뒤섞인다. 진상이 저도 꼭 한번 해보고 싶다고 했다가 보라의 구박을 받았다. 너 지금 인대 늘어난 교통사고 환자거든?

점심을 먹고 나서, 새벽부터 일어나 도시락 싸느라 난리를 친 나는 가방을 베고 누웠다. 초록 이파리 사이로 보이는 하늘빛이라니. 아린 햇살에 눈을 감자 만화경에 눈을 댄 듯 검은색 화면에 색색의 조각들이 무한대로 흩어진다. 박은 오늘 중국으로 갔다. 그뒤로도 박은 북경 가자는 말을 한번 더 했다. 음악을 듣고 있는 진상의 귀에서 이어폰 한쪽을 빼 제 귀에 꽂은 보라가 얼굴을 찌푸리며 도로 빼냈다. 너, 이렇게 볼륨 높여서 들으니 사고가 나지. 진상이 화를 버럭 냈다. 그때는 안 듣고 있었거든예?

유강이 내 손을 잡아끌었다. 우리 저기 가보자. 밑에서 구경만 하자. 그래놓고는 점프대 아래에서 유강은 내 손목을 잡고 계단을 오르기 시작했다. 난 바이킹도 못 타. 저 위에 올라만 가보자. 손을 빼내려 했지만 유강은 놓지 않는다. 점프대는 아래서 올려다보는 것과 영 달랐다. 한 줌 던진 동전처럼 흩어져 있는 사람들을 보기만 해도 머리가 띵하니 다리가 후들거린다. 철골구조가 서서히 기울어지는 느낌이 들면서 멀미가 났다. 뒤돌아서서 도망치려는데 유강이 팔목을 놓지 않는다. 최대한 불쌍한 표정으로 우는 소리를 했다. 난 심장이 약해. 너무 약해. 유강이 내 눈을 들여다보며 말했다.

"하은아, 우리가 우리였던 순간이 얼마나 될까."

나는 뒤채던 팔목의 힘을 풀었다. 살다보면 죽기를 각오해야 하는 순간도 오는 거겠지.

바람이 세차게 불었다. 도약대의 끝에 서서야 짐작보다 더 많이 내가 생에 집착하고 있다는 걸 알았다. 눈을 꾹 감았다 떴다. 안전요원이 유강의 허리에 내 팔을 둘렀다. 유강의 팔이 내 등을 감싸안자 무릎과 무릎, 가슴과 가슴이 맞닿는다. 땀 밴 티셔츠 아래로 탄탄한 근육이 느껴진다. 유강은 번지점프가 하고 싶은 게 아니라 내게 실제보다 더 크고 강인한 추장의 풍모를 각인해두고 싶은지도 모르겠다. 안전요원이 마지막으로 벨트를 점검하고 뒤로 물러난다. 카운트가 시작되었다. 심장이 몸 밖으로 튀어나올 듯 툭툭 뛴다. 그 박동이 유강의 것인지 내 것인지 알 수 없다. 나는 눈을 감고 강물 아래 가라앉아 있을 모자를 떠올렸다. ……넷, 셋, 둘. 두렵지 않아. 하나. 몸이 허공으로 솟구친다. 발판이 사라지는 순간 몸도 사라지고 세상도 지워지고 두개의 심장만이 남는다. 허공이 끈적하다. 발목을 묶은 끈이 중력에 저항하며 온몸을 잡아채기 직전 유강의 등을 더 꼭 끌어안았다. 우린 똑같은 표정을 하고 있다고, 똑같은 걸 느끼고 있다고 말하는 대신.

소년처럼

냄비 바닥에 자잘하고 투명한 기포가 들러붙기 시작한다. 아직은 더 기다려야 한다. 기포가 조금 더 커지면서 안간힘을 쓰듯 흔들리다가 일제히 수면으로 떠올라 탁탁 터지기 시작할 때 면을 집어넣어야 쫄깃하게 끓일 수 있다. 그 순간을 기다리며 냄비 바닥을 노려보고 있는데 오른쪽 어깨가 써늘하다. 겹유리긴 해도 낡은 빌라의 뒤틀린 창틀과 보이지 않는 균열은 외기를 완전히 차단하지 못했다. 바깥 아래쪽은 도로지만 소음은 없는 편이다. 일방통행로인데다 이면도로라 다니는 차들도 별로 없고 사람들은 대체로 조용히 지나다녔다. 이 소도시로 발령받은 후로 빌라가 밀집된 이 거리에서만 이년 가까이 살았지만 술에 취해 다투거나 소란을 피우며 지나는 사람들을 보지 못했다. 사위가 지나치게 조용할 땐 혼자만 모르는 무슨 일이 생긴 건 아닌가 싶어, 텔레비전을 켜볼 때도 있었다.

지켜보는 사이 물이 제대로 끓어오른다. 잘라놓은 스프 봉지를 먼저 털어넣자 매운 내가 훅 끼친다. 물은 순간적으로 더 세차게 끓어오르다 면을 넣자 기세가 푹 꺾인다. 그 위에 잘라놓은 양파를 던져넣고 대파도 가위로 뚝뚝 잘라 넣는다. 면을 젓가락으로 가볍게 풀어주고 마지막으로 조심스럽게 달걀을 깨뜨려 넣고 나면 세상에 쉬운 일은 없다는 생각이 든다.

김 서린 창 유리가 조금씩 불투명해지면서 창밖 풍경이 흐릿하게 풀어지다가 사라진다. 유리 위에 무심코 손가락을 댔는데 딱히 쓰고 싶은 게 없다. 둥글게 선을 긋는다. 축축하고 섬뜩하게 차갑다. 동그라미 안에 글자를 한 자씩 적어본다. 나는, 내 인생이, 완전히 달라지기를 원치는 않는다. 행을 바꿔가며 세 줄에 걸쳐 적고 보니 왜 이 문장을 적었는지 모르겠다. 손가락으로 문지르자 유리창은 다시 투명해진다. 그래봤자 바깥 풍경은 아까와 똑같다. 면 익는 냄새가 코로 들어온다. 젓가락으로 한번 더 휘젓고는 불을 끄고 냄비를 들고 컴퓨터 앞으로 와서 화장지를 한장 뽑아 자판 위를 덮고 나서는 내려놓았다.

스페이스 바를 누르자 무궁화꽃이 피었습니다,를 하고 있던 소녀들이 다시 숨을 쉬고 방긋방긋 웃으며 움직이기 시작한다. 소리를 죽여놓은 화면은 수족관 같다. 차갑지도 뜨겁지도 않은 체온 정도의 물을 채운. 만지면 부서질 것 같은 저 아이들에겐 투명한 보호유리가 필요할 것이다. 면은, 아쉽게도 약간 불었다. 라면은 질투심이 많다. 끓일 땐 딴 짓은 물론이고 딴생각도 하면 안된다. 양파 조각 하나를 집어서 씹자 달큼한 맛이 퍼진다. 아이들은 마르고 긴 다리를 기이하게 비틀며 노래한다. 어떻게 하면 조금이라도 더 허벅지 안쪽을 보여줄 수 있을까 고민했어요. 입술들은 들리지 않는 말로 사랑스럽게 무어라무어라 속삭인다. 팔다리를 휘저으며 소녀들은 좀더 멀리까지 날아간다. 모니터 이편에서 쳐다보는 사람까지 나비 같은 두 팔에 사뿐히 끌어안고서. 유연한 움직임은 우주공간에서의 유영을 닮았다. 라면국물 냄새도, 찌질한 근심거리도, 숨 쉴 때마다 박의 콧구멍에서 뿜어져나오는 우울의 파장도 저 아이들이 유영하는 무중력의 공간까지는 절대 미치지 못한다.

노래가 끝나고 아이들이 움직임을 멈추자 다시 재생 버튼을 누르고는 이번엔 스피커 버튼도 올렸다. 금붕어 같은 입술에서 재잘재잘 쏟아져나오는 목소리들이 파동처럼 온몸의 살갗을 통해 스며들어와 심장을 어루만지고 다독여준다.

소원을 말해봐. 봐. 봐.

소원이라니. 그 말을 통일이란 단어와 함께 쓸 때 말고는 사용해본 기억이 없지만 아이들의 입술에서 나오는 순간 그 어색한 단어는 돌연한 생기를 띠고 유토피아에의 갈망을 품게 만든다. 먹는 동안에도 면발은 조금씩 불어난다. 달걀을 넣어도 국물이 탁해지지 않게 끓이는 법은 없을까. 흰자는 지나치게 익어 기분 나쁘게 미끈거린다. 다음엔 흰자도 젓가락으로 살짝 풀어주어야겠다.

서울 집에 있을 때 소파에 앉아 무심코 저 아이들이 등장한 쇼 프로를 보고 있었다. 화장실을 다녀오던 딸이 걸음을 멈추더니 텔레비전 화면과 박을 번갈아 쳐다보았다. 박을 보는 시간이 조금 더 길었다. 그건, 최근에 채식주의자가 된 사람이 육회를 먹는 인간을 쳐다볼 때의 눈빛이었다. 짧지만 강렬한 눈빛 공격을 날린 후 제 방으로 휙 들어가는 딸의 등을 쳐다보았다. 살이 찐 건 아니지만 결코 가냘프다 할 수 없는 그 등을 보자 딸이 저 소녀들 또래의 시기를 막 지났다는 사실이 믿어지지 않았다. 박 자신에게도 호랑가시나무 이파리처럼 푸르고 두툼하면서도 날카로운 청춘의 시기가 있었다는 게 믿어지지 않는 것보다 더. 그래도 그렇지. 억울하기 짝이 없는 일이었다. 솔직히 그게 딸을 보는 것 같은 마음이라곤 할 수 없겠다. 그렇다 해도 숱도 없는 머리칼 휘날리며 팬질 할 마음도 없고 추잡한 욕망을 품은 적도 없었다. 그저 이렇게 바라보고 있노라면 자동 방향제처럼 폭폭 분사되는 낙천과 생기를 시들시들한 일상에 더하고 싶었을 뿐이다. 라면에 양파 한 조각을 넣듯.

어째 라면 크기는 점점 작아지는 것 같다. 몇번 건져 먹지도 않았는데 탁해진 국물에 퉁퉁 불은 면 토막만 남아 있는 냄비 바닥이, 이즈음 박의 머릿속 같다. 늘 흐리멍텅할 뿐만 아니라 기억력도 형편없어졌다. 메모를 해놓지 않으면 돌아서면 잊어버렸고 때로는 메모를 해놓았다는 사실 자체를 잊어버리기도 했다. 케이블에서 옛날 영화를 볼 때면 끝날 때까지 주인공 배우의 이름이 떠오르지 않았다. 회의시간에도 창의적이고 혁신적인 제안을 내기는커녕 흐릿하게 맴도는 아이디어를 표현할 적절한 단어 하나를 끄집어내는 일도 힘들었다. 늘 그렇다보니 이런 일상이 슬럼프라는 생각 자체가 요즘은 없어졌다. 슬럼프란 지금의 상황이 평소에 비해 비정상

적으로 침체되고 그것이 일시적이란 희망을 가질 때 쓸 수 있는 말
일 것이다. 요즘엔 그랬다. 아침에 눈을 뜨는 순간, 일어나 출근해
야 한다는 사실 자체가 지독한 형벌처럼 온몸을 짓눌렀다.

연말 감사를 핑계로 지난 이주 동안 서울 집에 돌아가지 않았다.
너무 늦지 않으려면 지금 일어서서 나가야 한다는 생각을 하는 한
편으로 박은 여전히 화면을 쳐다보다가 노래가 끝나기 직전 정지
버튼을 눌렀다. 박의 일상에서 가장 눈부시게 반짝이는 시간이 막
끝났다. 클로즈업된 소녀가 흰 이빨이 보일 듯 말 듯 입을 벌린 채
이쪽을 빤히 본다. 바로 이 순간의 사랑스러움은 무수히 되돌려보
아도 익숙해지지 않는다. 자신이 얼마나 예쁜지는 모르겠다는 저
무심한 표정. 참 화사하기도 하다.

*

삑삑거리는 소리가 반복되면서 점점 짜증이 치민다. 고장이 난
걸까. 몇번이나 눌러보았지만 마지막 숫자를 누르고 나면 어김없
이 오류를 알리는 신호음이 울린다. 갑자기 앞집 문이 확 열리더니
잔뜩 찌푸린 얼굴로 이쪽을 쳐다보는 여자의 얼굴이 나타났다가
사라진다. 이 번호로는 열리지 않는다는 걸 알고 나서도 왜 계속
버튼을 눌러댔을까. 반응속도가 반 박자 늦은 전자제품처럼. 그제
야 박은 거의 무의식적으로 눌러대던 비밀번호에 대한 자신의 기
억을 의심하기 시작했다.

아내의 전화는 꺼져 있었다. 음성메시지를 남길까 하다 전화를

끊고 딸 번호를 눌렀다. 신호는 가는데 얘는 받질 않는다. 둘 중 하나는 전화를 하겠지. 하지만 언제. 근처에서 간단히 뭐라도 먹으며 기다릴까. 이층 층계참을 내려서자 맨 윗계단에 누가 앉아 있다. 암록색 체크무늬 스커트의 교복 차림 여학생이다. 외투를 깔고 앉아 등을 웅크린 채 휴대폰 화면에 빠져 있던 여자아이는 쳐다보지도 않고 옆에 내려놓은 가방을 제 쪽으로 굼뜨게 끌어붙이며 지나가라는 시늉만 한다. 계집애가 한심하긴.

털레털레 내려와 현관의 자동문을 막 나가려는데 전화벨이 울렸다. 왜 아빠? 친구들이랑 스키장 왔어. 딸의 목소리가 갓 뽑아낸 쇠를 치듯 쨍하게 울린다. 리프트를 타고 있는지 잉잉거리며 바람 우는 소리가 목소리를 날려보낼 것 같다. 저도 모르게 박의 목소리도 커진다. 엄마는? 오늘 외할아버지 제사잖아. 그랬나. 잊고 있었다기보다는 원래 아내가 미리 일러주기 전엔 장인 기일은 모르는 채로 살아왔다. 기일뿐만이 아니라 거의 모든 기념일이 그러했다. 언제 오니? 낼 저녁에. 아빤 어딘데? 현관 비밀번호 바꿨니? 바꾼지가 언젠데. 얼른 불러봐. 아빠도 참, 불러주면 기억이나 하겠어? 문자로 날려줄게. 오면 온다고 전화나 하지 그랬어. 전화를 끊자마자 바로 문자가 왔다. 가족들의 주민번호나 전에 쓰던 휴대폰 번호 같은 걸 사용해왔는데, 화면에 적힌 여섯개의 숫자는 출처를 짐작할 수 없었다. 오면 온다고 전화나 하지 그랬냐니. 뒤늦게 뭔가 불쑥 솟구쳤다가 금세 가라앉는다.

지금 출발해도 불광동 처가에 도착하면 제사에 늦진 않을 시각이긴 하다. 그렇긴 한데 가서 두어시간 지내다 올 일이 지독한 벌처럼 여겨진다. 차라리 아내한테 몇 마디 듣고 마는 게 낫겠다는 쪽으로 결정은 쉽게 내려진다. 나선 김에 근처에서 밥을 먹고 들어와, 말아. 자동문 너머, 가로등 불빛이 도드라지기 시작하는 바깥은 한결 추워 보인다. 냉장고에 뭐든 요기할 게 있겠지. 돌아서서 다시 계단을 걸어올라왔다. 문 앞에 서서 딸이 보낸 문자를 들여다보며 번호를 하나씩 눌렀다. 이제야 정답을 맞혔다는 듯 차르륵 열리는 문을 열고 왼발을 현관에 들이미는 순간 차진 목소리가 들려왔다. 아저씨. 좀전까지 무릎에 코를 박고 휴대폰 화면을 들여다보고 있더니 그새 난간에 삐뚜름하게 기대 빤히 올려다보며 여자아이는 서슴없이 물었다.

"아저씨, 나 밥 사줄래요?"

뭔 소리야. 박의 생각을 읽은 것처럼 얼른 재우친다.

"배고파요."

그제야 아이의 얼굴을 제대로 바라보았다. 크지도 작지도 않은 눈코입이 그리 밉지도 예쁘지도 않게 오종종 모여 있다. 열여섯일곱이나 되었을까. 세상을 가득 채우고 있는 그 반짝반짝 눈부신 소녀들이 아닌, 그냥 소녀는 왜 이리 낯선가. 내가 왜 네게 밥을 사주어야 하는데? 아마 그런 눈빛으로 쳐다보았을 것이다.

"안 사주면 소리 지를 거야."

그 속삭임은 여자애의 등 뒤에서 아래로 이어지는, 박의 뒤에서 위로 이어지는, 수직 동굴 같은 콘크리트 계단의 축축하고 차가운 어둠 속으로 퍼져나갔다. 박은 여자아이를 가만히 쳐다보았다. 재수 없는 말과 어울리지 않는 콧소리라니. 게다가 방긋 웃기까지. 주먹을 부르는 애교라더니. 소리 지른다는 말이 무서웠던 건 아니다. 막 현관 안으로 들이민 다리에 감겨오는 태막처럼 끈적이는 어떤 기운으로부터 발을 빼내고 싶다는 충동이 먼저였다. 웃기지 말라는 듯 박은 픽 웃으며 문을 닫고 계단으로 내려섰다.

"나가자. 아저씨도 배고프다."

단지 입구의 상가까지 휘적휘적 걸어가 물어보지도 않고 분식집으로 들어갔다. 여자애는 약간 실망한 표정이었다. 좀더 제대로 된 걸 먹고 싶었는지 모르지만 박은 어디까지 걸어나가 다른 식당을 찾아갈 마음은 없었다. 아이는 벽에 붙은 메뉴판을 잠시 쳐다보더니 튀김만두와 떡볶이를 먹겠다 했다. 박은 짬뽕라면을 시켰고 면 위에 붉은 오징어 토막과 홍합 껍데기가 놓인 그릇을 보고서야 점심 때도 라면을 먹었다는 생각이 들었다. 낮에도 라면 먹었는데. 혼잣말처럼 중얼거렸는데 여자애가 라면 그릇을 제 앞으로 끌어다놓고는 떡볶이 접시를 이쪽으로 밀어주었다. 여자애가 국물에 잠긴 홍합살까지 말끔히 먹어치우는 동안 박은 께적거리고만 있었다. 맵고 달고, 무엇보다 얄팍한 맛이다. 라면이 그나마 낫겠다고 생각했다.

"너, 이 단지에 사니?"

"아니. 여기 학원만 다녀요. 학원버스가 다니니까."

"학원 땡땡이친 거야?"

"땡땡이는 뭐. 그거야 가끔 빼먹을 때 하는 말이지. 영 추운 날에나 수업 들어가요. 앉아 있어봤자 뭔 소리 하는지 하나도 모르겠고."

유명 학원이 몰려 있어 턱도 없이 아파트 값이 오르긴 했지만 정작 박은 딸이 대학에 들어가고 나서야 이곳에 집을 마련했다. 방과 후면 노란 대형버스들이 차선 하나를 막고 길게 서 있었지만 주민들은 별로 불만이 없었다.

"차라리 집에서 놀지그래."

"엄마하고 대박으로 싸워야 되잖아. 입구 비밀번호만 알면, 아까 그 자리가 두어시간 죽이긴 딱이거든요. 잔소리하는 경비 아저씨도 없고. 근데 요즘은 영 추워서 고난의 행군이야."

박은 떡볶이 국물에 만두를 굴려 먹고 있는, 싸가지라고는 약에 쓸래도 없게 생긴 여자애의 얼굴을 바라보았다.

"왜? 예뻐?"

박은 허, 웃고 말았다. 저 낙천성은 어디서 오는 걸까. 배가 고팠는지 박이 남긴 것까지 말끔히 먹어치우고 밖으로 나와서는 물어보지도 않고 옆에 있는 아이스크림 가게로 쑥 들어간다. 난 녹차, 아저씨는? 유리 진열장을 들여다보는 여자애의 웅크린 등짝이 두툼하다. 좁은 실내엔 빈자리가 없어 녹차 아이스크림과 딸기 아이스크림을 하나씩 들고 바깥으로 나왔다. 겨울에 아이스크림을 사먹은 게 얼마 만인지 모르겠다. 가게 옆 불 꺼진 건물 입구에 옹색하게 서서 아이스크림을 먹고 있는데 아내가 전화를 했다.

어디야?

집 앞.

아이참, 온다고 전화하지 그랬어. 불광동인데 난 여기서 자고 낼 교회 갔다가 들어갈게. 유진인 친구들이랑 스키장 갔어.

알아.

아내는 나직하던 목소리를 더 낮추더니 당부를 한다. 자기 서울 왔단 얘기 안했으니까, 행여 집으로 전화하지 마. 대답도 하기 전에 전화가 끊어진다. 오늘이 장인의 기일이란 얘기를 아내가 하지 않았다는 생각이 그제야 든다. 친정엄마의 독실한 신앙심에 냉소를 감추지 않던 아내가 언제부터 이렇게 열심히 교회에 출석했나. 옆에 있는 남자의 능력으로는 현세에서 행복을 구현하긴 틀렸다는 깨달음에 이른 그녀에겐 전복적인 대체물이 필요했던 걸까. 같이 나가자고도, 카드 결제를 요구하지도 않으니 박으로선 불만을 드러낼 수 없는 선택이다. 요즘은 주일 예배는 물론이고 주중이나 새벽이나 교회의 모든 행사에 열정적으로 참여하는 눈치였다.

"흐응, 아저씨도 투명인간이구나?"

"네가 뭘 알아, 인마."

"그거 참 추한 일인데."

오지랖 넓고 함부로 말을 하는 애가 지겨워진다. 그렇다고 빈집에 들어가고 싶지도 않다. 박은 아이스크림을 아주 천천히 핥아 먹었다. 건물 안 계단에서 담배를 피우고 내려왔는지 매캐한 냄새를 흘리며 남자애 둘이 박의 어깨를 툭 건드리곤 지나간다.

"보기 좋니?"

"홍, 적어도 밥맛없진 않아."

어쩌나 씩씩하게 역성을 드는지. 어디에도 소속되지 못하고 애매한 시간과 공간의 틈을 떠도는 이 아이들은, 느닷없이 닥쳐온 생의 불가해함이 견딜 수 없어 몸부림을 치는 것인지도 모르겠다. 박의 손에서 휴대폰을 쏙 빼낸 여자애는, 뭐 이딴 휴대폰을 아직 쓰고 있어 촌스럽게, 어쩌고 해가면서 빠른 속도로 숫자를 눌렀다. 제 휴대폰의 벨소리가 울리자 돌려주며 코맹맹이 소리를 낸다.

"옵빠, 다음에 은희 만나면 또 밥 사주기. 알겠기? 알겠기?"

하나도 귀엽지 않은 것이. 싸늘한 목소리로 못을 박았다.

"너, 전화하지 마라."

"쫄기는."

코에 주름을 잔뜩 잡고는 박의 얼굴에 바짝 들이댄다. 이렇게도 스스럼이 없을까. 어이가 없어 웃음이 다 나왔다. 배낭 멘 어깨를 흔들며 짝다리로 서 있는 모습이 거의 사내자식처럼 보인다. 이 또래의 여학생들에게 세상이 갖고 있는 환상, 그러니까 보호본능을 건드리는 연약함이나 봄풀처럼 싱그런 향기, 투명한 미소 같은 건 찾아볼 수가 없다. 귀여운 표정으로 이쪽을 응시하고 있다가 클릭을 하면 바로 눈부신 사랑스러움을 강렬하게 발산하는 그 소녀들과는 완전히 다른 종인 것이다. 그새 다 먹은 아이스크림 컵을 아무 데나 휙 던져버리고는 제 휴대폰을 들여다보며 어, 학원버스 놓치면 안되는데, 중얼거리더니 옵빠, 코맹맹이 소리를 내며 제 손가락을 박의 손가락 사이로 밀어넣고는 꼬옥 힘을 주었다. 떡볶이 잘 먹었어요. 그 순간 박의 몸 전체가 작은 손바닥 안에 사로잡힌 듯한 기분이 들었고 그 느낌은 손을 떼는 순간 사라졌다. 아이는 제 귀 옆에 손바닥을 반짝 들어올려 빠르게 흔들어 보이곤 뒤돌아서서 서두르는 기색도 없이 큰길 쪽으로 걸어갔다. 손가락이 닿았던 손바닥이 끈끈하다. 편의점에서 캔맥주 몇개를 사들고 집으로 걸어왔다. 딸의 말이 맞다. 박은 문 앞에서 다시 문자메시지를 열어보아야 했다.

현관문을 닫고 마루에 발을 딛는데 발바닥이 써늘하다. 나가면서 난방을 꺼버린 모양이다. 온도계 다이얼을 한껏 돌려놓았지만 그런다고 데워지는 속도가 더 빨라지는 건 아니니 한시간은 달달 떨어야 할 것이다. 안방이고 부엌이고 발 닿는 데마다 얼음장 같아 두툼한 극세사 담요 한장을 끌고 나와 머리까지 뒤집어쓰고 소파에 앉았다. 텔레비전을 켜놓고 맥주를 마시기 시작했다.

주말엔 어느 채널을 돌려도 어김없이 메뚜기처럼 생긴 녀석이 나와서 뛰어다닌다. 지겨워. 홈쇼핑에선 냄비 하나만 사면 순식간에 잔칫상을 차릴 수 있다며 금붕어처럼 생긴 여자가 떠들어댄다. 쇼 호스트들은 저런 목소리를 내기 위해 특별한 연수라도 받는 걸까. 물신의 강림을 간구하는 부흥회를 인도하는 듯한, 자신이 들고 있는 상품에 대한 종교적 확신으로 가득 찬 목소리. 살 마음은 전혀 없는 박조차 그녀의 수다를 홀린 듯 듣고 있었다. 어쨌거나 채널당 일분씩만 보고 있으면 냉기도 가시겠지. 리모컨을 누르자 일기예보가 나온다. 박이 좋아하는 기상캐스터다. 내일의 눈 소식을 예고하고 있는 그녀는 빨간 목도리를 했는데 하얀 얼굴색과 아주 잘 어울렸다.

내일 중부지방에 눈이 온다면, '그곳'에 들렀다 가긴 무리겠다. 굴곡이 심한 농로를 한동안 달려야 하는 길을 머릿속으로 잠시 떠올려보았다. 눈이 오면 논인지 길인지 구분이 안될 것이다. 다음에 집에 왔다 내려갈 때나. 그 생각을 하자 무언가 골치 아픈 숙제 하나를 막 해결한 것처럼 한결 마음이 가벼워졌다. 기상캐스터가 전해주는 먼바다의 기상을 흘려들으며 그녀의 얼굴과 가슴과 가냘픈 허리와 무엇보다도 늘씬한 다리를 바라보며 맥주를 마셨다. 달달 떨며 마시는 맥주 맛도 나쁘지 않네. 누군가를 설득하려는 듯 연신 팔로 화면의 여기저기를 가리키며 이야기하지만 사실은 비어 있는 흰 벽 앞에서 연기를 하는 거란 걸 알고 있다. 조합된 그래픽과 환상적으로 어울리는 그녀의 몸짓은 그래서 더 사랑스럽다. 더할 나위 없이 예쁘게 웃으며 즐거운 주말 보내세요, 인사를 한 그녀가 사라지자마자 리모컨을 집어 서둘러 채널을 돌렸다. 어디선가 앵앵거리는 듯한 목소리가 흘러나오기 전까지 박은 모르고 있었다. 자신이 왼손에 쥔 휴대폰을 텔레비전 쪽으로 내민 채 통화 버튼을 꾹 누르고 있었다는 걸.

왜, 오빠?

그 여자애 목소리다. 휴대폰을 리모컨으로 착각하고 눌렀단 말은 하고 싶지 않았다.

추운데 돌아다니지 말고 일찍 집에 들어가라.

으응. 신경써주니 기분 나쁘진 않네. 근데 어쩌지? 우리 집은 바깥보다 더 추워. 뼛속까지 시려.

옆에서 깔깔거리는 웃음소리가 들려온다. 다른 친구들과 어울려 있는 모양이다.

아직 혼자 있어? 왜 전화했어? 슥슥 하고 싶어서?

이런 짜증나는 계집애를 봤나. 슥슥이란 성관계를 지칭하는 말일까. 전화를 끊고 이번엔 리모컨이 맞나 확인한 후에 채널을 돌렸다. 남인도의 케랄라 지역을 보여주는 다큐멘터리에 채널을 맞추고 맥주를 마시고 있자니 집 안에 아무도 없는 게 참으로 편하다는 생각이 들었다. 화면 속에서 암갈색 피부의 소년들이 마른 몸에 아마로 된 반바지만 입고 강물로 뛰어들어 작살로 물고기를 건져냈다. 강을 거슬러오르는 짚배 위에 비스듬히 앉아 닭고기카레와 열대과일을 먹던 리포터는, 더운 것만 빼면 천국이라고 나른한 목소리로 말했다. 네놈만 빼면 볼 만한 풍광인데, 박은 그렇게 중얼거려보았지만 그 말을 하기 전보다 기분이 더 나빠졌다. 담요를 뒤집어쓰고 눕듯이 기댔다. 술기운 덕분인지 견딜 만하게 실내는 데워졌다. 슥슥 하고 싶어서? 맹랑하던 목소리가 귓가에서 앵앵거린다. 알코올과 노곤함이 뒤섞인다. 바지 속으로 손을 밀어넣었다. 분식집에 앉아 어리석고 맹한 이야기를 늘어놓던, 그때는 약간 끔찍하게 여겨지던 시간의 세부 풍경이 떠오른다. 어쩌면 실제보다 따뜻한 느낌으로. 은희라고 했나. 그러나 사정을 하는 순간에 그 여자애를 생각한 건 아니다. 빨간 목도리를 두른 기상캐스터도 아니다. 지금은 비어 있는 그 방에서, 입을 살짝 벌린 채 모니터 바깥으로 금방이라도 달려나올 듯 서 있는 소녀. 그 소녀가 옵빠, 코맹맹이 소리로 부르며 점막처럼 여린 손바닥으로 박의 그곳을 어루만졌다. 이제 실내온도를 낮추어야 한다고 생각하면서도 박은 고단한 잠속으로 이내 빠져들었다.

어제 온 줄 알면서도 아내는 점심때가 훌쩍 지나서야 돌아왔다. 도시락처럼 담아온 제사음식을 그대로 식탁에 펼쳐 늘어놓고 늦은 점심을 먹었다. 파와 마늘을 넣지 않은 삼색 나물, 맑은 탕국, 고사리와 낙지를 토막 내지 않고 길게 꿰어 구운 산적, 말갛게 깎은 밤톨. 처가는 제사 대신 추도예배를 드리면서도 음식은 옛 방식을 고집했다. 장모님의 음식솜씨는 더하고 뺄 것이 없이 정갈하다. 다만 박이 그것들을 좋아하지 않았다. 점심을 먹고 아내는 잠을 잘 못자 피곤하다며 침대에 누워 한숨 잤고 네시가 넘어 일어났다. 돌아가고 싶지 않다는 생각이 잠깐 들었지만 그건 여기 머물고 싶다는 마음도 아니었다. 돌아가되 출근은 하고 싶지 않았다.

아무 연고도 없는 소도시의 지점으로 내려가게 되었을 땐, 두고보자 이를 악물었고 마음속으로 하루에도 열두번 칼을 갈았다. 첫 출근한 날, 긴장감 없는 맹한 얼굴로 자신을 바라보던 직원들을 보며 속엣말을 했다. 살얼음판에서 갈고닦은 실력을 보여주겠다, 촌것들아. 일을 못해서 거기까지 밀려간 건 아니었다. 자신을 그곳까지 밀어낸 건 지나친 열심이었다고 생각했다. 미국발 금융위기는 멀쩡해 보이던 중소기업들을 뒤흔들어댔다. 눈에 보이지 않는 지진을 당한 것처럼 기업들은 허망하게 무너져내렸다. 그들이 가져간 대출금은 허공으로 흩어졌다. 전방위 감사와 구조조정이 동시에 진행되었다. 연봉만 축내는 무능한 놈들을 정리할 기회라고 내심 고소하게 생각하고 있었는데 칼끝은 자신을 향했다. 운이 없었다. 박이 대출 심사를 했던 기업들이 하필 줄줄이 쓰러졌다. 제대로 된 리베이트라도 받았으면 그리 억울하진 않았을 것이다. 엄격한 기준을 갖다대면 도대체 대출 기준에 부합하는 기업이 몇개나 되겠나. 대출금 상환에 한번도 문제가 없었던 곳들입니다. 박의 말이 끝나기도 전에 지점장은 미간을 잔뜩 찌푸린 채 짜증을 부렸다. 이번에 터진 곳들은 모두 자산 대비 부채비율이 천이 넘습니다. 사상누각이 따로 없지. 빚내서 빚 갚은 게 뻔하잖아요. 이게 문책감이 아니면 어떤 걸 문책하겠습니까.

최종 결재해준 게 누군데. 상환이 순조로울 땐 아무 말 없다가. 고위험 채권으로 높은 이자수익을 올릴 땐 왜 좀더 공격적으로 하지 않느냐 원망하듯 하던 분위기는 어느새 유배를 받아들이기 싫으면 옷을 벗으라는 쪽으로 바뀌어 있었다. 옮기고 나서 반년도 지나지 않아 처음의 결심과 의욕은 간 곳 없고 자신감마저 사라졌다. 소도시의 작은 지점에서 공격적인 경영 같은 건 애초에 쓸모가 없었다. 우체국이나 동사무소와 다를 바 없는 업무가 전부였다. 언제부턴가 맹한 촌것들이 자신을 좌천당한 퇴물 취급한다는 걸 알게되었다. 성격 좋은 촌사람의 껍데기를 쓰고 박을 실실 놀리기까지 했다. 저희들은 그걸 친밀감의 표현이라고 생각할지도 모르지만 박에겐 그렇게 보였다. 의욕이라는 영양제가 사라지자 뇌세포들도 마르고 시들어갔다. 회의시간이면 주도권을 잡고 오가는 말의 절반 이상을 자신이 떠들어대던 시절이 아득히 멀게 느껴졌다.

가지고 내려갈 옷과 양말을 챙긴 가방을 내놓으며 아내는 말했다. 반찬을 새로 못했네. 제사음식 남은 거 챙겼으니까 냉장고 넣어놓고 고추장이랑 비벼 먹어. 마지막 말은 우물거리는 하품과 버무려져 알아듣기도 힘들었다. 출발하기엔 이른 시간이었으나 저녁예배를 가야 한다는 아내의 말이 어서 가라는 소리로 들려 어제 입고 온 옷을 다시 챙겨 입었다. 예보와 달리 소도시의 빌라에 도착할 때까지 눈은 오지 않았다. 일기예보는 요즘보다 자신이 어렸을 때 더 잘 맞았다는 생각이 들자 기상캐스터의 빨간 목도리가 떠올랐으나 얼굴은 기억나지 않았다.

*

난방을 끄지 않고 나간 실내는 훈훈했고 어제 끓여 먹은 라면 냄새가 여전히 고여 있었다. 파와 마늘을 넣지 않은 세가지 나물, 맑은 탕국, 고사리와 낙지를 길게 꿰어 구운 산적이 담긴 플라스틱통은 냉장고에 고스란히 넣어놓고 냄비에 물을 받아 가스불에 올렸다. 탕국이 쉬고 산적이 흐물흐물 녹아내리기 전에 저것들을 꺼내는 일은 없을 것이다. 알면서도 지금 당장 버려버리지 못하는 것, 그건 아주 익숙한 어떤 느낌을 닮았다는 생각이 들었다. 물이 끓어오르기도 전에 박은 그것이 자신에 대한 은유 같다는 생각을 마침내 떠올렸고 그 생각이 떠오르기 전보다 약간 더 우울해졌다.

씽크대 옆에 서서 물이 끓기를 기다리며 서 있자니 어제 손가락으로 유리창에 낙서를 하던 그때부터 계속 이 자리에 있었던 것만 같다. 이틀 동안 자신은 차라리 이 자리에서 계속 라면이나 끓이고 있는 게 더 나았으리라. 박은 양파도 달걀도 넣지 않고 끓인 라면 냄비를 들고 컴퓨터 앞으로 가서 앉았다. 스페이스 바를 누르고는 화장지를 한장 뽑아 자판을 덮었다. 가늘고 긴 팔다리들이 움직이기 시작한다. 저 완전한, 꿈속의 꿈 같은 존재들. 바라보고 있으면 축 늘어져 있던 내장까지 팽팽해지는 것 같은 생기의 파장에도 불구하고 박은 어딘가 찜찜하다. 오늘은 면발도 딱 맞게 익었는데, 이 개운찮은 맛은 라면 탓은 아니다.

'그곳'의 방문을 다음으로 미루어버리자 밀린 숙제를 해결한 것 같았던 기분은, 여기 들어설 때까지 끝내 눈이 오지 않자 기일 지난 숙제로 변했다.

내가 이곳으로 발령을 받지 않았더라면 엄마는 '그곳'으로 가지 않아도 되었을까.

엄마는 이제 박에게 전화하지 않는다. 엄마를 그곳에 남겨두고 떠나기 전, 오른손에 꼭 쥐고 있던 휴대폰을 빼낼 때 엄마의 얼굴을 바라보지 않았다. 엄마, 자주 올게. 그렇게 말했지만 서울 외곽의 그리 멀지 않은 곳에 있는 그 요양소에는 이후로 두번 들렀을 뿐이다. 결코 자주,라고 할 수는 없는 간격이다. 다음주에 들러봐야지 마음먹으면 매번 감사 일정이 잡히거나 어제처럼 나쁜 일기예보를 듣거나 너무 피곤하거나 까맣게 잊거나 했다.

엄마가 당신 전화의 단축번호 1을 집요하게 눌러대기 시작한 건 눈앞에서 박이 사라진 후부터였다. 발령 지점에 출근한 첫날 첫 전화는 엄마로부터 온 것이었다. 받을까 말까 망설이는 동안에도 전화벨은 집요하게 울렸다.

어디냐?

엄마는 아들의 목소리를 확인한 순간 그렇게 물었다. 회사예요, 대답하자 으응, 하고는 별 얘기도 없이 끊었다. 가끔 정신없는 소리를 불쑥 할 때도 있었지만 여느 노인들이 하는 그 이상도 이하도 아니었다. 밥만 시간 맞춰 챙겨드리면 모시기에 그리 힘들 게 없는 노인네였다. 둔촌동에 사는 당신의 손아랫동서나 형제 중 유일하게 남은 막내 여동생과 가끔 통화를 하거나 드물게 서로의 집을 찾아 옛이야기를 하는 게 사교생활의 전부였다. 풍 맞아서 말도 제대로 못하던 네 작은아버지가 이젠 지하철 타고 못 다니는 데가 없다는구나. 요새는 약이 좋아서 늙은이들이 통 죽질 않아. 태어나는 순서는 있어도 가는 건 순서가 없다더니, 아무래도 막내가 나보다 먼저 갈랑갑다. 당뇨로 발가락이 꺼멓게 썩어들어가더라. 하나 남은 이몬데 명절이면 인사라도 가고 그래라. 앞으로 몇번이나 가겠냐. 며느리에게 그렇게 틀리지 않은 소리도 또박또박 하던 엄마였다. 귓전으로 흘려버리는 줄 뻔히 알면서도.

전화는 점점 잦아지다 못해 감당할 수 없는 지경에 이르렀다.

처음 십분마다 전화를 해올 때만 해도 며칠 그러다 그만둘 줄 알았다. 지금 바빠요, 하면 응, 하며 순순히 전화를 끊었다. 그러고는 십분 후면 또 말짱한 목소리로 전화를 했다. 한주일 내내 그랬다. 전쟁이었다. 진동으로 해놓아도 집요하게 울리는 그 낮고도 집중을 요하는 소리의 근원을 회사 사람들도 다 알게 되었다.

어디냐?

아들이 있는 장소가 궁금한 게 아니라 그저 눈앞에 보이지 않는 아들의 존재를 확인하는 무의미한 발성에 불과하겠지만 그 질문은 매번 박으로 하여금 자신이 있는 곳, 진저리나지만 버텨야 하는 장소에 대한 이질감, 나아가 두려움에 가까운 혐오감을 즉각 환기시켰다. 아내에게 전화를 해서 짜증을 부렸다. 어머니 뒤따라다니면서 전화 못하게 감시할 만큼 내가 한가한 줄 알아? 아내 목소리는 더 컸다. 그다음 주 월요일 아침, 엄마로부터 걸려온 전화를 끊고는 바로 스팸 등록을 해놓았다. 왜 이 생각을 못했지, 자책하며. 벨은 더이상 울리지 않았지만 정확히 십분마다 박은 휴대폰을 노려보고 있었다. 어디냐? 소리도 환청처럼 들려왔으나 주말이 되기 전에 전화벨의 부재에 익숙해졌다.

술을 마시지 않았는데도 오전 내내 속이 부글거렸고 자주 아프고 설사를 하는 날이 이어졌다. 자극성 있는 음식을 조심하고 스트레스를 피하셔야 해요. 의사는 스트레스가 날아가는 셔틀콕이라도 되는 듯 가볍게 말했다. 병원에서 주는 약을 먹기 시작하자 화장실 가는 횟수는 줄었는데 대신 방귀가 잦아졌다. 사무실에서 그걸 처리하는 일은 만만찮았다. 가스는 게릴라처럼 배 속을 구석구석 떠돌았고 출구가 막히면 갈비뼈에 거세게 발길질을 하기도 했다. 오후가 되면 증상은 더 심해졌다. 종일 앉아 있지 마시고 점심시간에 달리기라도 좀 하세요. 의사 얘기는 별 뾰족한 수가 없다는 말로 들렸다. 그날은 유난히 속이 불편했다. 시간을 넘기고도 회의는 쉬 끝나지 않았다. 셔츠가 팽팽하도록 배에 가스가 차올랐다. 어쩔 수 없이 배 안의 가스를 조금씩 나누어서 내보내야 했다. 혹시 그 소리가 다른 사람에게 들리진 않을까 곤두세우고 있는 귓구멍으로 어떤 속삭임이 들려왔다.

그만하시면 안돼요?

항의하듯, 그러나 가냘프게 억누른 그 말을 듣고, 자신이 잠시 집중하지 않은 사이에 회의 진행에 무슨 반전이 있었나 귀를 쫑긋했다. 그러나 다시 가스를 조금 내보냈을 때 북받치듯 화가 난 목소리로, 너무하시는 거 아니에요? 하는 소리를 듣는 순간 그만해야 하고 너무하고 있는 게 자신이란 걸 알아차렸다. 아주 낮은 목소리였는데도 사람들이 일제히 그녀를 쳐다보았다. 실내에 있는 누구도 박을 쳐다보지 않았다.

회의가 끝나고 걸어나오는데 뒤따라 나오던 오대리가 웃으며 물었다. 나이 드니까 괄약근도 힘이 빠져요? 질문이 아니라 발길질이었다. 주위에 있던 사람들이 피싯, 방귀 소리와 비슷한 웃음소리를 냈다. 살아오면서 몇번 살의를 느낀 적이 있을 것이다. 그냥 살의만. 그런데 그 순간엔 진짜 그놈을 죽여버리고 싶었다. 길지 않은 복도를 걸어나오는 동안 다들 옆에서 신나게 떠들어댔다. 그게 그렇잖아, 방귀도 예쁜 방귀, 미운 방귀가 있다니까. 그런 게 어딨어. 괄약근이 예쁘게 조여지면 소리도 예뻐. 그런가? 나도 나이 드나봐. 괄약근에 힘이 없어. 깔깔. 듣고 있는 사람의 기분 따위는 안중에도 없이 즐거워 죽겠는 목소리로 주고받았다. 악의가 없다는 건 알고 있다. 아침에 출근하는 것 자체가 끔찍한 벌처럼 느껴진 건 그다음부터였다.

노인네가 갑작스런 치매증상을 보인 건 연결되지 않는 전화 때문이었을까. 밤새 안녕이라더니 어느날 갑자기 속옷에 용변을 지렸고 전에 없던 식탐을 부리기 시작했다. 캄캄한 부엌에서 손가락을 갈퀴처럼 세워 국냄비 속에 든 고깃점을 귀신같이 건져 먹었다. 정확하게는 그렇다고 전해들었다. 가끔 아내 혼자 자는 안방문을 벌컥 열어젖히기도 했으나 어둠 속 허공을 잠시 들여다보며 서 있다 슬그머니 돌아설 뿐 딱히 박을 찾진 않는다고 했다. 노인병원의 의사는, 위로랍시고 이 정도는 아주 착한 치매라고 말했다. 처방전을 적으면서, 투약을 해도 증세를 지연시킬 뿐 회복을 기대하진 말라고 했다. 생판 남의 얘기라도 치매라는 단어 자체를 끔찍하게 혐오하던 엄마는 그사이 의사의 입에서 나온 그 단어가 자신의 상태를 지칭한다는 사실조차 인식 못하고 박의 옆에 어린아이처럼 얌전히 앉아 수줍은 듯 의사를 쳐다보았다. 아들로부터 멀어지는 것이 두려워 끊임없이 전화를 걸어대던 엄마는 어쨌거나 그 때문에 더 일찍, 더 먼 곳으로 가게 된 셈이다.

어디 가냐?

그날 아침, 승용차 문이 닫히자 엄마는 은밀한 목소리로 물었다. 박은 대답하지 않았다. 우선 입을 옷가지를 담은 가방은 전날 밤에 트렁크에 미리 실어놓았다. 그리 비싸지 않은 가격에 비해 시설도 깔끔하고 자격 있는 의료진이 상주하는 요양병원을 수소문해서 알아놓은 것은 아내였다. 월 천만원짜리도 있어요. 이렇다 저렇다 뒷말 듣기 싫다는 듯 아내는 그렇게 알려주었다. 아파트 단지를 빠져나가자 이번엔 박이 앉은 운전석 윗부분을 손으로 세게 틀어쥐고 물었다. 어디 가냐? 아침에 먹은 고등어 비린내가 숨결에 실려왔다. 박은 얼핏 떠오르는 대로 주워섬겼다. 경래 면회 가는 거야. 얼마 전부터 엄마는 이제 마흔이 가까운 막내아들, 결혼하고 미국 들어간 후로 딱 한번 귀국했던 그 아들이 언제 제대하느냐고 반복적으로 묻곤 했다. 이미 여동생과 시숙의 병고는 까맣게 잊어버렸다. 시의 경계를 지날 때까지 엄마는 거의 오분에 한번씩 물었다. 엄습

하는 불안의 간격이었을 것이다.

어디 가냐?

박은 매번 똑같이 대답했다. 경래 있잖아. 엄마가 제일 사랑하는 막내 경래. 통닭이랑 김밥 싸서 면회 가는 거야. 조금만 기다리면 돼. 범죄를 준비하는 순간에 싸이코패스들은 이런 기분을 느끼는 걸까. 논밭과 야산의 풍경이 펼쳐지자 엄마는 혼잣말을 했다. 그 길이 아닌갑다. 이십년 전 막내가 있던 군부대로 면회 가던 길의 풍경이 여전히 기억에 남아 있기라도 한 걸까. 아니면 본능적인 공포일까.

암만해도 그 길이 아닌갑다.

염주를 굴리며 외던 불경의 한 구절처럼 엄마는 그 말만 자꾸 되뇌었다. 백미러로는 엄마의 눈동자는 보이지 않았다. 엄마는 고개를 돌려 오랫동안 기억해야 할 어떤 것처럼, 빠르게 스치는 풍경을 뚫어지게 바라보았다. 내비게이션을 켜놓았지만 기계가 찾기에 쉽지 않은 길이었다. 우회전하는 곳을 놓쳐 이 킬로미터나 지나쳤다가 농로를 따라 되돌아와야 했다. 시설의 첫인상은 나쁘지 않았다. 공동 거실에 모여 앉은 노인네들의 표정은 편안해 보였다. 벽은 희게 칠해져 있었고 정원 쪽 벽은 통창이었다. 절차랄 것도 없이 인사를 나눈 후에 배정받은 방을 둘러보았다. 사인실이었고 점심시간이라 방은 비어 있었다. 식당에서 식판에 담아주는 밥을 받아 별말 없이 다 먹었다. 그곳을 떠나기 전 휴대폰을 빼낼 때, 꼭 쥐고 있는 것처럼 보였으나 박의 손이 닿는 순간 엄마의 손아귀는 접힌 종이가 펼쳐지듯 악력이라고는 없이 슬몃 열렸다.

이제 엄마는 전화하지 않는다.

*

십분마다는 아니지만, 박은 혼자 있는 저녁시간이면 은희에게 가끔 전화를 했다. 받지 않을 때가 더 많았으나 대신 빛의 속도로 문자가 왔다.

넘추워서오늘은강의실에 ㅋ

옆에앉은애입냄새대박

담에맛있는거사주기 콜?

박도 요즘은 전화보단 문자질에 빠져들었다. 어리석고 맹한 세계만이 줄 수 있는 위로도 있었다. 무신경하고 무의미한 문자들 속에는, 박이 자신의 일상에서 좀더 늘어났으면 좋겠다고 생각하는 것들이 담겨 있었다. 사소한 것에 대한 감탄, 매사가 처음인 듯한 놀람, 진정 없는 후회, 회한 없는 망각, 무엇보다도 스스로의 하찮음에 대한 무감각. 이를테면 기이한 마술이나 지난한 역경 없이 단숨에 도달할 수 있는 무중력의 차원 같은 것. 그러니까 어디냐?와 그만하시면 안돼요?의 세계로부터 아득히 먼 곳에 떨어져 있는 말의 부스러기들이었다.

둘이서 주고받는 게 문자만은 아니었다. 옵빠 모해? 전화를 해서 들이단짝 그렇게 물어볼 때도 있다. 박이 무얼 하고 있는지 궁금해서 묻는 게 아닌 줄 알기에 그 콧소리는 간지럽고 달달했다. 사고 싶은 머리핀이나 털부츠 사진을 보내오면 찍혀 있는 아라비아 숫자만큼 송금해주기도 했다. 크지 않은 액수이기도 했지만, 안 사줄꼬야? 그러면 나 울어 ㅜㅜㅜ 같은 온갖 현란한 이모티콘으로 도배된 미성숙한 문자를 보면 가슴이 진짜로 쪼글쪼글 오그라드는 것 같았다. 우앙 ㅋ 감사. 넘 예뻐요. 맨다리에 낙타색 양털이 보글보글한 어그부츠를 신은 사진이나 겨자색 손뜨개 머플러를 친친 감은 채 입술을 예쁘지 않게 쑥 내민 사진과 함께 날아오는 그 문자들은 어쨌거나 구세군 냄비보다는 구체적이고 즉각적인 기부의 기쁨을 듬뿍 돌려주었다. 아, 부츠 신은 내 다리 완전 예뻐서 쓰러질 것 가타요. ……이것 외에 어떤 문장이 이렇게 뻣뻣한 안면근육을 풀어 웃게 만들어줄까. 컴퓨터 앞에 앉아 소리 없이 노래하고 춤을 추는 소녀들을 바라보며 은희와 문자를 주고받다보면 겁나 먼 거리 저편에 있는 소녀들, 천체망원경 속의 카시오페이아 별자리 같은 소녀들, 보이지만 만질 수 없는 그 소녀들과 은희는 스르르 하나로 겹쳐진다. 그 둘은 너무도 다른 동시에 다른 옷을 입힌 쌍둥이 같다. 은희와 화면 속의 소녀들이 만들어내는 폐곡선의 공간 안에 머무는 동안은 어디냐? 도 그만하시면 안돼요? 도 들려오지 않았다.

*

하루종일 햇빛이 들어오게 설계된 실내는 늦은 오후의 햇살이 더 깊숙하다. 박은 음지식물처럼 어딘가로 숨고 싶어진다. 전면의 유리창 바깥으로는 공들여 가꾸었으나 오래 바라보고 싶지는 않은 정원수들이 내다보였다. 우스꽝스럽게 전지된 전나무들을 보니 저런 모양의 나무를 좋아하는 사람들도 있을까 하는 생각이 들었다. 실내엔 털도 안 마른 강아지들처럼 옆구리를 붙이고 나란히 앉아 꼬박꼬박 졸고 있는 할머니가 둘 있었고 텔레비전 화면을 바라보는 이들도 몇 있었다. 방문한 가족들이 싸온 도시락을 먹고 있는 할머니 쪽에서 가끔 떠들썩한 웃음소리가 나곤 했다. 엄마는 소파 위에 발을 올린 채 등을 오그리고 정원 쪽을 향해 앉아 있었는데 그렇다고 특정한 나무를 바라보는 것 같지는 않았다. 엄마, 부르자 뿌연 기가 확연한 검은자위로 박을 빤히 쳐다보았지만 알아보지 못해 미안하다는 듯 어색한 웃음을 지으며 겨우 물어보았다.

"어디냐?"

그 말을 듣는 순간 박은 왜 자신이 이곳에 그렇게 오기 싫어하는지 알 것 같았다. 들어오면서 만난 간호사는 엄마가 건강상태도 양호하고 바뀐 환경에 적응을 잘하고 있다 했다. 보채거나 돌아가겠다고 떼를 쓰지 않는다는 뜻이겠지만 욕망이 급격히 소멸되고 있다는 증거이기도 할 것이다. 몇 마디 하고 나자 더이상은 할 얘기도 없어졌다. 초록색 공을 쌓아놓은 듯한 전나무를 쳐다보며 그저 옆 테이블의 얘기 소리를 흘려듣고 있었다.

엄마 닭 줘? 싫어? 양지머리 욺파국 엄마 좋아하잖아. 국에 말아줄까? 개방형 묘원에 전시된 산송장 같은 노인네가 남은 건 고집뿐이라는 듯 계속 고개를 가로젓고 있다. 마는 거 싫어? 그러면서도 옆에서 그렇게 성가시게 구는 게 은근히 나쁘지 않다는 기색이다. 그럼 맨밥 먹어. 아이고, 말도 못하게 까다롭다니까. 딸로 보이는 중년의 여자가 푹 떠넣어주는 맨밥을 노인네는 새 새끼처럼 입을

딱 벌려 받아 먹는다. 한껏 양양한 낯빛이지만 이제 어딘가 마지막
지점에 거의 다다랐다는 걸 모르는 사람은 본인뿐이다. 턱 아래 주
름투성이 살점이 추하게 흔들린다. 자신이 얼마나 사랑스럽지 않
은지 안다면 동굴 속으로 걸어들어가 다시는 뒤돌아나오지 않을
텐데. 박은 아직은 노화의 징후가 두드러지지 않은 제 손등을 잠시
내려다보다 엄마의 손등을 꼬집어보았다. 살가죽은 약 올리듯 아
주 천천히 제자리로 돌아왔으나 꼬집힌 흔적은 좀체 사라지지 않
는다. 이제 그만 여기서 나가고 싶다. 시계를 보니 한시간도 채 되
지 않았다. 주말극을 방영 중인 텔레비전 화면을 잠시 바라보다 박
은 자신이 아까부터 똑같은 곡조를 반복해서 흥얼거리고 있다는
걸, 요즘 세상이 떠들썩하게 유행하는 그 노래와 이곳의 분위기가
너무도 어울리지 않는다는 걸 깨닫고는 코를 한번 훌쩍 했다.
　“밥은 잘 먹어요?”
　“응.”
　“운동도 열심히 하고?”
　“응. 잘한대. 내가.”
　“귀찮다고 빼먹지 말고.”
　“으응.”
　아주 씩씩하게 대답한다. 아내가 새로 샀다며 챙겨준 하늘색 스
웨터를 입혀주자 가슴 부분을 손바닥으로 쓸어보더니 눈을 맞추며
평화롭게 웃는다. 실내는 전체적으로 행복한 노년을 그린 동화의
삽화처럼 보인다.
　“다음주에 또 올게.”

일러도 한달 안에 여길 오는 일은 없을 것이다. 엄마는 고개를 끄덕이더니 생각났다는 듯 바지 주머니에서 무언가를 꺼내 불쑥 내밀면서 찌르듯 물었다.

"어디냐?"

박은 못 들은 척하며 그걸 받아들었다. 낱개로 포장된 초콜릿 두 알이었다. 얼떨결에 점퍼 주머니에 넣었다. 체온에 녹은 초콜릿의 물컹한 느낌이 손바닥에 닿았고 차를 타기 전에 버려야겠다는 생각을 했다.

농로는 차 두대가 비켜가기 어려울 만큼 좁았다. 다행히 오가는 차는 없다. 상향등을 켰지만 도로폭과 방향을 가늠하기가 쉽지 않다. 이 길의 끝에서 기다리고 있는 것이, 알 수 없는 시간의 뭉치가 끔찍하다는 생각이 들었고 찐득한 불안감에 목이 메어왔다. 도로의 곡선에 신경을 쓰면서 아주 느리게 운전을 하며 주머니를 더듬어 휴대폰을 꺼내들었다. 옵빠? 수화기에서 한껏 소리 죽인 목소리가 들리자마자 박은 매달리듯 물었다.

어디냐?

영화 보고 있어요.

속삭이던 목소리가 갑자기 커진다. 이제 괜찮아. 복도로 잠시 나왔어. 뭐 보는데? 재밌어? 별로야. 애들 생긴 것도 마음에 안 들고 패션도 되게 구려. 그래? 누구랑 봐, 남자친구랑? 에효, 여자친구요. 질투쟁이. 쪽. 귓가에서 뽀뽀하는 소리. 어머, 립글로스 묻었네. 무어라 종알거리는 소리. 그 순간 박은 보이지 않는 그 아이가 아주 귀여워서 미칠 뻔했다. 옵빠, 서울 안 와? 음, 일이 많네. 일이 많아서 주말까지 일을 해야 돼. 거짓말이다. 그동안 서울 집엔 두번 갔었다. 이 아이를 다시 만날 생각은 없다. 일할 사람이 오빠밖에 없어? 음, 나밖에 없어. 내가 없으면 안돼. 옵빠 완전 짱이다. 은희는 박의 말끝마다 연방 탄성을 지른다. 우와우와. 마치 박이, 1974년 7월쯤, 그리고 떠오르는 아무 날짜나 불렀을 때 정확히 요일을 맞히기라도 한 것처럼.

길가에 나란히 서서 아이스크림을 먹을 때 내려다보이던, 청결하던 가르마가 떠올랐다. 이 아이를 단 한번 보았고 그후로 다시 보지 않았다는 것이 믿어지지 않는다. 그 저녁처럼 소리내어 웃고 싶다. 그 가르마를 혀로 핥아보고 싶다. 바깥으로 약간 휜 다리, 두툼한 어깨. 전화를 끊고 나자 네온과 어둠이 뒤섞인 거리를 걸어가던 엉거주춤한 뒷모습이, 아름답지도 눈부시지도 깨질 듯 섬세하지도 않은 여자애가 미친 듯이 그리워지기 시작했다.

농로가 끝나자 거대한 검은 입 같은 지하도로가 나타난다. 저 어둠 속으로 들어가 우회전을 하면 국도가 나타나긴 할까. 차에 타면서 옆자리에 던져놓았던 초콜릿을 하나 집어들었다. 차 안이 어지간히 추운지 그사이 초콜릿은 딱딱하게 굳어 있다. 한번 풀었다 싼 듯 껍질은 맥없이 벗겨진다. 반쯤 베어 먹고 다시 싸놓은 듯 한쪽이 사라지고 없다. 입에 넣고 뭉개진 부분에 혀를 대보았다. 싸구려 초콜릿의 파라핀 맛, 달콤함과 약간의 쓴맛, 그리고 근원을 짐작할 만한 찝찔한 맛이 뒤섞이며 이내 끈끈하게 녹아내린다. 이제 격렬한 고통 같은 건 느낄 수 없는 나이가 되었다. 뱉어버리고 싶다고

생각하는 한편 박은 그 달콤함과 쩝쩝함에 집중하며 천천히 녹여
먹었다.

프랑스식 세탁소

지잉 지이잉……

등 뒤에서 쇠 울음소리가 들린다. 오븐은 완전히 차가워질 때까지 저렇게 몇번을 울어댈 것이다. 조리대가 붙어 있는 쪽 외벽은 단열이 시원찮다. 2월도 막바지인데 여전히 밤의 기운은 차다. 르와조는 고개를 돌려 오븐을 바라보았다. 번질거리던 기름기와 쏘스의 얼룩을 말끔히 닦아낸 오븐 위로 길이 잘 든 조리기구들이 단정하게 정리되어 있다. 프라이팬, 국자, 주전자, 거품기…… 르와조의 눈에는 그것들이 웃고 찡그리고 안달하고 때론 꾀를 부리기도 하는, 생명이 있는 존재들로 보인다. 바깥 기온이 낮아서 급격히 식을수록 오븐은 더 다급하게, 더 여러번 울었다. 그랬다. 아직은 봄이 아닌 것이다. 너무나 익숙해서 이제는 무디어진, 습기 찬 발의 축축한 차가움이 오늘 새삼스럽다. 여느 날 같으면 집으로 돌아가 욕조에 뜨거운 물을 채워놓고 뻣뻣하게 굳은 다리를 막 담그고 있을 시간이다.

샤워라도 하는 게 나을까. 그 생각이 스쳤지만 곧 그만두기로 했다. 조리대와 오븐 사이, 눈을 감고도 옮겨다닐 수 있는 이 자리에 너무 오래 서 있어 연골이 닳은 채 서로 닿아버린 무릎뼈와 왼쪽보다 명백히 굵은 오른팔이 그러하듯, 온갖 음식과 식재료와 향신료와 흘린 땀이 뒤섞인 이 독특한 체취 역시 자신의 일부였다. 샤워를 하고 나와도 지하철에 타면 옆에 선 사람들은 꼭 르와조 쪽을 한번 돌아보았다. 르와조는 두 손을 둥글게 겹쳐 들어올려 아끼듯 숨을 들이마시며 냄새를 가늠해보았다. 그해의 첫 송로버섯을 매입할 때처럼. 세번쯤 숨을 들이쉬고 나자 뒤섞여 있던 냄새들이 가닥가닥 나누어졌다.

가장 강렬한 것은 역시 쇠 냄새. 그건 르와조가 일생을 함께했던, 지금은 잘 닦인 채 조리대 서랍에 누워 있는 칼의 냄새이기도 했고 그의 내면에 응축되어 있는 단단한 열정의 냄새이기도 했다. 어쩌면, 쇠로 된 칼 이전에 이 두개의 손 자체가 르와조에겐 만능의 칼이었다. 저울이었고 측량자였고 재료의 내부를 들여다볼 수 있는 눈이었다. 조리대 위에 놓인 재료를 한번만 쓰다듬어보면 그게 얼마나 싱싱한 것인지, 혹은 아무도 눈치채지 못하겠지만 포기해야 할 재료인지 금방 알아내는 손이었다. 르와조는 자신의 손바닥을 내려다보았다. 딱딱하지만 섬세한, 손금과 칼자국과 불에 덴 흔적이 아로새겨진 손바닥. 자신의 전부가 담겨 있는 지도였다.

언젠가부터 르와조에겐 레시피가 소용이 없어졌다. 재료의 분량, 불의 세기, 향신료의 궁합 따위에 대한 기준 말이다. 자신의 손가락 끝에 닿는 느낌만으로 어떤 토질에서 채취한 시금치인지, 바닷물에서 나온 지 몇시간이나 지난 홍합인지, 이 닭을 끓이면 얼마나 구수한 국물이 뽑아질지, 얼마나 더 끓여야 뼈에서 힘줄이 살짝 분리되는 순간이 올지 알 수 있었다. 손가락 다섯개를 얼마만큼 오므려야 티스푼 하나 분량의 설탕을 집을 수 있는지, 아직 불 위에 있는 스테이크의 겉면을 눌렀을 때 어떤 느낌이 미디엄의 순간인지를 손가락 스스로 기억하고 있었다. 르와조는 그랬다.

사랑할 때조차 손을 아꼈다. 사실을 말하자면, 어떤 여자의 살결도 그해 처음 나온 통통하게 살진 흰 아스파라거스를 쓰다듬을 때 손바닥으로부터 시작하여 온몸으로 번지는 짜릿함보다 더한 쾌감을 주진 못했다. 르와조와 세상 사이엔 오직 이 손이 있다……

이게 뭐지?

나는 거기까지 읽다 말고 페이지를 뒤로 휙휙 넘겨 글의 마지막 장을 확인해보았다. 생소한 저자 이름과 처음 보는 책 제목, 그리고 저자와 출판사의 허락을 얻어 축약하여 싣는다는 각주가 달려 있었다. 긴 글은 아니었다. 여섯장이 조금 못 되는 분량이었다. 사무실에 들어와보니 이 원고가 포함된 종이 묶음이 책상 위에 놓여 있었다. 여름호 사보의 가제본이었다.

오늘 출근이 조금 늦었다. 미스 조는 잠시 자리를 비운 모양이다. 온 지 얼마 되지 않았지만 바지런하고 매사에 눈치도 빨랐다. 바닥은 말끔히 닦인 채 물기가 마르고 있었고 막 환기를 했는지 실내 공기는 신선했다. 싹싹한데다 애교가 넘쳐 비서로서는 더 바랄 게 없었다.

미스 조가 돌아오면 정확한 스케줄을 다시 짚어주겠지만 오전 시간엔 인터뷰 약속이 잡혀 있을 것이다. 그 인터뷰 기사 역시 이

사보 어느 곳엔가 실릴 것이다. 그리고 표지사진은, 활짝 웃고 있는 내 얼굴이 되겠지. 두어번 사양을 했다. 좀 우습지 않겠나? 차라리 장기근속 직원들 단체사진을 싣는 게 어떨까? 편집장은 어림도 없다는 듯 고개를 저었다. 사업이 시작된 지 십주년 되는 기념일이니 한번쯤은 재단의 얼굴을 드러내도 좋은 시점이다, 내실로 보나 대외적 이미지로 보나 비약적 성장을 이룬 장본인인 건 둘째 치고, 후원한 기업이나 개인들이, 아 이 사람 내 돈 날로 먹게 생기진 않았구나 생각하게 해야 한다며 거기에 대해선 더 말도 못 꺼내게 했다.

자줏빛 양란꽃 하나가 바닥에 떨어져 있는 게 눈길을 끈다. 좀전에 들어설 땐 못 보았는데. 취임 삼주년 축하와 대륙물산이라고 적힌 리본이 가지에 매달려 있다. 주워서 쓰레기통에 넣으려다 손가락을 맞비벼 살짝 문질러보았다. 수분이 빠지면서 탱탱한 느낌이 가신 꽃잎은, 싱싱한 젊음이 한풀 꺾인 여자의 팔뚝 안쪽을 쓰다듬을 때의 감촉을 닮았다. 손가락에 닿는 그 느낌에 왜 느닷없이 미란이 떠올랐는지는 모르겠다. 꽃 이파리를 들어 코 아래 대보았다. 말라가는 꽃잎에서 무슨 냄새를 기대했을까. 조화처럼 아무 냄새도 나지 않는 그걸 쓰레기통에 바로 던져버렸다. 그나저나 뜬금없이 요리사 이야기라니, 싫었지만 편집장이라면 어련히 알아서 기획했을 것이다. 행정직원이나 자원봉사자들이 알면 거품을 물 연봉을 약속하고 초빙한 사보 편집장은 처음 만난 자리에서 냉정하게 말했다.

제목 빼곤 모든 걸 바꿔야 합니다. 사실 제작비나 발송료만 들지 이걸 누가 뜯어보기나 하겠습니까. 바로 재활용감이지요.

그는 과월호 몇권을 차마 눈뜨고 볼 수 없다는 듯 가재미눈을 뜨고 휘리릭 넘겨보더니 조근조근 말했다.

요즘은 기부도 패션이에요. 쇼핑하고 다르지 않아요. 서울에만 장애인단체가 백군데가 넘습니다. 필이 꽂히게 해야 한다는 거지요. 명품 카탈로그에 익숙한 사람들이 이런 찌라시 들여다보겠습니까. 처음부터 끝까지 징징거리기나 하면 누가 듣고 있겠습니까. 듣기 좋은 꽃노래도 한두번이잖아요. 화려하게 만들 생각은 아니구요. 소박하면서도 독특한, 무겁지 않으면서도 지적인 자극을 놓치지 않는, 기다려지는 사보로 만들어보겠습니다.

예산회의에선 반대의견이 절대적이었다. 자선단체가 소박하게 소식지 정도면 되지 무슨 사보씩이나 발행하느냐고, 그럴 헛돈이 있으면 어려운 데를 한군데라도 더 도와야 한다며 다들 도끼눈을 떴다. 나는 그런 감각이니 여태 그 자리밖에 못 오르지 않았느냐는 말을 꾹 누르고 기업이든 개인이든 이미지가 얼마나 중요한지 모르는 사람들은 십년이 가도 늘 같은 꼬라지라고, 그렇게 창의적 발상 없이 나가다간 우리 단체가 조만간 자선사업의 수혜자 처지가 되는 건 시간문제라고 말문을 막아버렸다.

창간호는, 기대를 넘어 환상적이었다. 흑백에서 컬러로 바뀐 외형적 변화도 그랬지만 컨텐츠의 매력은 비교가 되지 않았다. 이참에 소식지에서 그대로 가져온 제목마저 바꿀 걸 그랬다는 생각마저 들었다. 권두 인터뷰의 주인공이 표지모델을 겸했는데 격투기 선수로 성공한 재일교포 청년이었다. 남성적인 매력이 넘치는 그가 쑥스럽다는 듯 소탈하게 웃는 모습은 남자인 내 눈에도 관능적인 흡인력을 파악 풍기고 있었다. 페이지를 넘기면, 외딴 섬의 보육 시설에서 단발머리 소녀를 근육질의 팔로 감싸안고 찍은 그의 사진이 나왔는데 웃는 모습이 닮아 진짜 오누이처럼 보였다. 이어지는 인터뷰의 마지막 부분에서 그는 매 맞으며 번 돈을 가치있는 곳에 쓰는 기쁨을 알려준 재단 측이 고맙다고 고백했다.

방문하는 사람마다 한부씩 집어가는 바람에 사보는 동이 나버려, 다음부턴 유가지로 변경해야겠다는 농담을 하며 우리는 손바닥을 마주쳤다. 우려와 달리 제작비도 그리 많이 들지 않았다. 사보에서 다룬 기업이나 개인들에게 스폰서 요청을 하면 그들은 흔쾌히 비용 처리를 해주었다. 반대의견은 흔적 없이 쑥 들어가버렸다. 나 개인적으로도 고맙기 그지없는 일이었다.

미스 조와 사보 편집장은 지난해 동시 발령을 받았다. 변화가 필요한 시기였다. 아니, 내게도 조직에도 폭풍 같은 시간이었다. 최악의 경우에는 사표를 던져야 될지도 모른다고 마음은 먹고 있던 때였다.

힘들게 넘겼지만 그때나 지금이나 죽을죄를 지었다는 생각은 하지 않는다. 단체가 설립된 지 십년이었고, 내가 실질적으로 경영을 맡게 된 게 삼년 전이었다. 말이 자선재단이지 우는소리 해가며 국고에서 지원받아 근근이 버티는 형국이었다. 전임 이사장은 번듯한 계획만 세울 줄 알지 어디 가서 아쉬운 소리 한마디 할 줄 모르는 위인이었다. 회의 때마다 내가 몇가지 구체적인 공략 대상과 접근방식을 제시했고 덕분에 간신히 고비를 넘기는 일이 수차례 이어졌다. 그대로 가다간 재단 자체가 다른 곳에 흡수될 수도 있는 상황이었다. 전임 이사장의 임기가 끝나고 내가 새로 선임되자 마흔 중반에 이른 내 나이를 염려하는 소수의견도 있었지만 사실 대안이 없었다. 너무하세요. 귀밑머리라도 좀 희게 염색하세요. 여직원들은 차마 이사장님 소리가 안 나온다며 그렇게 애교 섞인 항의를 하기도 했다.

내부 승진 케이스인 내게 재단의 수입과 지출에 관한 세부사항은 내 손바닥의 손금보다 빤했다. 발령장을 받기 전부터 나는 공격적으로 일을 했다. 당당하게 기부를 요청했고 기부금이 사용된 곳과 세부 명세를 명확하게 정리해서 그쪽 홍보부로 보내주었다. 이래저래 미루는 곳은 밥 한번 사겠다며 면담을 요청했다. 만나면 후원자나 기업에 대한 홍보자료를 보여주면서, 차별성 없는 기업 이미지 광고보다 훨씬 효과적이라는 걸 설득하는 건 어렵지 않았다.

빌 게이츠 보세요. 독과점이다 심지어 적 그리스도다 얼마나 말이 많았습니까. 마누라가 어린이 자선재단 사업을 제대로 해나가자 이제 아무도 그런 소리 꺼내지 않습니다.

이런저런 물의를 일으킨 기업이 있으면, 사태가 잠잠해질 무렵선을 이었다. 기업 이미지 개선에 관한 구체적 사례를 들어 프레젠테이션을 하고 나면 거절하는 곳이 거의 없었다. 사회구조적으로도 기부 환경이 많이 좋아졌다. 이미지 상승에다 세금 혜택까지 받을 수 있다보니 우는 놈 동전 한닢 던져주듯 하던 태도도 달라졌다. 나라든 구멍가게든 지도자가 정말 중요하다는 말이 직원들 사이에서 흘러나왔다.

자선도 사업이라, 일을 공격적으로 하다보니 비용도 기하급수적으로 늘어났다. 상한선이 있는 법인카드와는 별개로 사업진행비가 필요했다. 내 교류의 반경은 커졌고 만나는 사람들의 품격에 따라 쓰임새도 커졌다. 상장기업의 홍보부장을 삼겹살집에서 만날 순 없었다. 내가 요구한 건 아니었다. 먼저 통장을 만들어 가져온 건 행정실장이었다. 짐짓 난색을 지어 보이자 혼내듯 그랬다.

이사장님이 너무 궁색해 보이는 것도 재단의 격을 떨어뜨리는 일입니다. 이 정도 유도리는 있어야 품위 유지도 하실 테고, 신경 쓰이시면 가끔 직원들한테 회식이라도 한번씩 해주세요.

책상 위에 놓인 통장을 바라보다 행정실장의 얼굴을 쳐다보았다.

능구렁이 같은 놈.

지난 사내 체육대회 때 행정실장이 제 아내와 노란색 노끈으로 다리를 묶고 이인삼각 경기를 하던 모양새가 떠올랐다. 초등학교에 다니는 두 딸이 팔짝팔짝 뛰어오르며 소리를 지르고 있었다. 조그맣고 튼튼해 보이는 아내와의 보폭을 맞추려 비지땀을 흘리는 그 모습을 보자, 내가 했던 자선 중 가장 괜찮은 것이 바로 이것이 아닌가 싶긴 했다. 무심한 뒷모습이란 너나없이 얼마나 쪼잔한 것인가. 불과 얼마 전에 사내에서 얼마나 큰 스캔들이 터졌는지 모름으로써 저 세 여자가 행복할 수 있다면, 너나없이 껴안고 사는 일곱가지 대죄를 굳이 까발릴 까닭이 없다고 생각했다. 그로선, 어떤 식으로든 눈물겹도록 감사한 마음을 표현하고 싶었을 것이다. 상궁 늙은 게 동궁마마 은근히 군기 잡듯, 행정실장이 근무 연수 높은 걸로 내게도 슬쩍 어른 노릇 하려 든 적도 있었지만 그 오지랖도 화려한 스캔들과 함께 끝나버렸다.

재단 내에서 행정실장과 복지실장의 반목은 오랜 역사를 자랑하고 있었다. 그건 애초에 기싸움에서 시작했을 것이다. 동갑인데다 근무 연수도 비슷한 두 사람은 매사에 차돌처럼 부딪쳤고 불꽃이 일어났다. 여자인 복지실장과 남자인 행정실장이 속궁합을 맞춰본 적은 없겠지만 겉궁합이 저렇게 안 맞는다면, 부부라도 갈라서는 게 차라리 낫다고 생각할 정도였다. 둘 다 상대방 얘기가 나오면 얼굴부터 하얗게 질리면서 호흡이 가빠졌다. 쳐다보기도 피곤했다. 어르고 달래서 어렵게 화해 자리를 마련한 것만도 몇번인지 모른다. 그러나 매번 술잔까지 부딪쳐놓고 헤어져서는, 다음날이면 전화를 했다. 그 사람을 옮겨주든지 절 다른 데로 보내주세요. 곧이어 또 전화가 왔다. 그 여자 때문에 제가 병을 얻었습니다. 부정맥에다, 긴장성 고혈압이래요. 나야말로 스트레스성 두통에 시달릴 지경이었다. 천적 앞에서 먼저 약점이 잡힌 건 행정실장이었다. 어느날 출근하니 복지실장이 여자 주임 둘과 내 방에서 기다리고 있었다. 복지실장의 얼굴은 뻘겋게 상기되어 있었다.

제가요, 아니 우리는요, 저런 사람과 같이 근무 못하거든요. 정말 제 입으로 이런 얘기 하고 싶지도 않은데요, 민미란하고 하루이틀 된 사이가 아니에요. 어쩌면 뻔뻔스럽게 직장에서 걸어서 오분 거리에 있는 모텔을 들락거려요? 모르는 사람이 없어요. 우릴 전부 우습게 본 거지. 너무너무 불결해서……

민미란이라면, 내 방 비서였다. 깜짝 놀라긴 했지만 나는 복지실장의 속사포가 다 끝날 때까지 기다렸다. 말을 마친 그녀의 얼굴은 피를 다 쏟아낸 것처럼 창백해졌다. 그녀의 결론은 둘 다 당장 사표를 받아야 한다는 것이었다. 민미란은 나가 있으라고 한 모양이었다. 나는 냉장고에서 물통을 꺼내 물을 세 잔 부었다. 그러고는 뜬금없다는 듯 쳐다보고 있는 세 사람 손에 하나씩 건네주었다. 마시세요. 물을 단숨에 마신 복지실장이 긴 숨을 내쉬었다. 나는 조용히 말을 꺼냈다.

자르는 것은 어렵지 않습니다, 실장님. 그건 누가 봐도 옳지 않은 일이고, 충분히 면직 사유가 됩니다. 행정실장은 가정이 있지 않습니까. 참 나, 철이라곤 없는 사람이네. 그런데 실장님.

복지실장은 대답하지 않고 내 얼굴만 쳐다보았다.

예수님은 간음한 여자 옆에서, 돌로 쳐 죽이라고 외치는 군중을 내버려두고 땅바닥에 쪼그려앉아 꼬챙이로 무언가를 쓰셨습니다. 돌멩이가 날아다니는 그 급박한 순간에, 쪼그리고 앉아 무언가를 쓰신 겁니다. 그리고 무언가를 썼다는 그 사실만이 이천년을 전해오고 있습니다. ……뭘 쓰셨을까요? 저는 기독교인이 아니지만 참 궁금합니다. 안타깝게도 그것을 기록한 복음서는 없습니다. 이천년 전 일이니까요. 이천년이라니, 참. 저 같은 모자란 사람은, 짐작할 수도 없는 시간입니다.

나는 말을 멈추고 세 사람을 잠시 쳐다보았다. 복지실장의 얼굴에 핏기가 조금 돌아와 있었다. 나머지 둘은 좀 어리둥절한 표정으로 물잔을 들고 있었다.

……그리고, 말씀하셨다지요. 너희 중 죄 없는 사람은 이 여인을 돌로 쳐라. ……다 아시는 얘기겠지요만, 핏발 선 눈으로 둘러서 있던 사람들은 하나씩 하나씩 제 발치에 힘없이 돌을 떨어뜨리고 흩

어져갑니다. 간음은, 이천년 전이나 지금이나 일곱가지 대죄에 속하는 죄입니다. ……그렇습니다. 한 사람을 죽이는 것은 너무도 쉬운 일입니다. 행정실장은 아내와 아직 어린 딸들이 있습니다. 그 사람들은 무슨 죄입니까. 미스 민은, 더구나 결혼도 하지 않은 여자입니다. 터뜨리면 속이야 시원하겠지만 동시에 몇 사람을 죽이는 일이 됩니다. 육체적인 죽음은 한번으로 끝나지만 정신적인 죽음은 일생을 되풀이하는 겁니다. 우리는 다 어리석은 존재들입니다. 광장에 둘만 남겨졌을 때, 예수님께서는 땅바닥에 엎어져 흙투성이가 된 여인에게 이렇게만 말했습니다. 돌아가 다시는 죄 짓지 말라. ……그 창녀는 돌아가 어떤 삶을 살았을까요? 우리는, 어떤 방식을 선택해야 할까요? 저는 실장님 하자는 대로 하겠습니다.

닫혀 있는 창문 밖으로 지나는 바람 소리가 들릴 만큼 실내는 조용했다. 복지실장은 사내 성경공부반을 몇년째 인도하고 있었다. 뜻밖의 내 반응에 일단 돌아가긴 했지만 완전히 수긍한 건 아닐 것이다. 그들이 나가고 나서 두 사람을 바로 불러들였다. 그리 영리하지 않은 인간도 무슨 일이 벌어졌는지를 직관적으로 아는 순간이 있다. 그건 원죄를 가진 인간이라면 누구나 갖고 있는 비루한 능력일 것이다. 두 사람은 내가 한마디도 하지 않았는데 미리 목을 늘어뜨리고 서 있었다.

나이가 몇살입니까? 실장님, 사생활이니 이래라저래라 하지는 않겠습니다만, 정치적인 올바름 정도는 가장할 수 있어야지요. 근처 이 킬로미터 반경 내에선 붙어다니는 모습 다신 들키지 마세요. 그때는 저도 어쩔 수 없습니다. 제가 무슨 힘이 있습니까. 한시적인 관리자일 뿐인데요. 그리고, 여자들 이길 생각 하지 마세요. 사소한 일에 져주면 얼마나 인생이 편해지는지 아직도 몰라요?

행정실장의 얼굴은 상한 홍시 색깔이었다. 민미란은 고개를 푹 수그리고 눈물만 똑똑 떨구고 있었다. 꼬락서니를 보고 있자니 참 취향도 여러가지라는 생각이 얼핏 스쳤다. 손가락 마디에 쩐 냄새가 나도록 인색하고 꽉 막힌 행정실장도 그렇지만 거의 듬직하다 싶은 몸매의, 복지재단 아니면 언감생심 비서실에 근무할까 싶은 민미란까지, 둘 다 누군가의 환상의 대상이 되기엔 많이 부족해 보였다. 도대체 어디에 끌린 걸까.

얼마 안 가 두 사람이 아무런 징계를 받지 않은 데 대해 복지실장이 다시 떠들고 다닌다는 이야기가 들려왔다. 그녀를 불러들였다. 나는 이런 말을 하고 다니는 게 사실이냐고, 싸늘한 목소리로 물었다. 죄송해요, 사실은요. 복지실장은 몇년째 날이 을씨년스러울 때면 어김없이 입고 나오는 갈색 재킷을 훌렁 벗었다. 행정실장 얘기만 나오면 순간적으로 발열하는 증상은 더 심해진 것 같았다. 제가 오늘부터 갱년긴가봐요. 그렇다면 그녀의 갱년기는 행정실장이 가져다준 질병이겠지. 재킷을 벗었는데도 이마에 땀까지 촉촉이 배어났다. 여자들이란 참. 전과 달리 싸늘한 목소리로 얘기를 했다.

우리 솔직하게 얘기해봅시다. 결국, 그 인간이 혼자 먹는 데 대한 분노 아닙니까.

그녀의 얼굴이 더 뻘게졌다.

아니 이사장님, 어떻게 말씀을 그렇게……

틀렸습니까? 그 사람이 먹는 거 저도 알아요. 좀 먹긴 하지만 따오는 후원업체도 만만치 않습니다. 아닌 말로 실장님은 뭐 하나라도 끌어온 게 있습니까? 인센티브를 따로 챙겨주진 못해도 자기 월급 써가며 일하랄 수는 없잖아요. 제 말은, 큰 틀에서 생각하자는 거지요.

그후로 행정실장은 견마지로를 다했다. 내가 새기라 하면 이마에 칼자국이라도 새길 기세였다. 뭘 바라고 그렇게 처리한 건 아니다. 그 나이에 제 마누라 벗은 몸밖에 보지 못한 게 뭐 그리 내세울 일도 아니지 않은가. 일상이란 허깨비 같은 사랑과는 비교할 수 없이 두렵고 무거운 것이어서, 제 몫의 그것을 다시 지기 위해 그는 미련 없이 제자리로 돌아간 눈치였다. 따로 알아본 적은 없었고 체육대회 때 그와 가족들의 모습을 보면서 그리됐나보다 했다. 그로서는 어떤 식으로든 은혜 갚은 까마귀 노릇을 한번은 하고 싶었을 것이다. 통장은 그의 마음에 충성심이 북받쳐오른 순간의 결정체였겠지만 나로서도 간절히 필요했던, 바로 그 시점이었다.

집에서 새는 바가지 밖에서도 샌다더니. 행정업무로 머리가 센 실장이 적어도 투명성을 최우선해야 할 회계 처리를 그렇게 데데하게 해놓은 줄은 몰랐다. 나 역시 치밀하지 못했다. 재단을 맡은 이후 내가 이루어낸 것들에 꽤나 도취되어 있었고 그 정도는 관행일 뿐 범법이라는 생각은 하지 않았다. 일이 터진 후에 직원들이 감사기관에 참고인으로 소환되었을 때 한 일련의 증언들을 보면, 그들은 정직하고 무능했던 전임 이사보다는 내가 낫다고 진심으로 생각한 것 같긴 했다.

그러니까, 정직이라는 것은 무언가 다른 형용사와 합쳐지면 힘을 잃는 개념이었다. 정직하고 무능한 사람, 정직하고 답답한 사람, 정직하고 가난한 사람, 정직하고 게으른 사람…… 이렇게 하위 개념과 결합하면 그건 아무 힘을 쓰지 못했다. 감사기관에 마지막으로 소환되었을 때, 책상 앞에 날 앉혀놓고 노트북에 내 진술을 기록하고 그걸 프린트하고 거기에 손도장을 찍게 했던 남자는 감정이 실리지 않은 목소리로 말했다.

아랫사람들을 참 잘 두셨습니다. 이구동성으로 그러더군요. 열악하기 짝이 없는 재단의 재정을 탄탄하게 확대했고 절차상 서툴게 처리된 부분이 있다 해도 비용을 사적인 데 사용하지는 않을 분이라고 말입니다.

나는 그렇다 아니다 대답하지 않았다. 내 계좌를 추적하고, 요 몇 년 사이 급격하게 불어난 재산에 대해 복잡한 검증을 시작해야 하는 수고를 감당하기엔 내게 씌워야 할 혐의가 너무 미약한 것일 수도 있고 또 한편으론 그 액수란 게 이 사회에서 저질러지는 비리라고 이름 붙일 만한 사안에 이르기엔 너무 적어서일 수도 있다. 어느 쪽인지 그가 말하지 않았기 때문에 나도 한 발자국도 더 나가지 않았다. 첫 조사를 받기 전, 날카로운 눈빛으로 살피며, 혹시 지병이 있으십니까? 심장 쪽에 이상이 있진 않은가요? 조사 중 조금이라도 몸이 불편해지시면 바로 말씀해주세요. 이제부터 네 목을 조르겠으니 각오하라는 듯, 사람 질리게 하는 목소리로 그렇게 말할 때와는 달라져 있었다.

조사를 마치고 나오니 늦은 오후였다. 점심때 안에서 설렁탕을 시켜주긴 했지만 국물만 두어 숟갈 뜨고 말았다. 그사이 비가 내렸는지 보도는 얼룩덜룩했고 차도와의 틈엔 빗물과 나뭇잎이 뒤섞여 있었다. 빌딩 사이로 부는 차가운 바람이 옷 속을 파고들었다. 안에서 땀을 흘렸는지 살갗이 조이는 느낌이 들었다. 큰길 쪽으로 걸어나오다 분식집에 들어가 매운 라면을 시켰다. 아무 맛을 모르겠다 싶더니 몇술 뜨자 그 지독히 매운 국물이 미치도록 당겼다. 잘게 썬 청양고추째 뜨거운 국물을 퍼먹자 몸 안의 한기가 사라졌다. 처음 불려갔을 땐 모든 게 끝난 줄 알았다. 차가운 빛의 형광등 아래 앉아 있으니 몸의 어딘가에서 핏줄이 탁, 탁 소리를 내며 터지는 것 같았다. 한번 조사를 받고 나오면 일 킬로그램씩 체중이 내려갔다. 라면 그릇이 바닥을 보이고서야 숟가락을 내려놓았다. 꽤나 시간이 흘렀지만 그때의, 발가락 끝까지 퍼져나가던 싸구려 포만감이 지긋지긋해 이후로 라면은 입에 대지 않는다.

"어머, 나오셨어요?"

내가 나온 걸 몰랐는지, 불쑥 들어서던 미스 조가 깜짝 놀란다. 지난 생각에 빠져 있던 나 역시 그녀 목소리에 깨어났다.

"일찍 안 나오셔도 되는데! 전화 안 받으셔서 문자를 보냈거든요."

양복 주머니 속의 휴대폰을 꺼냈다. 배터리가 나간 걸 몰랐다. 눈치 빠르게 그녀는 얼른 휴대폰을 받아들고 충전기에 연결했다.

"편집장님이 아침에 인쇄소에 들를 일이 생겼다고, 한시간 늦추어달라고 하셨거든요. 어떡해요, 미리 연락을 드렸어야 했는데."

호들갑스럽게 자책하는 모습이 밉지 않다.

"뭘 어떡하긴. 일하면서 기다리면 되지."

몇개의 부재중 전화와 문자에 답을 하는 사이 구석에서 달그락거리는 소리가 나고, 실내에 커피 향이 번진다. 오전 중에 급하게 처리할 일은 더 없다. 편집장과 인터뷰를 하고 나면 같이 점심을 먹게 될 것이다. 미스 조가 출근하면 이렇게 실내에 커피 향이 퍼지는 것처럼, 재단의 일들도 시스템화되어 모든 게 순조롭게 굴러갈 것이다. 떨어진 꽃 이파리 하나 때문에 쓸데없는 상념이 길었다. 커피를 마시며 아까 읽다 만 페이지를 다시 들여다보았다.

마르셀.

마르셀.

엄마는 르와조를 부를 때면 언제나 잠깐의 시차를 두고 두번씩 불렀다. 르와조는 빤히 들리는 곳에 있으면서도 고집스럽게 대답을 하지 않았다. 언제부턴가 엄마가 자기를 부르는 소리가 끔찍이 싫었다. 막힌 홈통을 뚫는다며 사다리를 타고 지붕 위에 올라갔던 엄마는 발을 헛디뎌 떨어진 후로 허리 아래쪽을 움직이지 못했다. 르와조가 열두살이 되었을 때 누나는 이웃마을에 사는 공무원과 결혼했고, 형은 큰 도시로 나가 돈을 벌어오겠다며 집을 떠난 후로 한번도 찾아오지 않았다. 그자식은 저 혼자 살겠다고 가족을 버렸어. 평생 고달프게 살 거야. 엄마는 형을 저주하는 만큼 르와조에게 집착했다. 시도 때도 없이 이름을 불러댔다. 그렇게 두번을 부른 후 르와조가 대답을 하지 않으면 바로 구슬프게 울기 시작했다.

형이 그랬던 것처럼 그 눈물의 바다에서 멀리 달아나기엔 르와조는 너무 여렸다. 집안일은 넌덜머리가 났다. 엄마의 끝없는 잔소리를 들으며 빨래를 해야 했고 감자를 삶아 으깼다. 피 묻은 고기를 주물러야 했고 비린내 나는 생선을 씻어 냄비에 안쳐야 했다. 엄마는 누운 채 소리소리 질러가며 식사를 준비하게 했다. 침대에 누워서도 르와조가 꾀를 부리는 걸 귀신같이 알아내곤 했다. 감자 껍질을 그렇게 깎아내면 입에 들어갈 게 남아나겠다. 어디서 훔쳐오기라도 하든지. 더 잘게 다져라, 제발. 오믈렛 밖으로 양파가 걸어나오는구나. 소금을 또 한 주먹 집어넣기만 해봐라. 한 솥 다 퍼먹게 할 테다……

음식을 만드는 건 소년에게 너무 힘들고 버거운 일이었다. 전쟁을 치르듯 불과 싸우며 가까스로 식탁을 차려놓고, 엄마를 휠체어에 태워다놓고는 르와조는 매번 꾸물대며 뒷정리를 했다. 왼손으로 포크를 움켜쥐고 그 악스레 음식을 밀어넣는 엄마와 같이 먹기가 싫었다. 언제부턴가 엄마가 죽었으면 하는 생각을 하곤 했다. 그 죽음이란, 그러니까 열세살짜리가 생각하는 죽음이란 존재의 영원한 소멸이 아니라, 하루에도 세번씩 식사 준비를 하지 않아도 되는 어떤 상태였다.

르와조도 열일곱살이 되었다. 언제부턴가 엄마가 소리치지 않아도 르와조는 알아서 끼니를 준비했다. 늘 그렇듯, 그날 아침에도 르와조는 세수도 하지 않고 부엌으로 비척비척 걸어들어갔다. 기나긴 겨울이 지나고 3월이 왔지만 아침에 일어나 부엌에 나오면 한기가 오싹 들긴 마찬가지였다. 전날 밤에 먹다 남은 수프 냄비에 물을 한 컵 부어 불을 켜놓고는 눈곱을 떼어냈다. 마룻바닥으로도 떨어지고 냄비 속으로도 떨어지는 눈곱을 멀거니 내려다보았다. 딱딱한 빵을 잘라 접시에 담아놓고는 수프를 휘휘 저었다. 물을 좀 많이 부었는지 유난히 멀건 수프를 보며 불을 세게 올렸다. 냄비

가장자리에 말라붙은 수프가 갈색을 띠며 오그라들었다. 지난여름 만들어놓은, 너무 조려 검은빛이 도는, 그래도 제법 감칠맛이 있다고 엄마가 칭찬한 산딸기잼을 덜어놓고는 오래전 엄마가 자신에게 그리했듯 간격을 두고 두번 불렀다. 엄마, 엄마? 아무 기척이 없었다. 맨발에 닿는 마룻바닥의 냉기와는 다른 한기가 가슴을 스쳤다. 르와조는 방으로 가 문을 열었다. 침대에 반듯하게 누운 엄마를 만져보지 않고도 알 수 있었다. 엄마의 몸은 도마 위의 닭처럼 차갑게 굳어 있었다. 슬프지는 않았다. 엄마가 죽었으면 좋겠다는 생각을 그만둔 지가 꽤 오래되었다는 생각이 문득 들었다. 르와조는 주먹을 꼭 쥐고 이제 다시는 소리를 지를 수 없게 된 엄마의 얼굴을 비로소 똑바로 내려다보았다. 그러자 엄마가 어젯밤에 마지막으로 먹었던, 자신이 엄마를 위해 마지막으로 만들었던 수프의 맛이 떠올랐다. 밍밍하고 멀겋고 미지근했던.

나는, 미란이 죽어 있는 모습을 직접 보지 못했다. 전해들었을 뿐이다. 이틀째 출근을 하지 않았고 전화도 꺼져 있었지만, 죽음은 전혀 예상 못한 일이었다. 지방에 있는 본가에도 별다른 연락이 없었다 하자 직원 둘이 집으로 찾아가 초인종을 누르다 아무래도 이상하여 그곳에서 119로 연락을 했다 한다.

흘려놓은 내 흔적은 없을까?

침대에 누운 채 죽어 있었다는 소식을 듣는 순간, 제일 먼저 내 머릿속을 날카롭게 찌른 생각이었다. 그 나흘 전 마지막으로 갔을 때 우리는 섹스를 하지 않았다. 그녀의 집을 드나든 이후 처음이었다. 그 생각을 떠올리자 안도감이 뒤를 이었다. 누구도 짐작조차 못했다며 놀랐지만 나 역시 마찬가지였다. 주말 낮에 그녀의 집에 놀러가 짜장면을 시켜 먹으며 놀다 왔다는, 서무부에 근무하는 동갑내기 미스 오도 어떤 자살의 기미도 못 느꼈다고 말하며 턱을 달달 떨었다. 탕수육까지 같이 시켰거든요. 미스 오는 그 말을 두번 되풀이했다. 탕수육이 생에 대한 긍정과 연결되어 있다고 믿는다면, 어쩌면 미란이 그날 늦은 오후 내가 찾아가기 전까지는 죽음을 생각하지 않았다는 얘기가 될 것이다.

그날 우리가 무슨 특별한 이야기를 나눈 기억은 없다.

둘 다 혹은 둘 중 하나가 부서져야 하는 순간이 있다. 사람들은 누구나 말하겠지. 둘 중 하나로 해결할 수 있다면 한 사람이라도 살려야지, 당연히. 그런데, 그 둘 중 하나가 자기 쪽이 된다면 어떨까. 대부분은, 그렇다면 차라리 둘 다, 쪽을 선택할 것이다. 기쁨보단 고통에 동반자가 더 필요할 테니. 그렇다면 둘 중 하나를 정하는 문제는 어떨까.

사실 누가 그 자리에 서는지는 중요하지 않다. 불가피하게 제단에 놓여야 한다면 단죄되어야 할 이유는 얼마든지 만들어낼 수 있다. 누군가 희생양이 되었다면 그건 그 자신의 죄의 단독성 때문이 아니다. 죄란 얼마나 흔해빠진 것인가. 오래된 종교의 경전에서도 보았듯 오히려 가장 순결한 자가 제단에 오르곤 하는 것이다.

미란은, 참 애매하다. 끝까지 버텨줬더라면. 이렇게 모든 게 잠잠해졌는데. 미란이 죽기 전 만났던 시사주간지의 기자는 하루 먼저 나에게도 찾아왔었다. 감사기관에서 조사를 받을 때 이미 질문 받았던 걸 그는 다시 묻고 있었고, 나는 그것도 경험이라고 제법 맷

집이 생겨 있었다. 기금의 집행과정에서 근거를 제시할 수 없는 경비가 개인통장으로 흘러나간 게 사실인가? 외부 기부금을 직원들 복지 명목으로 마구 풀었는데 선심성 행정을 넘어 집단 부정이 아닌가? 지난해 기부금의 총액과 집행된 액수 사이의 공백이 큰데 규명할 자료가 있나? 나는 지난번 조사에서 부족했던 부분을 보완하여 조리있게 대답했다. 일개 주간지 기자가 개인 금융거래의 내역을 확인할 길은 없을 것이다. 추측기사를 이래저래 떠든다 한들 열흘만 지나면 모든 게 잠잠해질 것이다. 나는 그의 눈을 똑바로 쳐다보며 문제가 된 부분에 대해 조목조목 사례를 들어 해명했다. 그리고 마지막으로 차분히 말했다.

이런 일이 그렇습니다. 우선순위의 문제지요. 투명한 게 목적이라면, 그것도 뭐 그리 어려운 일은 아닙니다. 이런 얘기 제 입으로 하긴 그렇지만, 처음 멋모르고 떠맡고 보니 참 암담했습니다. 번지르르한 껍데기를 빼면 아무것도 없더군요. 보통 사람들은 상상도 할 수 없는 열악한 환경에서 살아가는 사람들이 얼마나 많은지 모릅니다. 말은 쉽지요. 천만원짜리 시계를 손목에 휘감고 무소유의 행복을 떠드는 인간을 보면 저는 속으로 경멸합니다. 집단 최면 속에 사회적 약자들을 푹 담가놓겠다는 사악한 이기주의죠. 제가 공격적인 경영을 한 건 사실입니다. 한 사람이라도 더 혜택을 받을 수 있도록 최선을 다했다는 게 핵심입니다.

기자는 내 얘기를 다 듣고도 여전히 찜찜하다는 듯 돌아갈 때까지 한번도 웃지 않았다. 미란을 따로 만나자 한 그는 좀더 사적인 질문을 던졌다 한다. 자신이 볼 때, 미숙한 회계처리가 아니라 구조적인 횡령으로 확신하고 있다. 이사장이 실질적으로 어디까지 알고 있으며 어떤 식으로 압력을 행사했나. 미란이 진땀을 흘리며 자신은 회계업무를 하지 않아 잘 모른다 고개를 젓자 다시 물었다 한다. 민미란 씨는, 이 일에 핵심적 역할을 한 행정실장과 특별한 관계라는 얘기를 들었습니다, 또…… 그건 지난 일이고 최근엔…… 미란은 말을 하다 말고 고개를 푹 숙였다. 말끝을 흐릿하게 잘라먹는 건 미란의 습관이었다. 그러나 무슨 말인지 알아먹지 못할 지점에서 자르는 건 아니었다. 그러니까 우리 둘의 관계를 그 기자가 알고 있다는 사실을 전한 것이다. 머릿속이 순간적으로 하얘졌다.

그 사람이 날 빤히 쳐다보며 그 얘길 하는데, 정말……

소파 옆 바닥에 무릎을 모아 세운 채 앉아서 미란은 또 그렇게 말끝을 잘라먹고는 손가락으로 무릎을 문질러댔다. 무릎 아래쪽이 시커멓게 착색되어 보기 흉했다. 정말…… 그뒤에 무슨 말을 더 하려 했을까. 거뭇한 무릎은 보기에도 흉했지만 보는 사람의 마음을 불편하게도 했다. 그녀는 뭔가 해야 할 말이 목구멍까지 차오르면 도리어 말끝을 자르고는 꼭 그렇게 무릎을 문질러댔다. 이를테면.

결혼해야지. 눈을 찬찬히 뜨고 좋은 사람을 찾아봐. 지금이야 괜찮지. 나이 들고 아프기라도 해봐. 너 외로워진다.

나는 자주 그렇게 얘기했다. 그러니까, 우리는 서로에게 묶여 있는 관계가 절대 아니라는 걸, 내가 널 붙들고 있는 것도 아니라는 걸, 내게 어떤 기대도 가져선 안된다는 걸 일깨워주곤 했다. 미란은 그러겠다고도 아니라고도 하지 않았다. 다만.

이렇게 오면서, 그렇게…… 하며 말끝을 흐렸다. 언젠가 그러는 날 빤히 쳐다보며, 서툰 농담이라도 하듯 나쁜 사람,이라고 했던 적이 딱 한번 있었다.

그녀의 죽음을 전해들었을 때, 나는 마지막으로 함께 먹은 밍밍하고 멀건 수프 맛 같은 걸 생각한 게 아니라 혹시나 바닥에 흘러 있을지도 모를 내 머리카락이나 체액을 근심했다. 그런 다음에 마지막으로 만났을 때 내가 했던 말을 더듬어보았다. 한 사람만 십자가를 지고 지나갈 수 있다면 굳이 다 나설 필요는 없지 않겠는가, 그런 얘기도 했던 것 같고.

뭐, 이사장님이 지시한 게 아니라고만 하면 문제없이 지나갈 거라고 생각해요.

그건 네 생각이지. 누가 네 말을 믿어주겠냐.

제 무릎을 문지르고 있는 이 여자가 죽어버렸으면 하는 생각은 하지 않았다.

이상한 소문이라도 뜨면 내 인생 여기서 끝이다. 사회적으론 사망선고지.

그렇게만 말하고 나는 일어났다. 그날 어둑한 복도에서 초인종을 누르고 문이 열리기를 기다리는 동안 비닐봉지에 싸인 중국음식 그릇을 본 것 같기도 했다.

동네 사람들의 도움을 받아 장례를 치른 르와조는 작은 가방 하나만을 들고 빠리로 갔다. 처음 가본 큰 도시였다. 가난한 중국인들이 몰려 사는 수아지 거리 근처에 방을 구해 들어갔다. 일자리를 구해야 했지만 할 수 있는 거라곤 부엌일밖에 없었다. 감자 껍질을 순식간에 벗기거나 시든 양파와 당근으로 스튜를 끓이는 것, 그리고 접시를 닦는 일. 그토록 끔찍해했던, 가까스로 도망쳐나온 부엌으로 제 발로 걸어들어갔다. 처음 싸구려 식당에 자리를 얻은 건 요리가 아니라 청소일이었지만, 바쁜 시간엔 재료를 다듬는 일도 같이 도와야 했다. 어느날 주방장이 닭을 토막 내는 그의 옆을 스치며 한마디했다.

칼을 잡을 줄 아는구나. 요리해본 적 있어? 저 새끼들은 입만 살았지 감자 하나를 제대로 못 깎아.

그의 보조로 일하게 되었지만 급료는 청소할 때와 같았다. 르와조는 장사가 끝난 후 뒷설거지를 자청했다. 청소를 해놓고는 남은 재료로 새벽까지 실습을 했다. 주방장이 만드는 쏘스를 눈여겨보았다가 똑같이 해보았다. 맛을 보고, 그가 만든 것보다 낫다고 느껴져야 집으로 돌아왔다. 집에서 거의 해본 적이 없었던 생선 요리 외엔 자신이 주방장보다 낫다고 판단했을 때 르와조는 삐갈 근처의 레스토랑으로 옮겼다. 요리사만 일곱명인 제법 큰 곳이었다.

그곳에서도 처음엔 불 근처에도 가지 못했다. 하루종일 고기와 생선과 야채를 다듬어야 했다. 칼이 스친 자리에 피가 배어나왔고 손바닥은 몇번이나 허물을 벗어 지문이 사라져버렸다. 엄마의 욕설과는 비교도 안되는 시퍼런 위계질서에 코도 훌쩍 못하는 날들이 이어졌다.

처음으로 스튜에 넣을 농어를 다듬는 날이었다. 잘할 수 있을 것 같았다. 주방장의 손놀림을 유심히 관찰해왔고 혼자서 몇번이나 실습도 해보았다. 아가미 바로 아래쪽에 칼을 찔러넣었다. 긴장 때문에 주춤거리긴 했지만 틀렸다는 생각은 들지 않았다. 조심스레 칼을 그어내리고 있는데, 갑자기 도마 위로 칼이 날아왔다. 하마터면 왼손 팔목의 힘줄에 박힐 뻔했다.

주방장이었다.

생선 배 하나 가를 줄 모르면서 요리를 하겠다고? 고양이가 뜯어 먹다 남긴 모양새로 테이블에 내놓을 거야? 칼을 톱처럼 움직이면 결이 다 찢어지고 비린내가 심해져서 버려야 돼.

걸핏하면 칼을 던졌지만 사실 그에게서 참 많은 걸 배웠다. 더이상 배울 게 없다 생각하고 있을 때 르와조는 해고되었다. 제멋대로 음식을 한다는 게 이유였다. 젤라틴에 생선을 넣어 차게 식혀 내놓는 테린에 가오리를 넣어봤을 때 손님들은 계산을 하면서 모두들 그 맛에 대해 한마디씩 칭찬을 하고는 돌아갔다. 손님들의 탄성을 자아내게 하는 제 솜씨를 질투하는 것이라고, 르와조는 생각했다. 언제부턴가 재료를 만지면, 끝없는 상상이 펼쳐져 주체할 수 없었다.

샹젤리제에 있는 르 사부아에서 일할 때 비로소 음식 외의 것들이 눈에 들어왔다. 드나드는 손님들의 품격부터 이전 식당과는 달랐다. 음식이 나갈 때 홀을 잠시 훔쳐보면, 그곳은 그랬다. 꽃 핀 봄 밤과도 같은 비일상적인 공기가 부유하고 있었다. 르와조는 그게 무엇인지 알 수 없었다. 사람들은 음식을 먹기 위해서가 아니라, 그 비일상적인 느낌 때문에 이곳을 찾는다는 생각이 들었다. 그 느낌의 비밀은 무엇일까. 르와조는 그걸 알아내고 싶었다. 서빙하는 웨이터의 걸음걸이와 표정까지 살폈다.

불타오르는 르와조.

사람들은 르와조를 그렇게 불렀다. 좋은 뜻은 결코 아니다. 어쩔 수 없었다. 자신에게 칼을 던진 주방장을 미워했지만, 그 자리에 이른 후엔 자신이 그렇게 될 수밖에 없었다. 같이 일해본 사람들은 고개를 저었다. 르와조의 주방엔 두개의 화덕이 있어. 그러나 르와조는 그 말이 싫지 않았다. 가장 엄격하게 대한 건 바로 자신이었다. 절반쯤 남아서 주방으로 돌아오는 접시는 늘 르와조 앞에 놓였고 그는 그 음식을 찬찬히 먹어치웠다. 누군가 이미 잘라놓은, 그의 침이 튀었을, 싸늘히 식어 있는 음식을. 르와조가 원한 건 입에 발린 칭찬이 아니라 쏘스까지 말끔히 닦아 먹은, 비어서 돌아오는 접시였다. 요리에 관한 한 사소한 잘못에도 화산이 폭발하듯, 숯불을 끼 얹듯 화를 낸 건 사실이다. 그러나 자신에게 가장 먼저였다.

인간은 완벽할 수 없는 것이지. '불타오르는'이라고 불린 이 남자처럼, 나 역시 이 사업을 맡은 후 내 안과 바깥의 모든 에너지를 쏟아부었다. 뒤에서 욕을 하는 것도 안다. 직원들이 감사에서 내 편을 들어준 게 아니라 내가 일을 수행하는 방식에 손을 들어주었다는 것도 알고 있다. 미친 파도처럼 밀려들던 그 어려운 고비들은, 이제 다 지나갔다. 요즘은 일에 대한 새로운 아이디어들이 폭죽처럼 떠올랐다. 이를테면 광고와 기부가 결합된 형식 같은 것도 도입해볼 만하다고 생각한다. 과도기가 지나면 적립식 기부를 제안해볼 생각이다. 펀드만 적립하는 게 아니라 선의도 적립할 수 있다는 걸 깨우쳐주어야 한다. 이런 일일수록 마지못해 하는 모양새보다는, 미처 몰라서 못했다는 분위기를 조성하는 게 중요하다. 사람은 자기 안의 선의를 자기에게조차 확인시키고 싶어한다.

나는 미스 조를 불렀다.

"이 옷 괜찮아?"

사진 촬영이 있을 거라고 편집장이 말했었다. 과소비를 하는 건 아니지만 요즘은 구두 한켤레를 사도 괜찮은 걸 구입한다. 자선단체에서 일한다고 자선이 필요한 사람처럼 보여선 안되니까. 내 머리끝부터 구두까지를 찬찬히 훑어본 미스 조가 고개를 급하게 끄덕인다.

"너어무 멋있으세요."

미란이라면, 고지식하게 내 말을 받아, 예, 하고 그만이었을 것이다.

행정실장과의 관계를 뻔히 알면서, 그 관계의 누추함을 비웃었으면서 왜 미란과 그렇게까지 가버렸을까.

행정실장은 미란과의 일을 제 마누라 빼고는 다 알게 되고, 오늘 잘릴까 내일 잘릴까 피를 말리다 가까스로 고비를 넘기도 전 제 인생에서 미란을 무 자르듯 잘라냈다. 복지실장은 여전히 미련을 못 버리고, 이참에 보직이라도 바꾸어야 한다고 말했지만, 나로선 그랬다. 그 자리는 누가 와도 마찬가지였다. 애매한 용처의 큰돈을 만지면서 완전히 초연할 수 있는 인간은, 바보 외엔 없다. 이미 덜미를 잡힌 행정실장이 차라리 나을 것이라고 판단했다. 미란을 그대로 둔 것도 마찬가지 이유였다. 머리 검은 짐승은 은혜를 모른다지만, 은혜를 받은 적이 없는 인간보다는 그래도 낫다는 게 내 생각이다. 특별한 재능이 필요 없는 자리이기도 했지만 무엇보다 미란은 말수가 적었다. 은근히 따돌림을 받는다는 얘기도 있지만, 내겐 상관없는 일이었다. 전직원이 아는 줄 뻔히 알면서, 행정실장과 한 공간에서 하루종일 지내야 하는 사무실 서무직으로 내려보내면, 역시 그녀를 두번 죽이는 일이 될 터였다. 어쨌거나 나는 그 일에 대해 더이상은 한마디도 하지 않았다. 그녀는 그게 내 인격이라고 오해했을 수도 있다. 내가 죽으라 하면, 내일 이사장님 스케줄 마저 체크해놓고 죽을게요, 했을 것이다. 그러니까……

우리 둘의 관계라는 게 나로서도 참 알 수 없는 부분이 있었다. 말로 한 적은 없지만, 미란은 날 존경했다. 그 존경의 대부분은, 아마, 둘의 관계를 끝내기 위해 행정실장이 허겁지겁 끌어다붙인 내 이미지에서 유래한 게 아닐까 짐작할 뿐이다. 이사장님께 더이상 누를 끼쳐선 안된다고, 내 머리 뒤로 금빛 후광을 둘렀겠지. 이후로 행정실장은 이 방에 들어올 일이 있어도 미란 쪽으로는 눈길 한번 주지 않았다. 그때 그녀는 참 초라해 보였지만 초라함이란 정서 역시 그런 내연의 동기가 되기엔 좀 약하지 않을까. 굳이 찾아보자면, 그녀의 눈빛과 태도가 내게 와닿았는지는 모르겠다.

비가 한번씩 내릴 때마다, 기온은 가파른 계단을 걸어내려가듯 뚝뚝 꺾였다. 가을과 겨울이 뒤섞이고 있었다. 이제 외투를 꺼내야겠다는 생각을 하며 르와조는 어깨를 부르르 떨었다. 현관문을 밀고 들어서는 걸 보았는지 엘리베이터에 탄 누군가가 올라가지 않고 기다려주었다. 고맙다는 인사를 하며 보니 가끔 마주친 적이 있는 아가씨였다. 축축한 공기 때문인지 눈 아래쪽으로 화장이 꺼멓게 번져 있었다. 이렇게 늦은 시각에 마주친 적은 처음이었다. 친한 사이라도 된다는 듯 여자가 물었다.

늘 이렇게 늦나요?

울음의 끝처럼 맹맹한 목소리다.

거의요. 이 시간에야 일이 끝나니까요.

공손하게 대답하는 르와조를 보며 여자가 장난스레 푹 웃었다.

뭐 하는 분이세요? 음, 내가 맞혀볼게요.

르와조를 빤히 바라보며 여자는 확신한다는 듯 외쳤다.

요리사.

그 명랑함은 과장된 것처럼 느껴졌다. 여자는 어떤 상태로부터 빠져나오려 안간힘을 쓰는 것처럼 보였다. 르와조는 그만 수줍게 웃었다. 르와조는 그랬다. 여자를 만날 시간이 없었다. 여자와 어떻게 대화를 해야 하는지도 몰랐다. 어떻게 알았을까. 제 몸에서 비린내가 나는 게 분명하다고 생각했다. 누군가가 자신의 몸에서 나는 냄새를 알아챘다는 생각을 하자 기분이 이상해졌다. 여자는 제 이름을 알려주었다. 실비. 르와조도 제 이름을 말했다. 처음 있는 일이었다. 실비는 제 손목을 들어올려 시계를 보더니 물었다.

르와조, 혹시…… 열두시 십분에 누군가를 위해 수프를 끓여본 적이 있어요?

르와조는 고개를 저었다. 밤늦은 시각 주방에서 수프를 끓인 적은 있지만 다른 누군가를 위해 그런 적은 없었다.

그럼 지금 한번 해보실래요?

식당은 문을 닫았어요.

제 방에도 부엌이 있어요. 좁긴 하지만.

왜 그 방에 가게 되었는지 저 자신도 알 수 없었다. 요리를 해주러 갔다기보다는, 화장이 번진 여자의 눈과 쓸쓸한 미소에서 찢어지는 슬픔의 기색을 읽은 것 같기도 하다. 실비는 냄비와 밀가루를 꺼내더니 부엌 여기저기를 부산하게 뒤지다 굵은 양파 하나를 딸랑 꺼내놓았다. 고기는 혹시 없나요? 실비는 고개를 저었다. 그러고는 선반에서 캔으로 된 치킨 스톡을 하나 꺼냈다. 캔은 녹이 잔뜩 슬어 있었다. 그녀의 표정을 보자, 자신은 요리에 인스턴트 재료를 쓰지 않는다는 말을 할 수가 없었다. 버터와 밀가루를 갈색을 띠기 직전까지 볶다가 물을 부어 끓어오르자 치킨 스톡을 넣었다. 그사이 다져서 볶아놓은 양파도 집어넣었다. 굳이 맛을 보지 않아도 르와조는 냄새만으로 음식의 질을 읽어낼 수 있었다. 이건 개수대에 바로 쏟아버려야 할 맛이다. 르와조는 두개의 접시를 꺼내 끓인 물로 냉기를 가시고는 수프를 나누어 담았다. 실비는 스푼으로 수프를 떠 먹기 시작했다. 아무 말 없이. 그녀의 볼을 타고 내려온 눈물 한 방울이 수프 그릇에 떨어졌다. 그래도 쉬임 없이 먹었다. 수프를 먹는 사람과 눈물을 흘리는 사람이 다른 사람 같았다. 빈 접시에 스푼을 내려놓으며 실비가 르와조를 쳐다보았다. 초록과 회색이 섞인 신비스러운 눈동자였다.

행복한 맛이에요.

르와조도 비로소 수프를 떠 먹어보았다. 나쁘지 않았다. 이번엔 르와조의 접시에, 눈물 한 방울이 떨어졌다. 르와조 역시 수프를 먹으며 소리내지 않고 울었다. 오래전에 죽은 엄마 때문에. 엄마가 마지막으로 먹었던 밍밍하고 미지근한 수프 때문에. 한번도 엄마를 행복하게 해주기 위해 요리를 한 적이 없었지. 눈물을 흘리는 자신을 바라보는 회초록빛 눈과 마주치는 순간, 르와조는 제 안에 쌓여 있는 외로움의 두께를 깨달았다. 당신을 행복하게 해주겠다고, 밤마다 수프를 끓여주겠다고, 회초록빛 눈동자에 맹세했다. 주방에서 일을 할 때도 머릿속으로는 그녀에게 만들어주고 싶은 요리의 레시피들이 끝없이 떠올랐다. 실비 없이 살아온 시간을 떠올리기만 해도 어깨뼈가 시렸다.

언제나처럼 늦은 밤에 르와조가 집으로 돌아왔을 때 실비는 떠나버렸다. 편지 한장을 남겨놓고. 사랑하는 사람과 언제까지나 저녁을 같이 먹을 수 없다면 결코 행복할 수 없다는 결론에 도달했다고, 그러나 당신이 만들어주던 싸바랭의 맛은 영원히 잊을 수 없을 거라고도 적혀 있었다. 르와조는 난해한 요리의 레시피를 읽듯, 되풀이하여 편지를 읽었다.

실비와는 요리 때문에 사랑에 빠졌고 요리 때문에 헤어졌다.

그녀와 함께했던 시간들은 싸바랭의 맛이었다. 싸바랭은 디저트를 만드는 요리사라면 누구나 만들 수 있는 것이기에, 모든 싸바랭은 다 다르다. 싸바랭은 그만큼 섬세한 것이다. 어느 산지의 밀가루를 사용하는지, 어떻게 갈았는지, 체에 몇번을 내렸는지, 사용된 달걀의 크기, 생크림의 농도, 그리고 만드는 동안 얼마나 차가움을 유지하는지, 장식용 딸기조림에 넣는 게 브랜디인지 꼬냑인지에 따라 매번 미묘하게 다른 싸바랭이 만들어지는 것이다.

실비 싸바랭.

싸바랭을 무척이나 좋아하던 실비를 위해 르와조는 오직 자신만의 싸바랭을 만들어 실비의 이름을 붙여주었다. 다들 그러듯 기성품을 쓰는 대신 최상급의 야생딸기를 구해 손수 조림을 만들었다. 신선한 달걀과 생크림과 우유로 만든 치밀한 크림 위에 조린 야생딸기를 듬뿍 올렸다. 사랑한다는 말 대신 차갑게 식힌 싸바랭을 실비 앞에 내려놓곤 했다. 싸바랭? 실비는 속삭이듯 그 이름을 부르며 스푼으로 입에 떠넣는 첫 순간이면 눈을 살며시 감았다. 회초록빛 눈동자 위로 커튼처럼 천천히 내려오던 속눈썹을 언제까지 볼 수 있을 줄 알았다.

르와조는 밤의 주방에 혼자 서서 엉엉 울었다. 그날은 오븐이 르와조의 울음소리를 늦게까지 들어주었다. 그렇게 한참을 울고 나자, 애써 멈추려

하지 않아도 눈물이 잦아들었다. 자정 무렵, 이제 혼자가 되었다는 안도감이 들었다. 믿을 수 없게도 어떤 행복감이 차올랐다.

그녀는 떠났지만, 실비 싸바랭은 남았다. 그걸 먹고 싶어서 정기적으로 식당에 오는 손님도 있었다. 르와조는 여전히 실비 싸바랭을 디저트로 준비하지만 이젠 거의 실비를 떠올리지 않는다. 어쩌면 르와조는 한번도 실비에게 자기의 전부를 주었던 순간이 없었는지도 모른다. 실비가 떠난 건, 같이할 수 없는 저녁시간이 아니라 그 때문이었을 거라고 르와조는 시간이 흐른 후에 생각했다. 요리만이 르와조의 영혼이었고 그의 전부이며, 바로 르와조 자신이란 걸 실비는 르와조보다 먼저 깨달았던 것이다.

나는 미란을 위해 라면 한 그릇도 끓여본 적이 없다. 그녀가 영원히 떠났을 때 눈물을 떨어뜨리지도 않았다. 혼자가 되었다고 행복해지지도 않았지만, 그녀의 부재가 날 고통스럽게 하지도 않았다. 그런데 왜, 오늘 자꾸만 미란이 떠오르는 걸까. 그녀와 내 삶이 서로에게 스며들기 시작한 지점까지 거슬러올라가며.

그러니까, 그날이었을 것이다. 작년 추석을 앞두고 서해안의 섬에 있는 장애인시설 운영 심사를 나갔던. 그렇게 많이 갈 필요는 없었지만 나는 직원 열명을 데려갔다. 기왕 미니버스 하나를 움직이는데, 내가 조직에서 중요한 사람이구나 생각할 수 있게 하나라도 더 데려가는 게 낫다는 생각이었다. 행정실장과 미란도 같이 갔지만 내내 투명인간 대하듯 하는 행정실장을 보며 미란이 안됐다기보다는 미련해 보였다. 적당히 핑계를 대고 빠질 것이지. 명절 직전의 서해안도로는 예상보다 정체가 극심했다. 차는 몇시간째 기다시피 하고 있었다. 허리도 아프고 다리가 다 저렸다. 나들목 근처의 국도로 빠져나왔다. 휴게소라 부르기도 어려운 가게 앞에 차를 세우고 모두 화장실부터 들렀다가 야외 테이블에 앉아 캔커피나 음료수를 마셨다. 보이진 않아도 바다가 가까워선지 투명한 공기 속에 사람을 기분 좋게 하는 입자라도 섞인 듯 마음이 간질간질했다.

미란이 차로 가더니 비닐봉지 하나를 들고 돌아왔다. 주섬주섬 꺼내놓는데 보니 호일에 싼 김밥 열 줄, 검은 점이 지나치게 생긴 바나나 몇개, 풋사과 세알, 크림빵과 팥빵 몇개였다. 누가 먹는다고, 심란하게. 난 속으로 생각했다. 섬에 도착하면 생선회를 준비해놓기로 했는데. 비닐봉지엔 일회용 접시와 천냥 하우스에서 산 듯한 조악한 과도까지 하나 들어 있었다. 제일 어린 김해용이 환호를 했다. 누나, 언제 이렇게 준비했어요? 배고파 죽는 줄 알았네. 미란이 조금 웃었다. 늦여름 햇살에 기미와 잔주름이 도드라져 보였다. 사과는, 차에 실린 박스에서 몇개 꺼내왔어요. 어쭈, 은근 구르는 재주가 있네? 남의 거 훔칠 줄도 알고. 비웃는 소린 줄도 모르고 미란은 또 조금 웃었다. 어쨌거나 먹을 걸 보자 다들 좋아하긴 했다. 미란은 접시를 몇개 펼쳐놓더니 바나나 껍질부터 벗겼다. 거뭇한 껍질과는 달리 속살은 뽀얗니 깨끗했다. 그걸 동전 모양으로 똑똑 잘라 접시 가장자리에 빙 둘렀다. 김밥 포장을 벗기고는 또 바나나 안쪽으로 조르르 줄을 세웠다. 크림빵과 팥빵은 한입에 넣기엔 좀 작다 싶은 크기로 조각을 내더니 가운데다 쌓았다. 우와. 김해용이 김밥 하나를 집어 맛을 보았다. 어? 맛있다! 미란은 혹시라도 오해

하지 말라는 듯 손사래를 쳤다. 으응, 내가 싼 건 아니고 동네 김밥집서 샀어. 우리 어릴 땐 바나나가 진짜 귀했는데. 에이, 실장님 옛날 사람이네, 난 바나나 먹고 자랐는데. 미스 민 아니면 우린 전부 굶어 죽었어. 나불나불…… 내가 보기엔 그랬다. 사람들은 모두 한마디씩 하며 김밥을, 바나나를, 팥빵을 집어 먹고 있었지만 사실 그 태도들은 고마움과는 거리가 있었다. 그러니까, 그녀는 은근히 티나지 않게 놀림을 당하고 있었다. 눈치도 없는지 미란은 저는 먹지도 않고 재빠르게 사과를 깎아 접시에 올려놓고 있었다. 무심히 보고 있는데, 그 손가락이 내 살갗 위에 닿는 듯한 기분이 들었다. 성적인 상상은 아니었다. 내 몸 위에서 손가락이 그렇게 쉴 새 없이 움직인다면 졸음이 살살 올 것 같다는 생각이 들었다. 토오꾜오의 지하철역 근처에 있는 손 마사지 가게에서 등을 맡기고 있을 때의 간지러움 비슷한 촉감. 그 손을 홀린 듯 쳐다보았으나 아주 잠시 동안이었다. 미란은 빵봉지를 정리하고는 바닥의 비닐봉지를 들어올려 요구르트를 꺼냈다. 다섯개씩 포장된 요구르트가 네 줄이었다. 접시는 금방 비었다. 천진난만한 표정으로 김밥을 씹고 있는 행정실장을 쳐다보았다. 나는 스스로도 이해할 수 없는 질투심을 아주 약간 느꼈다. 미란은 어땠는지 모르지만, 그로선 심심풀이에 가까운 게 아니었을까 싶었다. 뺨이 살짝 상기된 미란을 보며, 행복해지기 위해 필요한 게 별로 없는 여자일지도 모르겠다는 생각을 했고 그 생각은 이후로도 달라지지 않았다.

그러니까, 닭 국물 수프든 라면이든 그녀를 위해 특별한 이벤트가 필요할 것이라는 생각을, 나는 한번도 한 적이 없었다.

실비가 떠나고 아주 오랜 시간이 흘렀다.

오랫동안 아래쪽을 내려다보며 종일토록 서서 일을 한 덕분에 르와조의 목은 이제 거북의 그것처럼 굳어버렸고 종아리엔 꼬불거리는 혈관이 튀어 나와 겨울 대구의 배를 열어젖히면 쏟아지는 곤이를 붙여놓은 것처럼 흉 했다. 눈에 보이지 않는 통증이 르와조를 괴롭혔지만 어쩔 수 없는 것이라 고 받아들였다. 지난 생이 마치 책 한권을 천천히 넘기듯 그렇게 지나갔다 고 르와조는 생각했다. 그래서,

르와조는 무언가를 추억하듯 섬세하게 가늠하며 숨을 들이쉬었다. 축축 하고도 달콤하고 짭짤한 냄새. 이것은 르와조가 여태 다루어오던 소금과 설탕과 쏘스의 맛이 공간 구석구석 퇴적된 냄새일 것이다. 그 짭짤한 냄새 뒤로 달달한 여운이 이어진다. 음식을 조리하며 가장 행복했던 건 역시 간 을 하는 순간이었다. 딱 알맞은 간을 맞추는 그 순간 음식은 비로소 완성된 다. 알몸의 여인에게 몸매에 꼭 맞춘 중국 비단옷을 막 걸쳐주는 것과도 같 이 그 순간은 자족적이고 황홀했다. 소금이 주었던 숱한 기쁨의 순간들을 생각하며 르와조는 아이처럼 웃었다. 그리고 찬장을 열어 소금 그릇을 꺼 냈다.

동그스름한 사기 그릇.

르와조는 지금 자신의 가슴을 쇳덩이처럼 짓누르는 고통을 잠시 잊는 다. 제 손바닥에 맞춤처럼 폭 안기는 그릇의 뚜껑을 열어 안을 들여다보았 다. 표면이 매끈하게 정리된 소금은 연한 분홍빛이다. 이억년 동안의 비 와 바람과 추위를 응축하고 있는 히말라야의 암염. 야크를 모는 고산족만 이 갈 수 있는 산정의 소금 호수, 그 가운데서도 가장 깊숙한 곳에서 파낸

이 분홍빛 소금만을 사용해온 지 오래되었다. 소금뿐이랴. 르와조는 늘 최고의 재료를 찾기 위해 요리하지 않는 시간을 거의 사용했다. 남들이 알아주길 바라서 그랬던 건 아니다. 자신의 혀가 용납할 수 없는 재료를 사용할 수는 없었다. 송로버섯이 처음 나올 무렵이면 미리 예고를 하고 한 사흘 식당 문을 닫았다. 그러고는 전쟁에 나서는 심정으로 프로방스로 달려갔다. 오랜 단골이 내놓는 게 시원찮으면 냉정하게 고개를 젓고는 시골 장을 구석구석 뒤지고 다녔다. 발정 난 돼지를 데리고 송로를 찾는 산꾼들을 쫓아 산비탈을 뛰어다니다 사정없이 구른 적도 있었다. 돼지는 나무뿌리 근처에서 송로 향을 맡으면, 미친 욕정에 사로잡힌 듯 불타는 눈빛으로 땅을 파헤쳤다. 자칫하면 순식간에 그놈이 꿀꺽해버릴 위험도 있지만 질 좋은 송로를 찾는 데는 돼지 코만한 게 없었다. 언젠가는 뜨내기로 보이는 건달에게 최상급 송로를 흔적 없는 현금 거래 조건으로 헐값에 사들인 적도 있다. 훔친 게 분명했다. 오랜 단골들에게 비싸지 않고도 기가 막힌 송로버섯을 맛보이기 위해 기꺼이 죄를 저지른 셈이다.

캐비아 역시 마찬가지다. 요리를 먹는 사람은 터무니없이 비싸다고 생각하지만 아찔한 식감과 풍미를 가진 걸 고르다보면 적자가 날 줄 알면서도 최고급 흑해산을 주문할 수밖에 없었다. 그걸 검은 진주라고 부르는 건, 눈부시게 반짝이는 형상보다는 가격 때문이지 싶다. 소소한 부재료들을 다룰 때도 원칙은 달라지지 않았다. 장식용 허브나 파프리카 한개도 자신의 기준에 맞는 걸로만 골랐다. 그렇지만,

푸아그라에 대해선, 르와조는 중립적이었다. 중립적이란 건 열정을 느껴본 적이 없다는 얘기다. 사랑을 나눌 때의 실비의 속살처럼 보드랍고 기름진 푸아그라를 르와조는 그리 좋아하지 않았다. 억지로 사료를 처먹여

만드는 그 기형의 간이 고통의 결정체라는 생각이 들면 르와조는 혀 위에서 무너지듯 녹아내리는 푸아그라 무스의 맛을 온전히 즐길 수가 없었다. 그러니까 르와조로선, 재료를 거의 사랑했다고나 할까.

일본 사람들처럼 날생선을 먹는 것도 아니면서 르와조는 요리에 쓸 생선은 가능한 한 낚시로 잡은 것을 고집했다. 얼음에 채워 도착한 생선 박스를 열면, 손가락을 목구멍 깊이 밀어넣어 낚싯바늘부터 확인하고 뽑아내었다. 그러고는 생선들을 물속에서 헤엄칠 때의 모습처럼 나란히 세워서 보관했다. 마지막 순간까지 본성을 거스르지 않게 하고 싶었다. 바닥에 닿아 한쪽 살이 납작 눌린 대구를 르와조는 혐오했다. 바다가 가까웠다면 새벽마다 낚싯대를 들고 고기를 잡으러 갔을지도 모른다. 그나저나,

대구를 생각하자 한 남자가 떠오른다. 바뗄이란 괴팍한 놈이 있었지. 프랑수아 바뗄. 사백년 전 당대 최고의 요리사였던 그는 어느 귀족의 잔치에 수석 요리장으로 초빙되었다. 많은 손님들이 초대되었고 정원에는 거대한 식탁이 줄지어 차려졌다. 호사를 극한 잔치는 사흘 동안 계속될 예정이었다. 바뗄은 마지막 날 오후가 기울어갈 무렵, 향락의 절정으로 치닫고 있던 성의 뒤편으로 조용히 걸어나가 인적이 드문 숲 언저리에서 자살했다. 마르쎄이유 항에서 보내기로 한 생선—정확히 어느 종류인지는 알려지지 않았다—이 약속한 시간을 지나서도 도착하지 않아 마지막 코스가 되는 그날의 만찬 준비에 차질을 빚은 것이 까닭이었다. 새우와 관자와 생선살이 듬뿍 든 부야베스 대신 담백한 단호박 수프를 끓이거나 넙치구이 대신 송아지갈비를 내놔도 뭐랄 사람은 없었다. 그가 견디지 못한 것이 무엇이었는지, 르와조는 지금 이 순간 자신이 바뗄인 듯 선명하게 깨달았다. 갑자기 르와조의 피돌기가 격해졌다. 난, 최선을 다했어, 늘.

매번 그렇게 속을 태우며 구한 재료를 또 어떻게 관리했던가. 선도가 떨어질까봐 아무리 추운 겨울에도 주방엔 난방을 하지 않고 버텼지. 여름엔 또 얼마나 힘들었는가. 뜨겁게 내가야 할 음식이 식을까봐 아예 에어컨을 달지 않았다. 좁고 불편했지만 온도 편차가 없는 북향의 부엌을 고집했다. 추위와 습기로 발은 늘 악성 습진을 달고 살았는데, 그랬는데……

격해지는 마음을 다독이기라도 하듯 르와조는 귀이개 모양의 수저로 소금을 한 숟갈 덜어 혀 위에 올려놓았다. 금세 침이 가득 고인다. 짠맛은 강렬하나 부드럽게 퍼져나간다. 호수 밑바닥에서 잠들어 있던 기나긴 시간 동안 쓴맛은 사라지고, 그 어떤 재료의 맛과도 다투지 않는, 우아한 염기만 남았다. 소금과 침이 저절로 섞이어 목구멍을 넘어가고 나자, 이윽고 혀뿌리에서 달콤함이 밀려든다. 르와조는 그제야 고개를 끄덕인다. 살짝 미소가 떠오르기까지 한다. 이 히말라야 소금은 늘 믿음직스러웠지. 그리고,

이 짭짤함 끝에 고여드는 달콤함이란 지금 르와조의 몸속을 흐르고 있는, 따스한 피의 맛이기도 하겠다. 소금의 맛을 음미하며 르와조는 그렇게 잠시 서 있었다. 그러나 한순간도 잊고 있진 않았다는 듯 조리대 옆 선반에 올려놓았던 붉은 표지의 책을 끄집어내려서 냅킨을 끼워놓은 곳을 펼쳤다. 르와조의 식당 이름이 거기 있다. 식당을 열고 사년 만에 별 셋을 받았을 땐 그게 당연하다고 생각했다. 르와조는 오만한 사람은 아니었다. 그런데 무엇이 잘못되었을까.

지난달 발행된 이 가이드북은 르와조의 심장을 얼어붙게 했다. 둘. 별은 두개였다.

르와조는 말을 잃었다. 손님 수가 줄어든 것도 아니다. 오랜 고객들의 충성도는 대단하여, 르와조보다 더 불타오르며 화를 냈다. 주말엔 서너달

전에도 예약이 어려운 것도 여전했다. 르와조 자신이 이 별에 절대적인 신뢰를 주었던 것도 아니다. 발표가 날 무렵이면 호사가들의 입에 오르내리긴 하지만 며칠 지나지 않아 무심해졌다. 르와조 자신이 별 셋을 받았을 때조차 그 기쁨이 그리 오래 지속되지도 않았다.

시간이 흘러갔다. 르와조는 그 가이드북을 발행하는 회사에서 만든 타이어가 장착된 자신의 차를 더이상 타지 않았다. 집으로 들어올 때면 십일 년 동안 타온 암청색 씨트로앵을 쳐다보지 않으려 고개를 돌리곤 했다. 분노는 아니었다. 그 타이어에 새겨진 로고를 보는 순간, 매번 처음처럼 선명한 고통이 가슴을 죄어왔다.

오늘 저녁 준비했던 전채는 테린이었다. 지루한 겨울이 끝날 무렵이면, 르와조는 이 요리로 봄을 맞을 준비를 하곤 했다. 고기 대신 담백한 생선이 끌리는 계절이기도 했고 마침 마르쎄이유에서 보내온 아이스박스 안엔 싱싱한 가오리가 들어 있었다. 거래한 지 십년이 가까운 도매상은 르와조가 별다른 연락을 하지 않으면 알아서 계절에 맞는 최상의 재료들을 보내왔다. 스팀에 찐 가오리를 차게 식혀 틀에 넣고 절여서 가늘게 저민 오이를 위에 얹었다. 삶은 소의 콩팥을 다져 조금 뿌리고는 모양이 망가지지 않도록 조심하며 녹인 젤라틴을 천천히 부었다. 마지막으로 바질 이파리를 그 위에 올렸다. 바질 특유의 향이 배면 가오리의 쫀득한 흰 살은 제 맛의 최고치를 이끌어낼 것이다. 요리사로서 르와조의 명성에 불을 붙인 바로 그 요리였으나, 투명하게 굳어가는 테린을 바라보며 르와조는 자신이 젤라틴 속 그 가오리처럼 느껴졌다.

젤라틴이라…… 그렇다면 오늘, 새삼스럽게 날 둘러싸는 이 점

액질의 느낌은 무엇일까.

차를 한잔 마시고 가도 될까?

섬에서 돌아오던 날, 나는 방향이 같은 미란에게 집에 내려주고 가겠다 했다. 그녀의 집 앞에서 내가 그렇게 물어보자, 뜻밖에도 그녀는 선선하게 그러세요, 했다. 뜻밖에도,라고 말하긴 좀 그렇다. 그녀가 날 신뢰하고 있다는 것 정도는 느끼고 있었다. 아니다, 그것만도 아니다. 미란은 그랬다. 추악한 스캔들 속에 내동댕이쳐졌을 때 내가 자리를 걸고 자신을 막아주었다고 믿는 것 같았다.

씽크대에 잇대어 놓인 이인용 식탁에 앉아 별말 없이 커피를 마시다, 나는 그녀의 손을 잡아당겨 손바닥을 들여다보았다. 엄지 아래의 볼록한 부분과 손금이 새겨진 곳을 손가락으로 쓰다듬었다. 내가 운명을 읽어주는 사람이라도 되듯 미란이 눈을 깜박이며 내 얼굴을 쳐다보았다. 언젠가 복지실장이, 그녀가 장애인 의무 고용으로 들어왔다고 말한 기억이 났다. 생명선을 손가락으로 따라 그리며 물어보았다.

어디 아픈 데가 있나?

미란이 고개를 갸웃했다. 아니다. 그녀는 고개가 한쪽으로 늘 기울어져 있었다.

손금에, 그런 게 나와 있어요?

응.

아프다기보다도, 어떤 증후군이에요. 임신을 하기가 어렵고, 목도 약간 기울고.

그래?

몸속에 미량원소가 과잉 분비돼서 그렇대요. 눈도 좀 튀어나왔고.

잘 모르겠는데?

왜요, 저는 콤플렉슨데.

조그맣게 말하는 게 아이 같은 태도였다. 미량원소라니. 그 말은, 배꼽 아래 점이 있다는 말보다 왠지 더 외설적으로 들렸다. 내가 그녀를 안고 제 몸속으로 들어갈 때도, 그녀는 제 운명을 읽어낸 사람에게는 그래야 한다는 듯, 저항하지 않았다. 그녀가 얘기한 그 원소의 이름을 나는 바로 잊어버렸다. 약간 기울어진 목의 각도처럼 어딘가 한구석이 부족한 듯한 느낌. 그게 연민을 불러왔다기보다는 쉬운, 뭐가 쉬운지는 모르지만 어쨌든 만만하게 보였던 건 사실이다. 그리고 그녀는 역시 그랬다. 누군가의 환상이 되기엔 많이 부족했다.

지잉.

오븐이 이제 한풀 꺾인 쉰 목소리로 운다. 아주 오래 서 있었다고 생각했는데 그리 많은 시간이 지난 건 아닌가보다. 늘 그랬듯 발목 아래가 시려온다. 길게는 육개월 이상 예약된 손님들은 어떡해야 할까. 하지만 죽어버린 후의 일까지 생각해야 한다면 사람이란 통 죽을 수가 없을 거야.

자주 쓰지 않는 그릇들을 넣어두는 상단의 찬장은 문을 열어도 안이 들여다보이진 않는다. 르와조는 뒤꿈치를 들고 손을 올려 선반을 더듬었다. 엽총은 참 복고풍으로 크기도 하다. 언젠가 송로를 공급해주던 오랜 단골 에르베의 초대를 받아 프로방스로 딱 일주일간 휴가를 갔을 때 마련한 것이다. 마치 해마다 그곳으로 휴가를 가기라도 할 것처럼. 그후론 바쁘기도 했거니와 사냥엔 소질도 관심도 없어 다시 꺼내본 적이 없었다. 그때를 생각하자 자신도 모르게 헛웃음이 나왔다. 전쟁이라도 치르러 나가는 사람처럼, 참 많이도 준비를 했었지. 종아리를 감싸는 각반과 수직의 암벽도 걸어오를 수 있다는 산악화는 딱 한번이라도 사용했지만, 화약통과 위급용 소형 수류탄은 어느 구석에 처박혀 있는지도 알 수 없었다. 르와조는 그때 그곳에 가서도 딱 하루 그를 따라 산을 헤맸을 뿐이다. 사냥이라니. 세상에 그렇게 재미없는 일은 처음이었다. 다음날부터 시골 장터를 헤매며 낯설고 신선한 재료들을 구경하거나 초라한 식당에서 송로를 듬뿍 올린 오믈렛을 맛보며 도대체 이 가격에 이 요리가 가능한 산지의 장점에 탄식하며 시간을 보내고는 돌아왔다. 에르베는 올해도 기온이 뚝 떨어진 어느 늦가을, 첫 수확한 송로를 옆에 두고 의기양양하게 전화를 한 후에야 내게 더이상은 그게 필요 없다는 걸 알게 되겠지.

아! 르와조는 깜박했다는 듯 벽에 나란히 붙은 스위치를 돌아보았다. 기름기에 누렇게 절은 것들 중에서 유독 맨 위의 것만이 새것처럼 하얗다.

오래전, 처음 내 식당을 열 때 여기가 마음에 들었던 건 아니다. 허물어져가는 낡은 세탁소 건물은 위치도 그리 좋지 않았고, 좁은데다 구조도 식당으론 문제가 많았다. 그걸 헐값에 매입해서 사포로 마루를 깎아 니스를 칠하고 벽엔 회를 칠했다. 무엇보다도 주방 공간이 불편했다. 길고 좁은 게 꼭 기차 모양이었다. 뭐 어때. 중요한 건 보이지 않는 데 있다고 생각했다. 식당 이름도 마찬가지였다. 건물 외벽에 조그맣게 붙어 있던 세탁소 간판을 보고 나쁘지 않다고 생각했다. 단색의 네온 간판에 그 이름을 그대로 사용했다. 처음 오픈하던 날 스위치를 올린 후, 정전이 됐을 때 외엔 간판의 불은 한번도 꺼진 적이 없었다.

똑.

맨 위의 스위치를 내리자 동시에 가슴속이 암전되었다. 순간, 어둠 속에 묻혀버렸을 그 이름을 르와조는 잊지 못하는 연인의 이름처럼 나지막이 불러보았다.

프랑스식 세탁소*……

다른 사람들은 어땠을까. 르와조가 알고 있는 많은 요리사들이 별을 받기도 했고, 그 갯수가 줄어들기도 했고, 아예 리스트에서 탈락하기도 했다. 그 사람들은 어떠했는지 알 수 없지만 르와조에겐 쇠 화살촉처럼 치명적인 것이 가슴뼈에 와서 박혔다. 그 화살촉이 꿰뚫고 있는 것이 무언지 깨닫는 순간, 르와조는 어려운 가설을 막 증명해낸 수학자처럼 길게 숨을 내쉬었다. 손바닥에 닿는 총신의 차갑고 매끄러운 느낌에 집중하자 그날 이후로 르와조를 괴롭혔던 증상들, 수시로 열이 치밀어오르고 가슴이 심하게 두근거리다 까닭 없이 눈물이 흘러내리기도 하던, 혀와 목이 타듯이 말라 찬물을 삼켜야 했던, 무언가가 명치에 딴딴하게 박혀 있는 것 같은 증상들이 드라이아이스처럼 천천히 휘발되었다.

코앞에서 날아오르는 뇌조 한마리도 명중시키지 못하는 솜씨였지만, 이 총의 사용방법은 너무 간단했다. 얼음에 채운 넙치가 도착하면 늘 그랬듯, 오른손으로 개머리판을 들어 무게를 가늠한 후 수평이 되도록 왼손으로 총신을 들어올렸다……

"편집장님 오셨는데요?"

---

*미국 나파 밸리에 있는 프렌치 레스토랑의 이름에서 빌려온 것임.

미스 조 목소리에, 읽고 있던 기사에서 퍼뜩 눈을 떼었다. 문 열리는 소리를 듣지 못했다. 기사는 마지막 한 페이지를 남겨놓고 있었다. 편집장이 먼저 들어서고 사진과 편집 일을 겸하고 있는 김해용이 따라들어왔다.

"죄송합니다. 거기서 늦게 끝난데다 길까지 막혀서요. 해용이가 외부 출장이 있어서 사진 촬영부터 먼저 했음 하는데요."

편집장이 들어서자 양쪽으로 보이지 않는 문이 열리고 맞바람이 드나드는 듯 실내가 금방 활기로 가득 찬다. 그가 시키는 대로 책상 옆의, 창밖 풍경이 왼쪽 어깨 뒤로 보이는 지점에 비스듬히 섰다. 지난주에 새로 사 입은 양복이 어쩐지 불편하고 신경이 쓰인다.

"이 옷 괜찮나?"

"재킷 라펠이 살아 있네요. 그 스타일 아무나 못 입습니다."

김해용이 카메라를 준비하는 동안 편집장이 사보 묶음을 집어들었다.

"아하, 이거 읽고 계셨구나. 재밌지 않으세요?"

재미. 나는, 르와조의 이야기를 읽는 동안 내 마음속에 생겨난 어떤 정서를 더듬고 있었다. 갑자기 스위치가 내려진 방에서 옆에 누운 누군가를 더듬듯. 안다고 생각했으나 모든 것이 모호해진 순간의 느낌을. 편집장은 대체로 나와 죽이 잘 맞는 편이었다. 그러나 재미,라는 말은 적절하지 않았다. 그렇다고 다른 무엇이 떠오르지도 않았다.

"재미…… 있네. 근데, 이 사람은 결국 죽는 건가?"

"마지막 부분을 못 읽어보셨군요. 요리가 요즘 트렌드잖아요. 라이선스를 맺고 있는 잡지에서 지난해 연재한 겁니다."

"이 남자는, 왜 죽는 건가?"

편집장이 아까 내 양복을 바라볼 때만큼이나 신중한 표정으로 펼쳐진 페이지를 내려다보았다. 아직 그것까진 생각해보지 않았다는 듯 고개를 갸웃하며.

"글쎄요."

"별 하나 때문에 죽는다는 게 말이 돼?"

"그러게 말입니다. 별 때문이 아니라 별이 사라지면서 그 사람 마음속의 무언가를 건드렸겠죠."

"무언가를? 그게 뭔데?"

편집장은 이번엔 미간에 주름까지 만들었다.

"제 생각엔…… 무언가, 부끄러웠던 게 아닐까요?"

"부끄러웠다…… 수치를 느꼈다고 모든 사람이 죽는 건 아니지. 좀 이상한 사람이라구."

"사람은, 때로 그렇잖아요. 자신이 사랑하는 대상을 위해 이해할 수 없는 행위를 하죠. 그게 사람이든 요리든. 뭐, 그렇다면 그건 자신도 어쩔 수 없는 거 아니겠어요. 넓게 보면 그게 우리 사업의 본질이기도 하구요."

미란을 마지막 보았던 저녁. 언젠가 내 앞에 행정실장과 나란히 섰을 때처럼 그녀는 눈물을 흘리고 있었다. 무르팍을 문지르며. 무언가, 불편했다. 나는 미란의 팔을 잡고 달래듯 말했다.

그만해라.

울지 말라는 건지, 무릎을 문지르지 말라는 건지, 그녀의 삶에 던진 화두 같은 건지, 나도 모를 말이었다. 그녀의 팔 안쪽은 어린 쥐의 배내털처럼 보드라웠다. 그 느낌에 놀라 얼른 팔을 놓았던 것 같다. 한번도 내 앞에서 무언가를 우겨본 적이 없는 그녀가, 약간 튀어나온 눈으로 날 바라보며 우기듯, 앞뒤를 잘라냈지만 무슨 말인지는 알아먹게 말했지.

사람들이 뭐라건…… 내겐 좋은 분이세요. 그거면 된 거죠.

표정도 분위기도 자연스럽다며 김해용이 셔터를 연신 눌러댔다. 플래시 불빛과 나 사이에 무언가가 움직였고 실내의 풍경이 흔들렸다. 색 바랜 양란 한 송이가 바닥으로 내려앉는다. 꽃을 떨군 가지가 한번 두번, 고개를 흔들다 멈춘다. 아무도 보지 못했을 것이다. 나는 그만 이 사람들이 나갔으면, 싶다. 막 떨어져내린 꽃잎을 주워 치우고 싶다.

무너짐, 그 너머에서 오는 것

이소연

쪼개지고 나뉘고 갈라진 틈 사이에서

정미경의 소설은 그의 책을 읽는 독자에게 짧은 말로 다 설명하기 어려운, 개별적인 '사건'으로 다가온다. 우리는 그와 함께 숱한 의혹과 매혹의 시험을 치르고 난 후, 정체를 알 수 없는 어두운 빈 공간으로 돌아오는 경험을 겪는다. 그러나 '나'는 일상에 잠복해 있는 실존적인 난관, 균열, 이로 인해 온 존재가 탈구되는 느낌을 표현할 수 있는 냉담한 삼인칭의 언어를 찾아내야 한다. 그러나 이러한 시도는 자주 난관에 부딪히고, 나는 다시 '자신'이라는 지겹고도 아득한 궁지로 굴러떨어지고 만다. 더불어 익숙한 나와 낯선 나, 생경한 나의 조각들이 부서진 채 껍데기 한장 밑에 아슬아슬하게 매달려 있다는 생각이 든다. 자기반성을 촉발하는 이 난데없는 공감은 대체 어디서 비롯된 것일까. 그 비밀을 풀기 위해서 그의 소설 속에 그어진 예리한 실금의 흔적을 따라가지 않을 수 없다. 경계를 넘어서면 결코 이전의 자신으로 돌이키기 어려우리라는 예감을 감수하고서.

사람들은 대개 일상 이면에 자신이 알고 있는 것과 전혀 다른 세계가 숨겨져 있다는 사실을 외면하기 마련이다. 그러나 자신이 조화로운 일상을 유지하고 있다는 믿음은 기실 판타지에 불과하다. 우리는 그것이 얼마나 손쉽게, 순식간에 허물어질 수 있는 것인지 잊고 지낼 뿐이다. 적어도 얼기설기 기워놓은 누추한 일상을 비집고 들어온 맹랑한 소리가 문전을 쟁쟁 울릴 때까지는. "아저씨, 나 밥 사줄래요?"(196면) 「소년처럼」의 주인공 '박'의 경우처럼, TV, 컴퓨터 같은 인공적인 스크린과 두꺼운 유리창으로 둘러싸고 있어도 크고 작은 균열 사이로 스며드는 외기를 차단하는 일은 불가능하다. 잘나가던 금융업 종사자인 그에게 어느날 갑자기 닥쳐온 미국발 금융위기나, 아파트 주변을 어슬렁거리던 어린 여학생이 느닷없이 말을 걸어온다든지 하는 일은 얼마든지 일어날 수 있다. 이런 우연은 하루아침에 한 사람을 나락으로 떨어뜨리기도 하고 거짓말 같은 생기를 전해주기도 한다.

그러나 분열의 참된 진원지를 나 아닌 먼 바깥에서 찾으려 하는 시도는 아마도 실패로 돌아가고 말 것이다. 분열은 자신 안에서 일찌감치 벌어진 일이 아니었던가. '박'의 마음을 계속해서 괴롭히는 것은 멀리 떨어진 요양원에 방치해둔 어머니에 대한 죄책감이다. 치매증상을 보이는 그의 어머니가 그에게 집요하게 전화를 걸어 "어디냐?"(207면)라고 묻는다. 어쩌면 그가 도망치고 싶어한 것은 어머니의 목소리이자 동시에 그의 내면에서 울려나오는 '또다른 자아'의 심문이리라. 자아는 일상의 세계로 진입하기 위해 유년기에 익숙하게 느꼈던 어머니 몸의 감각을 밀어낸다고 했던가. 그러나 우리가 어둠 속에 유기했다고 믿는 것은 기실 내가 밀어낸 나자신의 숨겨진 이면일 것이다. 또다른 자아가 자신에게 침투해올 때 우리는 위협을 느낀다. '박'은 자신의 손을 쥐는 여학생의 손바닥, 어머니가 쥐여준 초콜릿에서 끈끈하고 진득하게 엉겨붙는 체액의 촉감을 발견한다. 낯선 이물감을 받아들이고 그에 몸을 내맡긴다면 그 알 수 없는 또다른 자아의 힘은 아마도 자신을 점령해 무너뜨릴지도 모른다. 미지의 낯선 것이 자신의 세계를 깨뜨리고 들어오는 순간 당혹감을 느끼지 않을 사람은 없다.

「남쪽 절」은 그 당혹감의 정체를 좀더 세밀하게 보여준다. 주인공이자 화자인 '김'은 "만들고 싶은 책만 만들고 싶어서"(18면) 안정된 직장을 그만두고 자신의 사업을 시작한 출판인이다. 그러나 그는 '먹고살아야 한다'는 현실적인 요구에 굴복해 자신의 기준을 일찌감치 반납한 상태다. 물론 그를 손가락질할 수 있는 사람도 많지는 않으리라. 우리는 모두 그와 엇비슷한 공동 책임자일 것이므로. 그는 대필 시비로 오래전에 유명세를 잃어버린 필자 '백'과의 계약을 성사시키기 위해 동분서주하지만, 그 과정에서 너무나 많은 것을 상실한다. 그는 성실한 아내이자 동업자인 '은애'의 신뢰를 잃고, 나아가서는 타인에 대한 공감과 연민이라는, 인간만이 갖

고 있는 특유의 능력을 몇푼의 돈과 바꾼 셈이 되었다. 그가 현실
원칙을 내세워 팔아치운 것은 어쩌면 어둠 속에 밀어버린 또 하나
의 자신일 것이다.

　이 소설에는 '백'과의 만남 외에도 중요한 계기가 하나 더 등장
한다. 그것은 '김'이 회사 옆에 있는 미술관에서 한 설치미술을 감
상하는 장면이다. 이 소설의 제목이기도 한 '남쪽 절(南寺)'은 안도
오 타다오라는 현대건축의 거장이 만든 실존하는 작품의 이름이
다. 이어지는 글에서도 더 언급하겠지만 정미경의 작품세계에서
'예술작품과의 조우'라는 모띠프는 단순한 소재 차용의 차원을 훌
쩍 넘어선다. 그 대표적인 예가 바로 이 소설일 것이다. '김'은 세
차례에 걸쳐 '남쪽 절'을 체험하고 난 뒤, 진정한 '어둠' 그리고 반
쯤 은애를 닮은 한 여인과 조우하게 된다. 아마도 안도오 타다오의
작품은 현상 아래 가려진 원초적 어둠을 맞닥뜨리게 함으로써 잃
어버린 자기 자신을 복원하도록 촉구하는 것이 아닐까. 감상자에
게 이러한 체험은 일종의 '퇴행 행위'에 비견될 사건일지도 모른
다. 정미경의 소설은 이러한 메시지를 담은 예술작품을 또다른 이
야기로 둘러쌈으로써 이중의 효과를 거두고 있다. 과연 '김'은 이
러한 체험을 하고도 이전의 그로 돌아갈 수 있을까. 혹은 좀더 '나
은' 인간이 될 수 있을까.『프랑스식 세탁소』에서 이러한 질문은 집
요하게 반복된다.

무너지는 아픔은 난감한 희열과 섞이고

최초의 아픔은 균열이 발생하는 순간 시작된다. 이윽고 모종의 사건으로 인해 깨져나간 자리의 틈이 점차 벌어지게 된다. 상처가 덧나고 번져나갈 때처럼, 파편이 되어 갈라진 한쪽이 다른 쪽을 짓뭉개면서, 또는 서로가 서로를 잠식하면서 미세한 균열은 붕괴로 이어지곤 한다. 때로 붕괴는 눈 깜짝할 새 일어나 우리를 놀라게 하지만, 이런 경우에도 알고 보면 균열은 눈에 띄지 않은 채 오랜 기간 천천히 진행되어왔음이 틀림없다. 사회적 지위가 높고 대중의 선망을 받는 사람들일수록 몰락의 깊이는 더하고 과정은 드라마틱한 법이다. 가령 촉망받는 젊은 의사가 갑자기 출가를 선언하게 된다면 주변 사람들은 어떤 표정을 지을까. 더욱이 그이가 몇년 동안 삶과 살을 맞대고 지내던 연인이라면. 그러나 나의 일부인 줄 알았던 사람이 결국 한뼘 속도 헤아리지 못하는 '타인' 이상도 이하도 아니었다는 사실을 깨닫게 되는 순간은 아무리 늦어도 기어이 찾아오기 마련이다. 다만 팍팍한 일상에 부대끼다보니 그 고통스러운 진실을 대면하는 일이 계속 지연되었을 뿐이다. 「타인의 삶」의 주인공은 연인 '현규'로부터 갑작스런 출가 선언을 듣고 난 후에야 인간이 얼마나 복잡한 존재인가 절감하게 된다. 이유를 다그쳐 묻는 그녀에게 돌아오는 대답은 더욱 난감하다. "인생의 어떤 순간에, 사람은 설명할 수 없는 결정을 할 때가 있어. 그건 말하지 않는 게 아니라, 말로 할 수 있는 게 아니어서 그래."(142면) 그러나 주인공이 현규의 직장 동료에게 듣게 된 대답은 더욱 예상을 뛰어넘는다. 부족한 게 없을 것만 같은 젊은 의사는 어떤 계기로 인해 약물에 중독되었을까. 현규 자신의 말마따나 의료사고로 인한 충격으로 속세를 떠나게 되었든, 약물 남용이 감사로 인해 적발되어 타의로 밀려났든, 그는 결심을 굳히기까지 수많은 질곡, 여러 계기를 거쳐왔을 것이다. 결국 인간은 설명할 수 없는 충동에 의해 스스로 몰락을 자초한다는 점에서, 자기 자신으로부터도 '타자'일 수밖에 없는 존재다.

　이런 파멸의 사연은 또 어떠한가. 「파견 근무」의 제목은 이중적이다. 이 소설의 주인공인 '강'은 지방인 J시에서 근무하는 젊은 판사다. 그에게 있어 J시는 본가가 있는 고향이긴 해도 결코 섞여들 수 없는 남 같은 존재다. 거꾸로 J시 입장에서 보면 그는 외부에서 '파견(派遣)'된 타자일 수밖에 없다. 그는 자신을 둘러싼 세계의 이물감을 감지하는 동시에 자신이 바라보는 세계 자체도 이질적인 것들이 위태롭게 얽혀 있는 분열된 존재임을 절감하게 된다. 그리고 종내는 자기 자신의 본성 자체가 분열되어 있다는 사실을 깨닫고 무력하게 무너져내린다. 모든 것이 '깨져나가는' 광경을 '목도한다'는 의미에서 이 소설은 '파견(破見)'의 서사라고 할 수 있다. 이 소설이 특히 우리의 눈길을 끄는 점은, '법' 자체의 분열을 경유하여 실존의 딜레마를 투영하고 있다는 사실이다. 근래의 소설에서는 보기 드문 장면이 아닐 수 없다. 그는 정의의 이름으로 판결을 내려야 하건만, 원한과 이득을 둘러싼 인간관계의 미세한 갈등이 얽혀 있기에 사건의 진상을 밝히는 일은 간단치 않다. "인간이라는 기이한 생물을 가두기엔 법이라는 망의 구멍은 너무 성글고 단순했다."(76면) 그는 '법의 불가능성' 앞에서 철저히 무기력해진 자신을 바라보며 무릎을 꿇는다. 그러나 법만 그런 것이 아니다. 규범적 언어로는 재현할 수 없는 텅 빈 심연들이 도처에 널려 있다는 사실을 생각하면 '불가능성 앞에서 느끼는 무력감'은 인간 안에 입력된 본성 그 자체일지도 모른다.

어쩌면 정미경만큼 한 인간의 윤리적·도덕적 감수성에 관련된 주제를 민감하게 포착해온 작가도 드물 것이다. 다양한 전문 직종, 신구 세대, 사회 계층을 종횡으로 가로지르면서 작금의 세태를 예리하게 묘파하는 집요한 시선은 이미 정평이 난 지 오래다. 나아가 그의 소설에는 어느새 촘촘한 세속의 잣대의 그물망을 비집고 나가 미학적인 영역으로 교묘히 빠져나가는 순간이 있다. 가령 도덕과 패륜, 모럴 해저드와 양심, 교만과 비굴함 사이에서 위태롭게 흔들리는 인물들의 모습을 냉정하게 그려낼 때 그의 소설은 한 치의 물러섬이 없는 것 같지만 마침내 그들이 무력하게 좌초하는 장면에 이르면 어느 순간 양자택일의 차원을 넘어서곤 한다. 그리고 초점은 어느새 미학적 차원으로 옮아가 있다. 불가항력적인 힘이 이성이 지배하는 영역을 부수고 틈입하는 순간, 인간은 심연 속에서 순수한 자기 자신의 모습을 발견하게 된다. 이는 "실천적 목적과 규범적 내용을 도외시하는 가운데에서" 발견하는 "순수 능력 자체"*에 대한 각성과 연결된다. 이런 '미학적 사건' 속에서 독자

---

*크리스토프 멘케 『미학적 힘: 미학적 인간학의 근본개념』, 김동규 옮김, 그린비 2013, 106면.

는 모든 법칙과 목적을 넘어서는 더 강한 힘이 깨어나고 있음을 예감하게 된다. 그리고 파멸의 고통과 생성의 희열이 엇갈리는 비밀스러운 순간을 경험한다. 그러나 누가 뭐래도 이러한 고통과 희열을 정면으로 마주하는 당사자는 소설의 인물들 자신이 아닐까. 해결되지 않는 딜레마에 부딪힐 때 이들은 자신의 안팎이 무너지는 고통을 느끼면서 동시에 모종의 자유를 얻는다. (이는 더이상 손쓸 수 없는 불가항력으로 인해 낙담한 이가 자기 자신을 바라보며 느끼는 도착적 쾌락을 연상시키기도 한다.) 이제 그들은 할 수 없음을 할 수 있을 것이다. 이성적 판단이 궁지에 몰리는 곳에서 어떤 언어로도 재현될 수 없는 '아름다움'이 깃을 털고 일어나기 시작한다.

길이 끝나는 곳에서 그들은 춤추네

정미경의 소설은 평소에 눈에 잘 띄지 않는 틈을 통해 그 아래에 가라앉아 있는 심연을 보여준다. 그리고 그 가운데서 지도상의 좌표로 표시할 수 없는 '빈 공간'이 열린다. 가능성의 조건과 불가능성의 조건이 겹치면서 갈라지는 그곳이야말로 존재가 유희를 시작할 수 있는 자리이기도 하다. 어떠한 목적이나 도덕 판단과 결별한 상태에서 인간이 자신이 갖고 있는 순수한 능력을 펼쳐 보일 때, 무언가가 출현하기 마련이다. 이것을 존재가 추는 춤이라 할 수 있지 않을까. 「울게 놔두세요」의 경우처럼 이 춤은 아름다운 음악으로 변주되기도 한다. 이 소설의 등장인물 K의 신분은 조금 특이한 데가 있다. '탈북자 출신 피아니스트'인 그는 이런저런 경계 위에 걸쳐 있는 위태로운 존재다. 남한과 북한, 자본주의와 사회주의, 삶과 예술, 속물과 이상주의자, 이기적인 욕망과 가족에 대한 죄책감…… K는 자신을 둘러싸고 있는 숱한 괴리들에 대해 잘 알고 있다. 힘겨워도 이를 견뎌내야 한다는 사실도. K의 사연과 아픈 속내는 그에게 모호한 호의를 품고 있는 여기자의 눈과 입을 통해 독자에게 전달된다. 자본주의 사회가 요구하는 '껍데기'를 걸치는 일도, 척박한 상황에서 자신의 예술을 견지하는 일도 그에겐 힘겹기 짝이 없는 일이다. 그가 난데없는 자살 소동을 벌인 것도 자신이 무너져내리고 있다는 사실을 어떻게든 알리고 싶었기 때문이리라. 그리고 화자의 증언처럼 완벽하다고 느낄 정도로 아름다운 예술은 한 존재의 완전한 무너짐 이후에 오는 역설 그 자체일지도 모른다. "나 혼자 앉혀놓고 연주를 했던 그날 밤처럼, 듣는 사람의 눈을 감게 하고 마음속에 꽃을 피우는 마술을 완성해냈다."(111면)

K가 그토록 낯설어했던 자본주의의 '껍데기'는 어떤 얼굴을 하고 있는가. 가령 「프랑스식 세탁소」에 등장하는 자선재단의 이사장 같은 사람이 K를 만난다고 치면, 그는 과연 K의 절박한 갈망과 절망을 이해할 수 있을까. 그가 어느날 사무실의 책상 앞에서 사보에 실릴 한 요리사의 이야기를 읽는 우연을 만나지 않았다면, 이러한 질문은 일고의 가치도 없을 것이다. 이 소설은 요리사 '르와조'의 생애를 담은 이야기와, 한 자선재단의 이사장 주변에서 일어나는 이야기가 교차하는 구조로 되어 있다. 이 두 사람의 이야기는

너무도 대조적이어서 마치 온탕과 냉탕을 번갈아 오가는 듯한 느낌이 들 정도이다. 소설이 진행될수록, 독자가 일인칭 화자로 등장하는 이사장이 도저히 신뢰가 가지 않는, 가증스러운 속물이라는 사실을 알아차리는 데는 그리 오랜 시간이 걸리지 않는다. 그에 비해 요리사 르와조의 생애를 담은 이야기는 뜨겁고 치열하며 생생한 삶의 감각으로 가득 차 있다. 르와조 자신을 포함해서, 그를 둘러싼 존재들은 뜨겁게 사랑하고 음식을 맛있게 먹으며 (그가 애용하는 오븐마저도) 울어댄다. 정미경의 소설 속에서 인물들은 자신의 진실을 내보이는 순간, 다시 말해 '껍데기' 속에 겹겹이 싸두었던 자기 자신과 흘깃 조우하는 순간 참아두었던 울음을 터뜨리곤 하지 않던가.

자신이 설정해둔 '기준' 앞에서 한치의 물러섬도 용납지 않았던 한 남자의 이야기를 읽으며 이사장은 위선으로 덮어둔 자신의 마음속에도 균열이 일어나는 것을 느낀다. 유령처럼 되돌아와 일말의 양심을 호출하는 존재는 '미란'이라는 여직원이다. 그가 자살로 몰아붙인 거나 다름없는 여인 미란은 그에게 있어 잊어버리고 싶은 아픈 과거 그 자체나 다름없다. 그런 그에게 미란의 존재를 회상한다는 것은 (비록 그가 아무리 그 사실을 부정한다 할지라도) 살아 있어도 죽은 거나 마찬가지인 '삶-죽음'(living dead)의 상태에 있는 그가 삶의 감각을 조금이나마 회복하고 있다는 증거라고 할 수 있다. 르와조의 이야기로 인해, 그의 마음에 생긴 균열은 점차 커지고 독자는 본인의 입으로 점점 더 추악한 죄의 진상을 낱낱이 누설하는 과정을 따라가게 된다.

자신의 부도덕에 대한 무지라는 만성적인 징후는 나이를 가리지 않고 찾아온다. 「번지점프를 하다」에는 어른의 세계에 대한 혐오와 매혹, 허무와 욕망 사이에서 길을 잃은 여대생 '하은'이 등장한다. 하은은 남자친구인 '유강'에 대해 애틋한 마음을 갖고 있음에도 불구하고 자신이 임시로 근무하는 회사의 오너인 '박'과 모호한 관계를 맺고 있다. 그 가운데서 하은이 점차로 깨닫게 되는 사실은 인간이 한없이 모순적이고 복잡한 존재라는 사실이다. 그런 하은이 유강과 얼싸안고 번지점프대에서 뛰어내리는 순간, 하은은 "살다보면 죽기를 각오해야 하는 순간도 오는 거겠지."(186면)라고 마음속으로 독백한다. 어느 쪽이든 선택한다는 것, 그것은 그가 조화될 수 없는 삶의 모순을 온몸으로 받아들이기 시작했음을 의미하는 것이 아닐까. '그래, 너희들, 참 젊구나. 겁도 없구나'라는 탄식을 불러일으킬 만큼, 두 청년의 몸짓은 단호하다. 그리고 싱그럽다. 우리는 더 나이를 먹은 후에도 이들처럼 '미친' 결정을 할 수 있을까. 그때도 이처럼 아름다울 수 있을까.

　「프랑스식 세탁소」는 화자가 사무실 바닥에 떨어진 꽃잎을 못 견디게 주워 치우고 싶다고 고백하는 장면으로 끝을 맺는다. 그가 차마 입 밖으로 누설하지 않은 나머지 말, 그것은 어쩌면 '부끄럽다'는 고백일지도 모르겠다. 그밖에 그는 무엇을 행동으로 옮길 수 있을까. 잠시 그를 사로잡은 것이 분명한 르와조의 이야기는 과연 그의 삶에 어떤 영향을 미칠 것인가. 소설은 기실 이러한 질문에 대해 명시적인 답을 거의 주지 않고 끝을 맺는다. 그에 대한 실마리라고는 아주 약간, 그것도 흘낏 스쳐가는 장면에서 모호하게 얻을 수 있을 뿐이다. 마찬가지로 「남쪽 절」의 마지막 장면은 주인 공이 과연 소설 너머에서 어떤 선택을 하게 될지 알려주지 않고 마무리된다. 대개의 경우 우리는 가던 길을 쉽게 돌이키는 법이 없다. 그는 힘들게 성사시킨 계약을 그대로 밀고 나갈 것인가? 그가 체험한 '어둠'의 기억은 다시 삶의 현장으로 돌아온 그에게 어떤 영향을 줄 것인가? 어쩌면 그가 가던 길을 갑작스럽게 돌이켜 다른 선택을 할 가능성은 전혀 없는 것일까? 알다시피, 소설은 그에 대한 대답을 일절 함구한다. 이를 더 정확히 표현하면 이야기로 더이상 길들일 수 없는 '삶'의 복판에서 중단된다고 하는 편이 적절할 것이다. 역설적인 설명이지만 이로 인해 소설의 등장인물들과 독자는 텍스트가 더이상 갈 수 없는 길 바깥에서 무한한 선택의 가능성을 선사받는다고 해석해도 좋을 것이다. 이제 남겨진 가능성의 영역은 살아 있는 인간이 내리는 순수한 '결정'의 영역으로 넘어간다. '생기 있는' 존재의 마음에서 비롯된 '결정'만큼 신비롭고 또 예측할 수 없는 것이 어디 있을까. 그런 점에서 소설은 우리에게 단 한가지 확신을 허락한다. 작중인물들이 '어떤 결정을 내릴 것인가'라는 질문보다 더욱 중요한 사실은, 그들이 모종의 체험을 통해 '삶-죽음'의 상태에서 생기 있는 삶의 복판으로 돌아왔다는 것이 아닐까.

　어쩌면 우리에게 무엇보다 먼저 요청되는 것은, 남들이 이해할 수도 없고 이성으로 설명할 수도 없는 '결정'의 능력을 회복하는 일일지 모른다. 그것은 삶의 불가능한 국면을 여는 '가능성'의 다른 이름일 것이다. 그리고 그 영역은 언어, 규범, 이성이 멈추는 곳일 것이다. 오랜 분열과 갈등의 시간을 겪은 후에 과감하게 한쪽을 선택하든, 양심을 거스르는 현실의 요구 앞에서 무력하게 무릎을 꿇든, 어느 쪽이든 좋을 것이다. 삶은 예상을 불허하는 미지의 운명이 잠복되어 있다는 그 이유만으로 이미 아름다울 것이므로. 작가는 이성과 규범을 뛰어넘는 우연의 춤에 온 존재 전체를 내맡기는 순간을 가장 공들여 묘사한다. 그리고 참담한 실패 가운데서도, 기어이 지극한 선함과 아름다움을 건져올리고 만다. 그 장면에는 무탈한 삶을 습격하는 혼란, 분열, 매혹, 그리고 거스를 수 없는 정열이 숨겨진 채 출렁인다. 윤리적인 심문은 날카롭고, 아름다움을 향한 열정은 집요하다. 정미경의 소설은, 생에 내장되어 있는 그 복잡하고도 신비로운 이면을 우리에게 보여준다. 그리고 묻는다. 숨겨져 있던 삶의 이면이 홀연히 우리 앞에 출몰할 때 우리는 어떻게 견뎌낼 것인가, 때로는 고통스럽게 흔들리고 꺾이는 것으로도 충분하지 않은가. 이에 대답하는 일은, 소설을 읽은 우리의 몫이다.

李素妍 | 문학평론가

모아둔 단편들을 묶고 보니 오년만의 소설집이다.

러시아가 사랑하는 국민가수의 노래 중에 이런 구절이 있다.

'달리는 말의 등에 채찍질하며 그 귀에 속삭였네. 말아, 제발 천천히 달려다오!'

앞뒤가 어긋나는 이 가사의 아이러니는, 말을 인생이라는 단어로 바꾸어보면 허탈하리만치 쉽게 풀려버린다. 말 등을 세게 후려친 것도, 천천히 달려다오 애걸한 것도 바로 나 자신이란 생각을 하면 오년이란 시간은 그리 길지도 짧지도 않다 싶다. 상승과 추락, 고결함과 수치, 사랑과 증오, 움켜쥠과 상실, 슬픔과 기쁨이 대척점에 서 있는 단어가 아니라는 깨달음과 함께.

나온 김에 말이지만, 슬픔의 한가운데 풍덩 빠져본 사람만이 알게 되지 않는가. 슬픔이라는 그 단어가 제 안에서 지금 소용돌이치며 영혼을 할퀴는 그 감정을 표현하기엔 한없이 빈약하고 인색하며 심지어 동떨어지기까지 하다는 걸. 세상의 모든 추상명사는 초라하고 가난하다. 그 멀고 초라함이 나로 하여금 글을 쓰게 한다. 끝없는 사유의 고통과 쾌락을 동시에 주는 추상명사의 불완전함을 나는 약간 사랑하는 것 같다.

시차를 두고 쓰인 소설들을 읽다보니 하나같이 아프고 어둡고 쓸

쓸하고 막막하고도 불안하다. 그건 아마도 내가 누구보다 더 환하고 온기 있는 삶을 사랑하기 때문이라는 걸 누군가는 알고 있을까.

마지막 교정을 보는 동안, 작업실 옆 소로길에 터널을 이룬 늙은 벗나무들이 일제히 꽃을 피웠고, 비가 왔고 바람이 불었으며, 꽃잎이 허전해진 틈을 비집고 새순이 고물고물 움터나와 연두와 분홍이 뒤섞였다. 오가는 길에 고개를 젖히고 서서 그 저린 풍경들을 오래 눈에 담아두었다. 꿈속의 일처럼 꽃은 졌는데 눈을 감으니 그 풍경들이 여전히 선연하다. 알고 보면 나도 분홍을 사랑하는 사람인 것이다.

작업실 책상 위 달력 여백엔 내가 펜으로 적어놓은 문장이 하나 있다. '나를 풍요롭게 하는 것이 나를 파괴한다.' 어원은 라틴어쯤이 될 것이다. 달을 넘기는 날이면 새 여백에 그대로 옮겨 적는 이 문장은 가장 먼저 나에게 주는 말이지만, 이 책 속의 인물들에게, 그리고 이 책을 읽을 독자들의 귓가에도 들려주고 싶은 말이다. 말 등에 가파르게 채찍질을 하면서, 느리게 달려다오 하소연하는 모든 이들에게도.

늘 그렇듯 일일이 들 수 없을 만큼 많은 분들의 도움으로 이 책이 만들어졌다. 마음속에 떠오르는 한분 한분에게 깊이 머리 숙여 감사의 마음을 전한다.

2013년 봄의 한가운데
정미경

| 수록작품 발표지면 |

남쪽 절……『자음과모음』 2011년 겨울호

파견 근무……『문예중앙』 2011년 봄호

울게 놔두세요……『현대문학』 2009년 3월호

타인의 삶……『세계의문학』 2008년 봄호

번지점프를 하다……『이화, 번지점프를 하다』(글빛 2009)

소년처럼……『대산문화』 2010년 봄호

프랑스식 세탁소……『한국문학』 2008년 여름호

프랑스식 세탁소

초판 1쇄 발행 • 2013년 5월 15일
초판 4쇄 발행 • 2018년 3월 29일

지은이/정미경
펴낸이/강일우
책임편집/전성이
펴낸곳/(주)창비
등록/1986년 8월 5일 제85호
주소/10881 경기도 파주시 회동길 184
전화/031-955-3333
팩시밀리/영업 031-955-3399 · 편집 031-955-3400
홈페이지/www.changbi.com
전자우편/lit@changbi.com

ⓒ 정미경 2013
ISBN 978-89-364-3725-1 03810